안젤리크

**안젤리크**

**초판 1쇄 발행일** 2022년 12월 21일 │ **초판 2쇄 발행일** 2022년 12월 22일
글 기욤 뮈소 │ **옮긴이** 양영란 │ **펴낸이** 김석원 │ **펴낸곳** 도서출판 밝은세상
**출판등록** 1990. 10. 5 (제 10 - 427호) │ **주 소** (10881) 경기도 파주시 문발로 119, 202호
**전 화** 031-955-8101 │ **팩 스** 031-955-8110 │ **메일** wsesang@hanmail.net
**블로그** blog.naver.com/balgunsesang8101 │ **인스타그램** www.instagram.com/wsesang
**ISBN** 978-89-8437-454-6 (03860) │ **값** 16,800원 │ 잘못된 책은 구입한 곳에서 교환해 드립니다.

# 안젤리크

Angélique

✡

✡

기욤 뮈소 장편소설

GUILLAUME MUSSO

✡

양영란 옮김

밝은세상

**일러두기**

각주는 모두 옮긴이의 주입니다.

나탕과 플로라에게

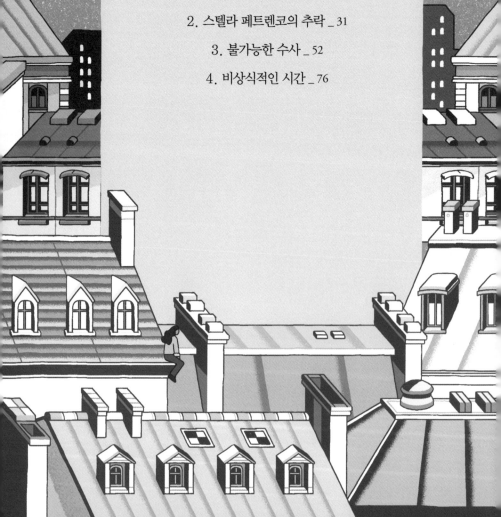

차례

# I
# 루이즈 콜랑주

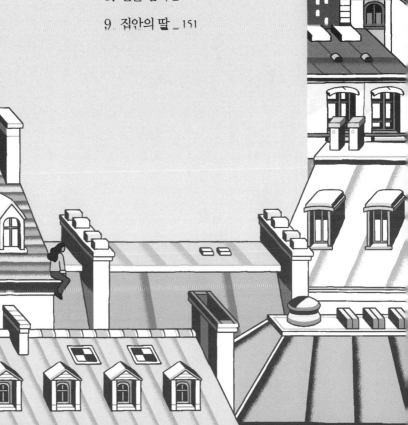

# II
# 안젤리크 샤르베

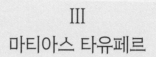

# III
# 마티아스 타유페르

# IV
# 단상

나는 우리 안에 있는 영원히 충족되지 못할 불만, 지금과 다른 사람,

꼭 더 낫지 않아도 그저 다른 사람이었으면 하는 불만에 흥미를 갖는다.

_퍼트리샤 하이스미스


나는 문체를 탐구하는데 그 문체란 중성적일 뿐만 아니라 주어진 순간에

나의 등장인물의 생각과 딱 들어맞아야 한다. 문체는 매 순간

나의 주인공의 생각을 따라가야 하며 그의 생각에 따라 변해야 한다.

_조르주 심농

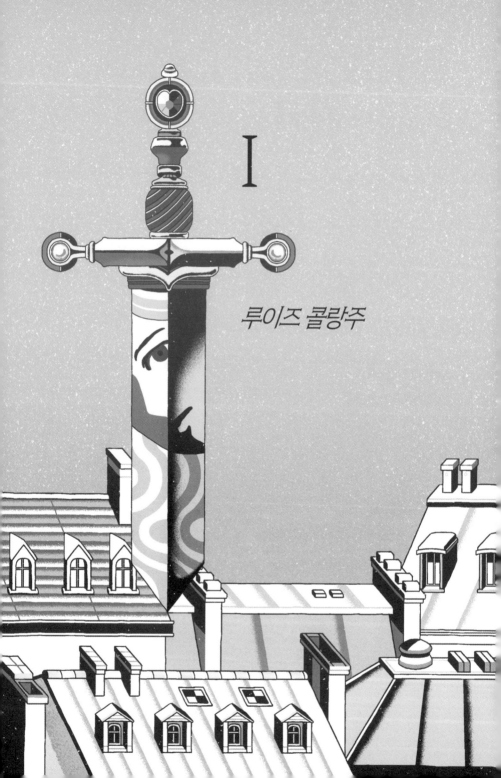

I

루이즈 콜랑주

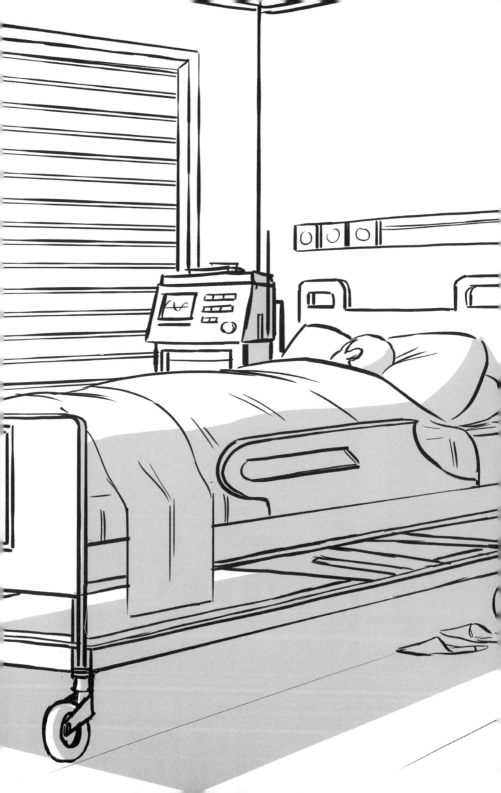

# 1. 첼로를 켜는 소녀

사람들은 부딪쳐야 비로소 만난다.

_귀스타브 플로베르

## 1

**파리**

**퐁피두 병원**

**12월 27일 월요일**

꾸물거리는 하늘을 뚫고 내리쬐는 한 줄기 빛, 귓가에 들려오는 음악 소리에 마티아스는 머릿속으로 빛의 이미지를 떠올렸다. 첼로가 연주하는 슈베르트 곡이 굽이치며 흐르는 물결처럼 몽롱한

*안젤리크*

파동을 만들어내며 듣는 이의 기분을 나른하게 만들었다. 반쯤 정신이 든 마티아스는 자신의 호흡이 첼로의 리듬에 따라 보조를 맞추고 있다는 느낌이 들었다. 그는 계속 이어지는 첼로 연주와 내면 여행에 몸을 맡기면서 모처럼 평온한 기분을 맛보았다. 뒤이어 찬란한 빛줄기에 눈이 부시면서 모든 감각이 동시다발적으로 표면으로 치고 올라왔다. 지중해 쪽빛 바다, 모래 위에 누운 나른한 육체, 소금기를 머금은 입술 위로 포개지는 짭조름한 입맞춤…….

달콤한 환희의 순간도 잠시, 그리 멀지 않은 곳에서 폭풍우가 꿈틀거리며 기회를 엿보고 있었다. 조화를 이루지 못한 감정들이 서로 뒤엉키며 충돌했다. 마치 첼로의 활이 화음을 제대로 누르지 못하고 미끄러지기리도 한 듯 리듬이 깨져버리면서 아름다운 선율을 귀에 담게 되리라는 기대를 여지없이 무너뜨렸다.

마티아스는 번쩍 눈을 떴다. 엉덩이 부근을 뚫어놓은 환자용 가운 차림인 그는 병원 침대에 누워 있는 상태였다. 두 개의 수액 줄이 팔뚝에 꽂힌 카테터에 연결되어 있었고, 침대 왼쪽에서는 심전도 모니터가 몹시 흥분 상태인 심장 박동 기록을 보여주고 있었다. 옆 침대의 나이 지긋한 환자는 하루 종일 몸을 일으키지 않고 누워 있어 마치 심장 병동이 아니라 호스피스 병동 같은 느낌을 풍기게 만들었다. 첼로 연주 소리는 어느새 추적추적 내리는 빗소리로 바뀌었다. 지중해의 쪽빛 바다 대신 낮게 내려앉은 파리의 우중충한 잿빛 하늘이 병실 안을 어둑어둑하게 만들고 있었다. 꿈속에서 들려온 첼로의 선율이 그를 잠시나마 병원이 아니라 푸른 파도가 넘실거리는 지중해로 데려갔지만 소풍은 너무 일찍 허망하게 끝나버렸다.

마티아스는 반쯤 몸을 일으켰다. 그제야 어둑어둑한 실내에 앉아 있는 희미한 실루엣이 눈에 들어왔다. 의자에 앉아 두 다리 사이에 첼로를 끼우고 있는 여자아이. 그러니까 꿈속에서가 아니라 병실에서 실제로 첼로 연주를 들었던 것이다.

"넌 누구니?" 마티아스가 목이 잠긴 소리로 어눌하게 물었다.

"루이즈라고 해요. 루이즈 콜랑주."

이제 막 청소년기가 지난 앳된 목소리였지만 여자아이는 결코 주눅 들지 않고 당당한 태도를 보였다.

"지금 여기서 뭐하니? 설마 여기가 첼로 연주에 적합한 연습실이라고 생각한 건 아니지?"

"저는 '병원마다 음악가를' 협회에서 나온 자원봉사자입니다." 루이즈가 미소를 머금은 얼굴로 또박또박 대답했다.

마티아스는 상대를 조금 더 자세히 살펴보려고 두 눈을 가느다랗게 떴다. 바로 그 순간 루이즈가 좀 더 가까이 다가왔다. 갸름한 얼굴 양쪽으로 늘어뜨린 길고 윤기 나는 금발, 동그스름한 턱선 위로 살짝 들어간 보조개, 단정한 칼라 니트 상의, 아래쪽이 살짝 퍼지는 코듀로이 A라인 스커트, 발목까지 올라오는 가죽 앵클부츠가 차례로 눈에 들어왔다. 루이즈의 두 눈에서 병실의 무기력한 느낌과 어둠을 사르는 환한 불길이 활활 타오르고 있었다.

"첼로 연주를 들은 느낌이 별로였나 봐요?"

"당연하지. 난 네가 연주한 슈베르트 곡 때문에 치통이 도지는 느낌이었어."

"말씀이 좀 심하시네요."

"게다가 첼로 소리 때문에 시끄러워 잠을 깼더니 두통 때문에 머리가 무거워."

루이즈는 어깨를 으쓱했다.

"환자들은 대부분 음악 연주를 좋아해요."

"그렇게 말하는 근거라도 있어?"

"전문 용어로 감각자극 완화라고 하죠." 루이즈는 빨간색 인조피혁 의자를 바짝 당겨 앉으며 설명을 덧붙였다. "환자가 음악 연주를 들을 경우 통증을 덜 수 있다고 해요."

"말도 안 되는 소리." 마티아스가 고개를 저으며 숨을 몰아쉬었다. "넌 마치 의사처럼 말하는구나. 그런 엉터리 이론은 어디서 들었니?"

"교재에서 봤어요. 의대 2학년이거든요."

"몇 살인데?"

"열일곱 살. 2년 월반했어요."

마티아스는 내심 한 방 먹은 느낌이 들었지만 애써 무심한 표정을 유지했다. 환자용 침대의 금속 지지대에 피로에 찌든 얼굴이 비쳤다. 헝클어진 머리, 하얗게 물든 정수리, 일주일쯤 면도를 하지 않아 뻐죽뻐죽 자란 턱수염, 권태로 점철된 눈동자.

"연주를 다 마쳤으면 이제 조용히 있게 해줄래?"

마티아스가 턱짓으로 옆 침대를 가리키며 말을 이었다.

"난 너의 첼로 연주가 브로사르 영감님*을 잠시나마 잠에서 깨어나게 해줄 수 있을지 의문이야."

"원하신다면……."

루이즈가 첼로를 케이스에 챙겨 넣는 동안 마티아스는 눈두덩을 문질렀다. 그는 전날 심장이 또다시 문제를 일으켜 입원했고, 온갖 검사를 받느라 기진맥진한 상태였다. 심장이식 수술 환자라서 특별대우를 받은 셈이었다. 검사 결과 별 문제가 없을 경우 내일이면 퇴원 가능했다. 그때까지 죽음의 냄새가 감도는 병실에서 우울한 시간을 보낼 수밖에 없었다.

마티아스의 머릿속은 온통 집에 홀로 남아 있는 티투스에 대한 걱정으로 가득했다. 고약한 날씨가 계속되고 있었다. 몇 주째 내리는 비와 낮게 내리깔린 하늘 탓에 시야가 꽉 막혀버려서인지 도

*프랑스의 유서 깊은 제과 회사 브로사르를 상징하는 인물로 보통 사람을 표방한다

무지 봄이 올 것 같지 않았다. 게다가 오늘은 첼로를 연주하는 당돌한 여학생까지 나타나 예민한 신경을 자극했다.

"아직 안 갔어? 얼른 가." 마티아스가 버럭 목청을 높였다.

"이제 곧 갈 거예요. 악보를 챙기고 있잖아요."

"병원에 와서 괜히 자크린 뒤프레 흉내나 내지 말고 네 나이에 어울리는 보람 있고 재미있는 일을 찾아봐."

루이즈는 어깨를 으쓱했다가 내렸다.

"내 나이에 어울리는 게 뭐가 있을까요?"

"그야 나도 모르지. 친구들을 만나 영화도 보러 가고, 남자 친구를 만나 맛있는 음식도 사 먹고."

"그런 건 별로 좋아하지 않아요."

마티아스가 짜증 난 목소리로 말했다.

"그래, 알았으니까 이제 그만 가봐. 친구들이나 남자 친구가 없으면 얌전히 집으로 돌아가 잠이나 쿨쿨 자든지."

"정말 심술궂은 분이네요. 상냥하게 대해주면 어디가 덧나요?"

"그러니까 자꾸 성가시게 굴지 말고 사라지라고."

배 속에서 자꾸 꼬르륵 소리가 났다. 마티아스는 인상을 찌푸리며 두 손을 배 위에 얹었다.

"난 지금 배가 많이 고파. 나를 진정으로 도와주려거든 먹을거리를 해결해주고 가든지."

"병원 관계자들에게 지금 식사가 가능한지 물어볼게요."

"난 병원에서 제공해주는 죽은 딱 질색이야. 병원 아트리움에 를레 에이치라는 카페가 있어. 거기에 가서 햄 버터 샌드위치나 스웨덴 빵에 연어를 넣은 샌드위치를 사다줘."

"이왕이면 맥주도 한 병 마시지 그러세요? 샌드위치는 소금기가 많아 심장에 안 좋아요."

"제발 부탁이니 그냥 내가 말하는 대로 들어줘. 첼로로 슈베르트 곡을 연주하는 것보다 나를 기쁘게 해주는 방법이니까."

루이즈가 잠시 망설이다가 말했다.

"음식을 사 오는 동안 첼로를 잠시 여기에 놓아둘 테니까 잘 간수해주세요."

마티아스가 고개를 끄덕이며 말했다.

"염려하지 마."


2


마티아스는 문득 손목시계를 들여다봤다. 아직 오후 4시가 되기도 전인데 먹구름이 잔뜩 끼어 있는 하늘 탓에 창밖이 온통 한밤중처럼 어두웠다. 그는 가슴을 두 쪽으로 양분하는 흉터 언저리로 손을 가져갔다. 심장이식 수술을 받은 지 어느새 5년 반이 지났다. 시간이 지나면서 점점 옅어지는 흉터와 달리 심장이 멈추어 버릴지도 모른다는 두려움은 점점 더 커져갔다. 어제 몽수리 공원의 벌통 가까이에서 그는 이제 심장의 수명이 다했다는 느낌이 들었다. 갑자기 심장 언저리에서 불에 덴 듯 뜨거운 열기가 느껴지더니 뭔가에 눌린 듯 가슴이 옥죄어왔기 때문이다. 통증이 불길처럼 온몸으로 번지면서 그는 몸의 균형을 잃고 비틀거렸다. 자꾸만 까닭 없이 구토가 일고, 이제 막 경주를 마친 달리기 선수처럼 호흡이 가빴다.

마티아스는 퐁피두 병원을 향해 달리는 구급차 안에서 겨우 정신을 차렸다. 기본적인 검사 결과는 좋은 편이었지만 아직 안심할 단계는 아니었다. 그는 병원이라면 질색했다. 을씨년스러운 분위기, 맛없는 식사, 환자를 아기 다루듯 하는 태도, 오줌이 마렵다고 하면 들이대는 플라스틱 소변 통을 볼 때마다 짜증이 일었다. 그의 머릿속에서 그려지는 병원은 별일 아닌 문제로 걸어 들어왔다가 휠체어를 타고 나가는 곳이었다.

"간식 사 왔어요."

루이즈가 종이 가방을 흔들어대며 다가왔다.

"신선한 샐러드를 사 왔으니까 같이 드세요." 루이즈가 샐러드가 들어 있는 용기를 꺼내며 말했다.

마티아스가 대뜸 소리를 빽 질렀다.

"난 분명 햄 버터 샌드위치나 연어 샌드위치를 먹고 싶다고 했을 텐데……."

"성격도 참 급하시네요. 사실 샐러드는 제가 먹으려고 사 왔고, 샌드위치는 여기 따로 있잖아요."

마티아스가 도끼눈으로 루이즈를 쏘아보다가 샌드위치 포장지를 벗겨냈다.

"나 혼자 먹는 게 처량해 보일까봐 옆에서 같이 먹어주려고? 그런 선의나 의무감 따위는 네 인생에 전혀 도움이 되지 않아."

마티아스가 의자를 잡아당겨 옆자리에 앉는 루이즈를 보며 심통을 부렸다.

"아저씨, 전직 형사 맞아요?"

마티아스는 눈썹을 찡그리며 어쩐지 긴 하루가 될 것 같은 예감이 들었다.

"누가 전직 형사래?"

"우연히 간호사들끼리 나누는 이야기를 들었는데 아저씨가 전직 강력반 형사하고 하던데요."

마티아스는 고개를 절레절레 저었다.

"오래 전 얘기야. 옷 벗은 지 5년도 넘었어."

"실례지만 나이가?"

"마흔 일곱."

"은퇴하긴 이른 나이네요."

"너도 살아보면 알겠지만 인생이 다 그래." 마티아스가 샌드위치를 한 입 크게 베어 물며 말했다.

"심장 문제 때문인가요? 아니면 뭔가 다른 문제가 있었나요?"

"넌 몰라도 돼."

"지금은 무슨 일을 하세요?"

마티아스가 한숨을 푹 쉬었다. "지금 날 심문하는 건 아니지? 어쩐지 그런 느낌이 들어."

"정말 성격이 까칠하시네요."

"알았으면 이제 그만 먹기나 해."

샌드위치를 다 먹은 마티아스가 단호하게 말했다.

"그래, 넌 내가 보기에도 똑똑하고 착한 아이야. 아무리 그래도 자꾸 성가시게 구는 건 받아줄 수 없어. 자원봉사활동이 환자들에게 잠시나마 즐거움을 줄 수도 있겠지. 하지만 난 네가 나에게 지나치게 많은 관심을 갖는 걸 바라지 않아. 겉보기에는 어떨지 모르지만 난 너처럼 착한 사람이 아니야. 내가 마지막으로 부탁하는데 제발 이제 여기서 나가줘. 만약 말을 듣지 않을 경우……."

"거절하면 어쩔 건데요? 간호사라도 부르시게요?"

"아니, 좀 귀찮긴 하지만 내가 침대를 박차고 일어나 네 엉덩이를 발로 걷어차 밖으로 내쫓아버릴 거야." 마티아스가 애써 침착하게 대답했다. "이제 내 말이 무슨 뜻인지 분명하게 알아들었지?"

"사실은 형사님에게 수사를 의뢰하고 싶어요."

"난 수사를 안 한 지 오래되었어. 지금은 그저 쉬고 싶을 뿐이야."

"형사님도 일을 하고 돈을 벌어야 먹고사는 문제가 해결되는 분 아니세요?"

거머리처럼 달라붙어 상대를 골치 아프게 만드는 점에서 보자면 루이즈는 여자 버전 프랑수아 피뇽*이었다. 요컨대 완력을 사용해서라도 반드시 쫓아내야 후환이 없을 듯했다.

"얼마 전 엄마가 돌아가셨는데 사인에 대해 의문이 많아요. 형사님이 맡아서 수사해줘요."

"네 엄마는 정확하게 언제 돌아가셨지?"

"석 달 전에요."

"넌 정말 슬펐겠구나."

루이즈가 가만히 고개를 끄덕였고, 마티아스는 뭔가 말을 계속해야 한다는 의무감에 사로잡혔다.

"어쩌다가 돌아가셨는데?"

*프랑스의 영화감독이자 시나리오 작가, 프로듀서, 극작가인 프랑시스 베베르가 창조한 인물

"경찰 수사 결과로는 추락사였어요."

"네 생각은 달라?"

"저는 엄마가 누군가에게 살해당했다고 봐요."

바로 그때 간호사가 병실 문을 열고 들어왔다. 환자 순환 점검 시간이었다. 간호사는 수액과 심전도 모니터 상의 상수 그래프, 산소 포화도 등을 확인했다.

마티아스는 간호사에게 루이즈를 병실 밖으로 내보내 달라고 요청할지 말지 고민하다가 그만두었다. 간호사가 사라지자마자 루이즈가 방금 전에 했던 말을 이어갔다.

"형사님이 엄마와 관련된 서류를 한번 살펴봐주세요."

"엄마와 관련된 서류라면?"

"우선 엄마의 사망 사건과 관련해 언론에 실린 기사부터 읽어보세요. 인터넷 검색창에 엄마 이름을 치면 기사가 뜰 거예요."

"내가 왜 그래야 하지? 나는 수사를 맡을 생각이 없는데."

"두 시간이면 충분해요. 기사를 읽어보고 나서 수사를 맡을지 말지 결정해도 늦지 않아요."

루이즈의 눈에서 광채가 쏟아져 나왔다. 왠지 불안감을 조성하는 눈빛이었다.

마티아스는 병원에 입원한 이후 줄곧 마음을 불편하게 만들었던 강아지 문제를 해결할 수 있는 방법이 떠올랐다.

"지금 우리 집에 강아지 혼자 남아 있어. 독일산 셰퍼드인데 이름이 티투스야. 네가 녀석의 밥을 챙겨주고 오면 고려해볼게."

"그 녀석이 사람을 잘 따르나요?"

"그다지 온순하지 않은 놈이니까 조심해야 할 거야."

마티아스는 집 열쇠를 건네주고 나서 루이즈에게 집 주소와 출입문 경보장치 비밀번호를 알려주었다. 그의 집은 몽수리 스퀘어에 있었다.

"티투스의 밥을 챙겨주고 나서 즉시 나와. 난 누구든 내가 사는 집을 염탐하는 걸 싫어하니까."

"알았어요." 루이즈가 순순히 동의했다.

"사건을 맡을지 여부는 내가 충분히 검토해보고 연락할 테니까 전화번호를 알려줘. 네 엄마 이름이 뭐야?"

"스텔라 페트렌코. 파리 오페라 발레단 에투알 무용수*였어요."

---

*파리 오페라 발레단의 서열은 카드리유-코리페-쉬제-프르미에 당쇠르-에투알의 다섯 단계로 이루어져 있다

## 2. 스텔라 페트렌코의 추락

우리는 필사적으로 뭔가를 찾으려 할 땐 그걸 얻지 못한다.
그런데 우리가 뭔가를 피하려 할 땐 그것이 우리를 향해 다가온다고 장담할 수 있다.

**_무라카미 하루키**

## 1

### 저녁 7시

마티아스는 병원 침대에 누운 상태로 노트북을 휴대폰에 연결했다. 와이파이 접속이 원활하지 않았지만 그나마 아예 연결되지 않는 것보다는 나았다. 귀에 꽂은 이어폰에서 팻 메스니의 익숙한 기타 연주가 들려왔다. 창밖 시커먼 하늘에서 비가 주룩주룩 내리는 파리의 밤 풍경이 눈에 들어왔다.

마티아스는 스텔라 페트렌코의 죽음과 관련한 신문기사를 검색하기 위해 키보드를 눌렀다. 그에게도 스텔라 페트렌코라는 이름은 그리 낯설지 않았으나 얼굴은 떠오르지 않았다. 게다가 그녀가 사망했다는 소식은 처음 들었다.

화면에 뜬 기사들 가운데 전국지 위주로 내려받아 날짜순으로 훑어보기 시작했다. 에투알 무용수의 프로필이 완성된 형태로 머릿속에 그려지기를 기대하면서.

스텔라 페트렌코는 신장 172센티미터에 메뚜기처럼 길고 날렵한 다리, 백조처럼 긴 목의 소유자로 1990년대부터 2000년대까지 화려한 스포트라이트를 받으면서 활발하게 활동한 스타 무용수들 가운데 하나였다. 1969년 마르세유 출생이고, 그녀의 부모는 우크라이나 리비우에서 이주해온 이민자들로 경제 사정이 어려워 그다지 유복하지 않은 어린 시절을 보냈다.

스텔라 페트렌코는 열두 살에 파리 오페라 부속학교에 입학하기 위해 파리에 왔다. 스텔라는 성공에 대한 일념을 바탕으로 한 계단씩 목표를 향해 올라갔고, 열일곱 살에 파리 발레단에 입단했다. 그 후 카드리유, 코리페, 쉬제의 단계를 거치며 상승 곡선을 이어갔다. 스물두 살에 프르미에 당쇠르가 되었고 〈백조의 호수〉 공연에서 일인이역인 오데트와 오딜 역을 연기해 극찬을 받았다. 불행하게도 바로 그해에 파리 시내에서 오토바이에 부딪치는 사고를 당했고, 등과 무릎을 크게 다쳐 수술을 받았다. 수술 후 오랜 기간 재활 치료를 하느라 스텔라의 발레리나 경력은 한동안 중단될 수밖에 없었다. 사망하기 직전까지 스텔라는 등과 무릎의 수술 후유증으로 고생했고, 간헐적으로 찾아오는 통증 때문에 늘 신경을 곤두세우고 살았다. 스텔라는 치명적인 운명의 장난에도 굴하지 않고 과거의 명성을 되찾기 위해 눈물겨운 투쟁을 벌였고, 그 결과 다시 무대에 오를 수 있게 되었다. 그녀는 비교적 늦은 나이인 서른 살에 에투알 무용수로 등극했다.

스텔라는 당대의 위대한 안무가들인 모리스 베자르, 윌리엄 포사이드, 피나 바우쉬와 함께 일했고, 특히 스트라빈스키의 〈봄이 제전〉과 라벨의 〈볼레로〉 공연에서 오래도록 기억될 만큼 뛰어난 기량을 보여주었다. 과거의 명성을 뛰어넘는 활약으로 스텔라는 레페토, 에르메스, 아쿠아알타 등 유명 상품의 광고 모델로도 활약했다. 하지만 등과 무릎의 반복되는 후유증으로 그녀의 명성은 차츰 하향세로 접어들었다. 에투알 무용수의 은퇴 연령은 마흔두 살이었고, 스텔라는 뛰어난 실력을 유감없이 펼쳐보지 못한 가운데 회한을 안고 무대를 떠나야 했다. 2004년, 그녀는 라디오 프랑스 필하모닉 오케스트라의 수석 바이올리니스트인 로랑 콜랑주와 결혼했고, 둘 사이에 외동딸이 있었다.

마티아스는 유튜브를 통해 스텔라가 공연한 프로코피예프의 〈로미오와 줄리엣〉을 하이라이트로 보았다. 불과 몇 장면에 지나지 않았지만 가슴이 먹먹해질 만큼 인상적인 무대였다. 스텔라는 도자기 같은 하얀 피부에 뼈만 앙상하게 남은 발레리나의 상투적인 이미지와 거리가 멀었다. 얼굴만 보아서는 우크라이나 출신인지도 알 수 없었다. 솔직히 처음 봤을 때만 해도 우아한 구석이 조금도 눈에 띄지 않았다. 근육질 체구에 하루 여덟 시간씩 맹훈련을 해 다져진 긴 다리, 뼈처럼 보이는 두 팔, 각진 얼굴, 움푹 파인 두 볼, 왠지 심란한 느낌을 풍기는 눈, 뒤로 틀어 올린 머리에서 한두 가닥 흘러내린 머리카락 그 어디에서도 우아한 느낌을 찾아보기 힘들었다.

스텔라가 춤을 추면서 이야기는 완전히 달라졌다. 이 무슨 연금술인지, 스텔라는 무대에서 춤을 추는 동안 세상에서 가장 우아하고 아름다운 여성, 독특하고 매력적인 여성, 사람의 마음을 설레게 만드는 오라를 풍기는 여성으로 변모했다.

마티아스는 발레를 보는 동안 마음의 평정심을 잃고 스텔라의 매력에 깊이 빠져들었다. 마치 해묵은 아르마냑에서 증발한 알코올 기운 때문에 취기를 느끼듯이.

마티아스는 에투알 무용수의 경력을 상세하게 기록해둔 오페라 전문 사이트를 방문하고 나서 검색을 마무리했다. 그는 스텔라 페트렌코를 단 한 번도 만난 적이 없었고, 이미 이 세상 사람이 아니었지만 급속도로 호감을 느끼게 되었다. 신문과 잡지에 실린 사진 자료들만 보아도 스텔라가 얼마나 힘든 길을 걸어왔는지 충분히 짐작할 수 있었다. 발레를 위해 몸과 마음을 다 바친 에투알 무용수의 고독한 삶은 언뜻 보기에도 가슴이 숙연해지게 만드는 감동이 있었다.

가혹한 환경 속에서 보낸 청소년기, 예기치 못한 오토바이 사고로 잠시 주춤했던 도전과 쟁취의 삶, 그 뒤 다시 피나는 노력으로 마침내 에투알 무용수가 되어 눈부신 스포트라이트를 받은 삶, 춤을 출 때마다 솟구치는 아드레날린과 무대가 주는 현기증을 자양분 삼았던 삶은 스텔라 페트렌코였기에 가능했을 것이라는 생각이 들었다.

스텔라는 수많은 장애물과 악조건이 앞을 가로막았지만 끝내 발레리나로서 최고의 영예인 에투알 무용수 자리에 올랐다. 하필이면 에투알 무용수로서 인생 최고의 공연을 펼치기로 한 날 운명은 그녀의 편이 되어주지 않았다. 공연예술 종사자들의 파업으로 공연에 필요한 무대 장치와 의상이 전혀 갖춰지지 않은 상태로 무대에 오를 수밖에 없었기 때문이다. 스텔라의 분투는 끝내 미완성이라는 씁쓸한 결말을 남기고 역사의 뒤안길로 사라지게 되었다.

스텔라는 은퇴를 앞두고 《일요신문》과 가진 인터뷰에서 무대를 떠난 뒤로도 영화, 연극, 패션 등 다양한 분야에서 활동할 계획과 포부를 밝혔다. 하지만 10년이 흐른 현재의 시점에서 보자면 그녀가 인터뷰에서 밝힌 계획과 포부 가운데 실제로 이루어진 건 아무것도 없었다. 오랜 칩거 상태에 있던 스텔라의 이름은 사망 소식을 통해서야 다시 언론에 등장하게 되었다.

## 2

마티아스는 신문기사들을 살펴보느라 피로해진 눈두덩을 비볐다. 그는 시력 교정용 안경을 찾아 쓰고 나서 다시 검색 작업을 계속했다.

언론은 지난여름 막바지에 전해진 스텔라 페트렌코의 사망 소식을 대대적으로 다루지는 않았다. 문화부 장관이 올린 트윗으로 스텔라 페트렌코의 사망 소식이 세상에 처음 알려지게 되었다.

**나는 위대한 에투알 무용수 가운데 하나였던 스텔라 페트렌코의 갑작스러운 사망 소식에 진심으로 깊은 애도를 표합니다. 살아생전 혼신의 노력을 다 바친 이 발레리나는 뛰어난 기량과 깊은 감수성을 한**

*안젤리크*

**데 녹여낸 공연으로 불멸의 무대를 선보였습니다.**

스텔라는 마지막 가는 길조차 타이밍이 좋지 않았다. 공교롭게도 그녀가 사망한 2021년 9월 6일에 프랑스의 국민배우 장폴 벨몽도의 죽음이 알려지면서 애도의 물결을 이루었기 때문이다.

마티아스는 *'스텔라는 끝까지 운이 없었어.'*라고 생각하며 자기도 모르게 미간을 찌푸렸다. 언젠가 작가이자 한림원 회원인 장 도르메송이 라디오 방송에 출연해 자신보다 더 많이 알려진 유명인사와 같은 날에 세상을 떠나는 것이 얼마나 큰 불운인지 유머를 곁들여 이야기한 적이 있었다. 그는 불운한 죽음에 대한 실례로 시인 장 콕토의 경우를 언급했다. 장 콕토는 히밀 에디트 피아프와 같은 날 사망하는 바람에 크게 주목받지 못했다. 위대한 문학적 유산을 남긴 장 콕토의 죽음이 저명한 여가수의 사망 소식에 묻혀버린 것이다. 존 F. 케네디가 살해당한 날 세상을 떠난 올더스 헉슬리도 비슷한 경우였고, 원조 TV 시리즈 〈미녀 삼총사〉에서 맹활약한 여배우 파라 포셋도 마이클 잭슨과 같은 날에 사망하는 불운을 겪었다.

요컨대 TV 뉴스와 각종 일간 신문들은 에투알 무용수보다 〈아카풀코에서 온 사나이〉 장폴 벨몽도를 오마주하며 찬사를 보냈다. 스텔라의 사망과 관련해서는 다음 날 오후가 되어서야 《AFP》

가 최초로 단신을 전했다. 그 기사마저도 인터넷 언론 사이트에서 거의 퍼 나르지 않았다.

스텔라 페트렌코
건물 6층에서 떨어져서 사망
《AFP》

에투알 무용수 스텔라 페트렌코가 벨샤스 가의 자택 발코니에서 추락해 사망했다. 향년 52세.

어젯밤 11시 30분쯤 에투알 무용수로 명성을 떨친 스텔라 페트렌코가 파리 벨샤스 가 31번지에 위치한 자택 발코니에서 추락해 숨졌다. 신고를 받고 출동한 구급대원들이 잠시 후 현장에 도착했을 때만 해도 머리와 팔다리를 심하게 다친 에투알 무용수는 숨이 붙어 있는 상태였다. 구급대원들은 전직 에투알 무용수의 목숨을 건지기 위해 심폐 소생술을 시도했지만 끝내 회생하지 못하고 숨을 거두었다.

스텔라 페트렌코의 죽음과 관련해 몇 가지 의문점이 대두되었다. 사법 검사는 '스텔라 페트렌코가 사고로 추락했는지 아니면 자살을 시도했는지 조사해봐야 알 수 있을 것'이라고 말하면

*안젤리크*

서도 범죄 가능성은 그리 크지 않다고 조심스럽게 내다봤다. 현재 과학수사연구소에서 사인을 밝히기 위한 부검이 진행 중이라고 한다.

마티아스는 기사를 다시 한번 꼼꼼하게 정독했다. 해답을 주기보다는 오히려 의문만 가중시키는 기사였다. 자세한 정보를 얻으려면 수사를 담당했던 옛 동료들과 접촉해보는 수밖에 없었다.

12월 27일 저녁에 과연 누구에게 도움을 청할지 막막했다. 마티아스는 턱수염을 만지작거리며 어느 부서에서 이 사건을 담당했을지 가늠해보았다. 기사에서도 범죄 가능성이 크지 않다는 점을 언급하고 있는 만큼 강력반이 수사를 진행하지는 않았을 가능성이 컸다. 그렇다면 센 강 좌안 사법경찰 DPJ가 사건을 맡았을 확률이 높았다. 가장 최근에 들은 소식에 따르면 세르주 카브레라가 센 강 좌안 DPJ의 수장이 되었다. 그가 경찰에 몸담고 있을 당시만 해도 DPJ 제3팀 팀장이었던 세르주의 이미지가 머릿속에 떠올랐다. 짤막하고 다부진 체격에 황소처럼 굵고 짧은 목, 늘 떨어질 것처럼 위태롭게 매달려 있던 셔츠 단추, 1980년대식 짧은 헤어스타일이 눈에 선했다. 니스의 사나이라는 별명으로 유명했던 세르주는 폭력적인 언사와 과격한 행동, 성차별주의자적인 태도와 상스러운 욕설로 자주 비난의 대상이 되었다. 그럼 면들이 세르주를 21세기가 원하는 바람직한 형사상과는 거리가 먼 존재로 만들었다. 어쩌면 세르주는 더 이상 자리보전을 하지 못하고 쫓겨났을 수도 있었다. 그가 미투에 걸렸거나 폭력적인 행동을 저질러 강제로 옷을 벗게 되었다는 소식을 듣는다고 해도 전혀 이상할 게 없었다.

경찰 주소록을 뒤져보니 다행히 세르주의 전화번호가 여전히 남아 있었다. 마티아스는 일단 분위기를 살필 겸 큰 기대 없이 세르주에게 문자메시지를 보냈다. 크리스마스와 새해 벽두 사이에 낀 이런 날에 도움을 청할 경우 어느 누구도 손가락 하나 까딱하려 들지 않을 게 뻔했다.

*자, 그럼 이제부터 어떻게 한담?*

마티아스는 침대 머리맡 전등을 끄고 나서 노트북으로 모리스 베자르가 안무한 라벨의 〈볼레로〉를 틀었다. 스텔라의 명성을 돈독하게 해준 작품들 가운데 하나였다.


## 3
**파리 14구**


가랑비가 내리는 거리에서 면허 없이도 탈 수 있는 소형차가 탈

탈거리며 달리는 모습을 보니 마치 요구르트 병이 물 위에서 힘겹게 헤엄치는 것 같았다. 다양한 자동차들의 물결 속에서 숨을 헐떡이며 헤엄치는 캐러멜 향 요구르트 병. 소형차의 핸들을 잡은 루이즈는 내부순환도로로 들어선 걸 후회했다. 차가 시속 45킬로미터로 제한되어 있는 엔진이라 아무리 가속 페달을 밟아도 속도가 오르지 않았다. 조수석에 기대놓은 첼로만으로도 차 내부 공간은 빈틈이 없었다. 루이즈는 소형차의 내부로 스며드는 습기 탓에 별안간 재채기가 터져 나왔다. 배터리가 방전될까봐 히터를 틀지 않았더니 아래윗니가 딱딱 부딪칠 정도로 추웠다.

루이즈가 운전하는 소형차는 포르트 드 방브에서 대로를 벗어나 프티 몽루즈의 꼬불꼬불한 길들을 가로질렀다. 어둠이 내려앉으면서 주위가 온통 어둡고 차가운 습기로 가득했고, 겹겹의 안개가 건물을 완강하게 에워싸고 있는 모습이 눈에 들어왔다.

루이즈는 신호가 바뀌길 기다리면서 휴대폰 검색창에 마티아스가 알려준 주소를 입력했다. 그런 다음 휴대폰을 차에 고정시키고 GPS의 안내를 따라 운전했다. 요구르트 병 모양의 소형차는 자욱한 안개 때문에 마치 유령 사바나 같은 분위기를 풍기는 도로 한가운데에서 추위로 얼어붙은 당페르 로슈로의 사자 동상을 지나쳤다. 대학 기숙사촌 가까이에 이르자 몽수리 저수지의 보루가 시야에 들어왔다. 파리의 다수 지역에 식수를 공급하는 저수지였다.

여기까지는 비교적 잘 아는 곳이었지만 GPS가 몽수리 스퀘어 쪽으로 안내하기 시작하면서 낯선 풍경들이 이어졌다.

요구르트 병 소형차는 포석 깔린 길에서 어쩔 수 없이 속도를 줄였다. 길이 매우 가파르고 바닥이 미끄러웠다. 좁은 골목길은 마치 시골마을 같은 매력을 발산했다. 어둠이 내려앉은 골목길에 담쟁이와 등나무 덩굴로 뒤덮인 건물들이 보였다. 아르데코 양식의 아름다운 저택들과 예술가의 아틀리에들이 녹음 속에서 어깨동무를 하고 있었다.

루이즈는 목적지에 도착했다는 GPS의 말을 듣고 차를 세웠다. 건물 앞 철책에 '출입금지. 사나운 개 있음'이라고 쓴 팻말이 매달려 있었다. 게다가 유난히 눈에 잘 띄는 빨간색 팻말의 가장자리가 독일산 셰퍼드 형태로 장식되어 있었다.

잔뜩 겁을 집어먹은 루이즈는 연신 주위를 살피면서 철책을 밀었다. 철책 바로 뒤에 정원이 있었고, 개는 보이지 않았다. 자동 센서가 출입문 쪽 움직임을 감지한 듯 조명이 저절로 켜졌다. 목재 골조에 돌출 발코니, 따뜻한 느낌이 감도는 노란 빛깔 정면을 보자니 마치 파리 한가운데 자리 잡은 시골집 같은 느낌이 묻어났다.

루이즈가 용기를 내 현관문을 여는 순간 요란한 경보음이 울렸다. 경비장치 해제를 위해 비밀번호를 입력하고 있을 때 흰색과 호피 색이 뒤섞인 탐스러운 털에 귀가 축 늘어진 강아지 한 마리가 쪼르르 달려왔다.

*가짜 경고였잖아?*

마티아스가 힘주어 말한 독일산 셰퍼드 대신 키가 고작 40센티미터에 불과한 비글을 대하자 피식 웃음이 흘러나왔다.

"안녕, 티투스." 루이즈가 강아지의 머리를 쓰다듬으며 인사를 건넸다.

집 안에만 줄곧 갇혀 있다가 마침내 자유의 몸이 된 녀석은 쏜살같이 정원으로 달려 나가더니 연속으로 몇 바퀴를 돌았다. 루이즈는 강아지가 달리기를 마치길 기다렸다가 녀석을 앞세우고 집 안으로 성큼성큼 걸어 들어갔다. 집 안은 상상했던 것과 판이하게 달랐다. 시골풍 집 안을 보게 될 거라는 예상은 보기 좋게 빗나갔다. 담배 냄새와 땀 냄새가 섞여나는 데다 개수대에는 여러 날 밀린 설거지가 잔뜩 쌓여 있었다. 얼핏 보기에도 리모델링한 지 얼마 되지 않은 집이었다. 벽을 모두 헐어 숨이 탁 트일 만큼 넓은 공간을 확보한 대신 최대한 장식을 절제한 점이 인상적이었다. 기름칠한 원목 마루, 크기가 각기 다른 스탠드, 각진 선이 드러나는 바르셀로나 일인용 소파가 시야에 들어왔다. 집 안의 모든 물품들이 하나같이 크림색 톤을 유지하고 있었다.

비글이 루이즈 곁으로 다가오며 낑낑거렸다. 그제야 개 사료를 놓아둔 선반이 루이즈의 눈에 들어왔다. 루이즈는 접시에 미트볼을 담고, 빈 그릇에 물을 따라 티투스 녀석이 허기진 배를 채울 수 있도록 놓아준 다음 다시 거실로 돌아왔다.

어찌된 일인지 병원을 나선 이후 줄곧 피곤했다. 몸이 으슬으슬 추워지더니 좀처럼 따뜻해지지 않았다. 거실 벽난로에 동그랗게 만 신문지와 자잘한 나뭇가지, 큼지막한 장작 세 토막이 인디언 텐트 모양으로 쌓여 있었다. 성냥을 그어 신문지에 불을 붙이자 이내 잔가지로 옮겨붙었고, 얼마 안 있어 장작에서 불길이 활활 타올랐다.

집 안이 훈훈해지자 루이즈는 마티아스와의 약속을 잊고 집 안을 구석구석 살피며 돌아다녔다. 마티아스는 외국문학, 예술, 철학에 특히 관심이 많아보였다. 벽에는 중국의 서예 작품 한 점과 파비엔 베르디에의 석판화 한 점이 걸려 있었다. 테이블 위에는 해체되어 뒤엉킨 두 개의 금속 나선을 표현한 베르나르 브네의 청동 조각상 한 점이 놓여 있었다. 돌처럼 딱딱한 나무 선반 위에는 백색 문자들로 엮인 망으로 형체를 만든 인물상 한 점이 놓여 있었다.

집 주인의 취향을 반영한 듯 모든 물품들이 전혀 흐트러지지 않고 질서 있게 배치되어 있었다. 이 정도로 깔끔하게 집 안을 관리하는 사람이라면 정리 마니아라고 해도 과언이 아닐 듯했다.

*안젤리크*

루이즈는 잘 정리된 집 안에 있는 동안 편안한 느낌을 받았다. 루이즈 역시 무질서한 곳에서는 괜히 마음이 불안해졌기에 언제나 정확하고 완벽한 대칭에 집착하는 편이었다. 모든 물품들이 제자리에 반듯하게 놓여 있어야 마음이 놓였다. 이제 보니 집 안에 사진 한 장 없는 게 이상했다. 마티아스의 삶이 이루어지는 공간에서 여인이나 아이의 흔적이라고는 눈을 씻고 찾아볼 수 없었다.

루이즈는 차마 위층으로 올라가볼 엄두가 나지 않았다. 마티아스가 집 안에 감시카메라를 달아놓았을 수도 있는 데다 장작 불꽃이 일렁이는 벽난로 근처에서 잠시 몸을 녹이고 싶었다. 벽난로 가까이 서 있다 보니 몸이 금세 뜨거워졌다.

루이즈는 저절로 감기는 눈꺼풀을 문질러대다가 정신과 의사의 진료실에서도 본 적 있는 긴 의자에 몸을 눕혔다. 티투스 녀석이 다가오더니 다리에 기대며 몸을 웅크렸다. 루이즈는 휴대폰을 집어 들고 검색창에 마티아스 타유페르라는 이름을 입력했다. 그의 이름은 두 차례에 걸쳐 언론에 거론된 적이 있었다. 2000년대 초 파리 북역에서 벌어진 사건, 2016년 여름 지역 신문이 기획한 장기 기증 관련 특집 기사에도 이름이 등장했다. 두 가지 사건 관련 기사를 빼고는 마티아스 타유페르와 관련해 그 어떤 정보도 올라와 있지 않았다.

루이즈는 눈을 감고 마티아스 타유페르는 과연 어떤 인물인지 가늠해보았다.

나는 왜 비사교적이고 우울해보이는 기질을 가진 그에게 수사를 맡기기로 결정했을까? 그가 아니면 달리 수사를 부탁할 사람이 있을까?

루이즈는 모베르에 방을 얻은 이후로는 아빠를 만나지 않았다. 루이즈의 아빠 로랑 콜랑주는 이미 몇 년 전에 스텔라 페트렌코와의 결혼 생활을 청산했다.


4


송곳처럼 머릿속을 파고드는 음악 연주가 또다시 마티아스의 잠을 깨웠다. 다만 이번에는 루이즈의 첼로 연주가 아니라 휴대폰 벨소리였다.

*저장되지 않은 번호.*

마티아스는 어둠 속에서 침을 삼키며 몸을 일으켰다. 어느새 자정이 지난 시각이었다. 스텔라가 출연한 라벨의 〈볼레로〉 영상을 보다가 깜박 잠이 들었다. 목 언저리가 아프고, 머리가 묵직했다. 입 안이 바짝 마른 데다 소변도 마려웠다.

"누구시죠?" 마티아스가 전화를 받으며 물었다.

"마티아스 타유페르 반장님이시죠?" 전화기 너머에서 낯선 여자의 목소리가 흘러나왔다.

"네, 그런데요. 아니, 예전에는 분명 그랬죠."

"안녕하십니까? 저는 DPJ 3팀의 파투마타 디옵 경위입니다. 세르주 카브레라 팀장님이 전화해보라고 해서 연락드렸습니다."

마티아스는 전혀 기대하지 않았던 연락을 받게 되어 기분이 좋았다. 세르주는 예상을 깨고 그에게 연락병을 보냈다.

"이렇게 연락해주셔서 감사합니다. 세르주에게 이미 말했듯이 스텔라 페트렌코의 사망과 관련해 정확한 내용을 알고 싶습니다."

"정확한 내용이라면 가령 어떤 걸 말하는 건지요?"

"그 당시 직접 현장에 출동했습니까?"

"네, 우리는 구급대원들보다 몇 분 늦게 현장에 도착했습니다. 그 당시 정보를 원하신다면 요약본이 바로 제 눈앞에 있으니 당장 알려주겠습니다."

"시간도 절약할 겸 그 서류를 저에게 보내줄 수 있을까요?"

파투마타 디옵이 한숨을 푹 쉬었다.

"마티아스 타유페르 반장님, 솔직히 저는 이런 일을 매우 싫어합니다. 경찰 내부 문서를 외부로 유출했다가 괜히……."

"파투마타 디옵 경위님 생각에 스텔라 페트렌코의 사인은 뭐라고 보십니까?" 마티아스가 경위의 말을 끊고 대화를 본래의 궤도로 다시 옮겨놓았다.

"사고였어요. 자살은 개연성이 낮아요."

"사고로 확신하는 근거는 뭔가요?"

"스텔라는 발코니 벽에 매달아둔 화분에 물을 주기 위해 사다리를 타고 올라갔던 것 같아요. 인도로 추락한 스텔라의 시신 옆에 물뿌리개가 같이 떨어져 있었거든요."

"신문기사를 보니 스텔라가 추락한 시간이 자정 무렵이었던데요?"

"추락 사건과 늦은 시간이 무슨 관련이 있을까요?"

"파투마타 디옵 경위님은 자정에 발코니 벽에 매달아둔 화분에 물을 줍니까?"

"매번 그러지는 않지만 한 번쯤은 그럴 수도 있지 않을까요? 9월 초의 파리 날씨는 무척이나 더운 편입니다. 여름이 완벽하게 물러가기 전이라 사람들은 밤늦은 시간까지 발코니에서 시간을 보내기도 하죠."

"그야 그렇지만……."

"발코니 철제 난간을 살펴봤는데 잔뜩 녹이 슬어 있었고, 그리 높지도 않았어요. 게다가 그 집 발코니는 명백하게 건축 규정을 어겼더군요. 어린아이가 건드려도 넘어갈 만큼 난간이 허술했어요. 스텔라는 화분에 물을 주기 위해 사다리를 타고 위로 올라갔고, 술을 마신 상태라 균형을 잃고 아래로 추락한 게 분명합니다."

마티아스는 갑자기 뻐근해져오는 목덜미를 손가락으로 꾹꾹 눌렀다.

"과학수사대의 부검 결과는 어떻게 나왔나요?"

"혈중 알코올이 1그램이었다는 게 밝혀졌어요. 스텔라는 저녁에 부르고뉴 와인 한 병을 따서 4분의 3가량을 마셨습니다. 마리화나도 피웠고요."

"외부에서 침입한 흔적은 전혀 없던가요?"

"네, 없었어요."

"스텔라의 손톱 밑에 다른 사람의 피부 조직이 끼어있지는 않았나요? 천 조각이나 실 가닥 같은 거라도?"

"아무것도 없었어요."

"통상적으로 볼 때 그 정도면 범죄 가능성을 완전히 배제하기에 충분합니까?"

"반장님도 아시다시피 범죄 가능성을 의심하려면 살해 동기가 있어야 합니다." 경위의 목소리에서 짜증이 배어나왔다. "그 사건에서는 전혀 살해 동기를 찾아내지 못했습니다."

"도난당한 물건도 없었고요?"

"집 안에 값나가는 보석들이 제법 많았는데 그 자리에 그대로 보관되어 있었고, 눈에 잘 띄는 곳에 놓여 있던 지갑에 거액의 현금

이 들어 있었는데 손을 댄 흔적이 전혀 없었습니다."

"자살 가능성은 없었나요?"

"스텔라는 스포트라이트를 받던 시절이 지나간 이후 상태가 별로 좋지 않았으니까 자살을 의심해볼 여지는 충분했습니다. 스텔라가 저녁이면 갈라 쇼에 나가는 발레리나처럼 평소에도 자주 튀튀와 타이츠, 토슈즈 따위를 갖춰 입고 있었다고들 하더군요."

"추락해 사망한 날에도 발레복 차림이었습니까?"

"네, 발레복 차림으로 추락했어요. 마치 거대한 백조 한 마리가 추락해 사망한 것 같았죠."

파투마타 디옵 경위의 말을 듣는 동안 마티아스는 머릿속에 떠오르는 이미지들 때문에 몸을 부르르 떨었다. 언론은 왜 그런 정보를 전혀 언급하지 않았는지 의아했다.

"스텔라가 마리화나를 피웠다고 했죠? 집에 마리화나를 숨겨두고 있던가요?"

"아예 집에서 직접 대마를 재배하고 있었어요."

"스텔라가 대마를 재배해 거래했다는 말입니까?"

"거래할 목적이 아니라 직접 피우려고 몇 뿌리 재배한 것 같았습니다. 마티아스 타유페르 반장님, 미안하지만 저도 이제 퇴근할 시간이 되어서요. 이만 전화……."

"잠깐만요, 아까 구조대원들이 가장 먼저 현장에 도착했다고 했잖아요. 신문기사를 보니 스텔라는 현장에서 즉사하지 않은 것으로 되어 있던데요?"

"맞아요, 그런데 왜요?"

"스텔라가 혹시 숨이 끊어지기 전에 무슨 말을 남기지는 않았나요?"

"스텔라가 자신의 몸에서 흘러나온 피로 '오마르가 나를 죽였다.'라고 쓰지는 않았는지 궁금하세요? 스텔라의 숨이 끊어지지 않은 건 사실이지만 말을 할 수 있을 정도는 아니었어요. 약간의 숨이 붙어 있었을 뿐 이미 혼수상태였으니까요."

"아파트 내부로 침입한 외부인이 없었다고 자신할 수 있습니까?"

"아파트 출입문우 안에서 굳게 잠겨 있었어요."

마티아스는 뭔가 더 알아보고 싶었지만 더 이상 할 말이 없었다.

전화를 끊기 전 파투마타 디옵 경위는 마지막으로 못을 박았다.

"우리도 여러 방면으로 수사해봤지만 타살로 의심할 단서를 전혀 찾아내지 못했습니다. 스텔라는 사고로 죽었어요. 살해당한 흔적이 전혀 없었으니까요."

## 3. 불가능한 수사

얼마나 많은 상반되는 열정과 생각들이 한 사람 안에서 공존하는지 어느 누가 감히 말할 수 있단 말인가?

_앙드레 지드

# 1

## 12월 28일

"일어나! 어서 일어나라니까!"

루이즈가 눈을 떴을 때는 이미 날이 환하게 밝아 있었다. 티투스 녀석이 루이즈의 얼굴을 연신 핥아대는 동안 마티아스의 커다란 손이 어깨를 거칠게 흔들어대며 잠을 깨웠다.

루이즈는 마치 여러 날 의식을 잃고 누워 있었던 사람처럼 길고 어두운 터널을 이제 막 벗어난 느낌이 들었다.

어쩌다가 이리 오래도록 깊은 잠을 잘 수 있었지? 공부를 하느라 쌓인 피로감, 단조롭고 음울한 겨울 날씨, 엄마의 죽음이 몰고 온 슬픔과 스트레스가 모두 더해져서일까?

"그렇게 계속 흔들어대다가는 어깨가 빠져버리겠어요."

마티아스가 잔뜩 찌푸린 눈썹에 위협적인 눈길로 루이즈를 바라보았다.

"지금 여기서 뭐해?"

"보시다시피 자고 있잖아요."

마티아스의 손아귀에서 겨우 어깨를 빼낸 루이즈는 하늘 높이 솟은 태양 덕분에 모처럼 맑은 햇살을 보게 되어서인지 미움이 한껏 가벼웠다. 장의자에서 벌떡 몸을 일으켜 세운 루이즈는 거실 마룻바닥을 몇 발짝 걸었다. 맑은 햇빛 속에서 보니 거실이 테라스까지 길게 이어져 있었다. 테라스는 작은 마당으로 둘러싸여 있어 평화롭고 화사해보였다.

"퇴원한 사실을 알려 주었더라면 제가 모시러 갔을 텐데요."

"정어리 통조림 같은 깡통 차를 끌고?"

마티아스가 일인용 소파 위에 놓인 첼로를 턱짓으로 가리키며 말했다.

"첼로를 차 안에 놓아두고 자동차 열쇠를 꽂아둔 상태로 내렸던데 그러다가 잊어버리면 어쩌려고 그래? 너 혼자 카지미르*의 세상에서 살고 있다고 믿는 거야?"

"이 동네가 무척이나 고요하고 전원적이라서 설마 별일 있으려니 했어요."

"게다가 넌 왜 허락도 받지 않고 이 집에서 잠을 잤지?"

"나도 모르게 그만 깜박 잠이 들었어요."

루이즈가 어깨를 으쓱하자 마티아스가 버럭 소리를 질렀다.

"여긴 내 집이야! 왜 허락도 받지 않고 네 마음대로 이 집에서 잠을 자냐고?"

"그렇게 소리를 지를 것까지야 없잖아요. 형사님이 시킨 대로 강아지 밥을 잘 챙겨주었고, 벽난로 불을 쬐면서 잠시 누웠다가 깜박 잠이 들었을 뿐이에요. 그게 무슨 대수라고 목청을 돋우시죠?"

"네 아빠 집에서 산다고 했지? 어서 네 아빠에게 잘 있다고 연락해. 걱정이 많을 텐데."

루이즈가 터져 나오는 하품을 애써 참으며 고개를 저었다.

"요즘은 모베르에 원룸을 얻어서 혼자 살아요. 아빠는 새엄마와 두 아이를 데리고 발디제르에서 살고요." 루이즈는 나른하게 기지개를 켜며 말을 이었다. "벌써 정오가 되었을 줄은 미처 몰랐어요. 혹시 집에 먹을 만한 음식 없어요?"

*프랑스 TV에서 방영된 어린이용 프로그램 〈아이들의 섬〉에 등장하는 친절한 괴물 이름

안젤리크

마티아스는 한숨을 푹 내쉬면서 주방으로 걸어갔다. 루이즈도 그를 따라 주방으로 갔다. 인조대리석으로 만든 아일랜드 식탁을 중심으로 설계된 주방도 거실처럼 크림색이 주조였고, 등받이 없는 짙은 갈색 참나무 의자들이 포인트가 되어주었다.

"무얼 먹고 싶은데?"

"파스타."

"카르보나라, 괜찮아?"

"오케이!"


## 2


"엄마의 죽음에 대해 알아보셨어요?"

마티아스는 커다란 냄비에서 물이 끓는 동안 인덕션 근처에 음식 재료들을 모두 모아두었다.

"관련 기사들을 찾아 꼼꼼하게 읽어보았고, 그 당시 수사를 담당했던 여자 형사와 이야기를 나누어봤어."

"어떤 결론을 얻었는데요?"

마티아스는 계란 세 개를 깨 노른자만 대접에 담고 나서 파르메산 치즈를 첨가해 휘저었다.

"넌 왜 네 엄마가 살해당했다고 생각하지?"

"어떤 논리적 근거가 있지는 않아요. 그냥 직관이죠."

마티아스가 어이가 없다는 듯이 천장을 바라보았다.

"직관은 믿을 게 못 돼."

"엄마를 가장 잘 아는 딸의 직관이라면 다를 수도 있지 않을까요?"

"네 엄마의 혈액에서 알코올 1그램이 검출되었고, 발코니에서 대마초를 재배했어."

"그런데요?"

"네 엄마는 정서적으로 안정되어 있지 않았다는 뜻이야."

"그래서요?"

"네 엄마의 죽음으로 이득을 보는 사람이 누가 있을까?"

루이즈는 어깨를 으쓱하더니 두 팔을 크게 벌리며 고개를 저었다.

"너 혹시 네 엄마의 은행 계좌를 본 적 있어?"

"엄마는 빈털터리였어요. 에투알 무용수일 때 한 달에 7,000유로를 받았는데 그 돈으로는 아파트 대출금 갚기에도 빠듯했죠."

"아파트는 네가 상속받게 되었지?"

"아빠가 남아 있는 대출금을 다 갚아줄 경우 제가 상속받을 수 있어요."

"네 아빠 말이 나와서 하는 말인데, 네 엄마와는 어떤 관계였지?"

"아빠와 엄마는 내가 다섯 살 때 이혼했어요. 아빠의 입장에서 보자면 에투알 무용수와 사는 게 그리 쉬운 일은 아니었을 거예요.”

“가령 어떤 점에서?” 마티아스가 크림소스를 휘저으며 물었다.

“아빠가 말하길 에투알 무용수는 누군가 자신들에 대해 이야기할 때만 듣는 사람들이래요. 엄마를 보자면 그다지 틀린 말이 아니었죠.”

마티아스가 끓는 물에 소금을 집어넣고 나서 파스타 면을 넣었다.

“엄마는 이기적이었고, 대체로 불행했고, 주변 사람들을 힘들게 했어요. 여전사 같은 기질을 갖고 있었는데 불행한 일을 많이 겪다보니 평범하고 안정된 삶을 살 수 없었던 것 같아요.”

“네 엄마에게 연인이 있었니?”

“모르긴 해도 남자가 수십 명쯤 있었을 거예요. 엄마는 일주일에 한 번씩 남자를 바꿔가며 사랑에 빠졌으니까.”

“과장되게 부풀린 건 아니지?”

“무분별한 사랑이 엄마의 정서 불안을 불러일으킨 원인 가운데 하나라고 봐요.”

*섹스에 대한 꺼지지 않는 욕망도 하나의 원인일 테고.*

마티아스는 잘게 썬 이탈리아식 베이컨 구안찰레를 살짝 볶기 위해 팬에 올리브유 한 방울을 떨어뜨렸다.

“혹시 네 엄마가 자살했을 수도 있을까?”

루이즈가 어깨를 움찔거렸다.

"엄마는 자살로 생을 마치기에는 지나치게 자기 자신을 사랑하는 인물이었어요."

"수사를 담당한 여자 형사 말로는 네 엄마가 발레복 차림으로 추락해 사망했다더군. 타이츠에 튀튀, 토슈즈를 착용하고 있었다는 거야. 어쩐지 작별 인사를 할 때의 의식 같다는 느낌이 들지 않아?"

"엄마의 습관이었어요. 엄마는 은퇴한 후에도 줄곧 발레 연습을 했고, 집에서도 자주 낡은 튀튀를 입고 지냈죠."

"넌 왜 네 엄마가 살해당했다고 생각하게 되었지? 출입문이 안에서 굳게 잠겨 있었고, 외부 침입자가 집 안으로 들어온 흔적이라고는 전혀 없었어. 그런 생각을 하게 된 동기가 뭔지 궁금해."

"지붕." 루이즈가 당연한 걸 왜 묻느냐는 투로 짧게 대답했다. "누군가가 지붕을 타고 내려와 엄마의 아파트 발코니에 나타났을 수도 있지 않을까요? 여름이면 엄마는 테라스에 안락의자를 내놓고 하루 종일 책을 읽거나 휴대폰을 들여다보며 시간을 보냈거든요."

"현재로서는 그럴싸한 살해 동기도 없잖아."

"저는 형사님이 다 이해했을 거라고 생각했는데."

"뭘?"

안젤리크

"저 역시 살해 동기를 찾아내려고 형사님에게 수사를 의뢰한 거예요."


3


마티아스는 모처럼 햇살 가득한 날씨를 즐기기 위해 정원용 테이블에 식탁을 차렸고, 루이즈는 3분 만에 파스타 접시를 비웠다.

"내가 만든 파스타를 이렇게 맛있게 먹어준 사람은 네가 처음이야."

마티아스가 식사를 하는 동안 루이즈는 그가 수사를 계속 할 수 있도록 옆에서 열심히 펌프질을 했다.

"아파트를 직접 방문해 살펴보는 게 어때요? 제가 모시고 갈게요."

"이미 석 달이나 지났는데 지금 가봐야 무슨 소용이 있겠어. 경찰 수사도 종결되었고, 현장 보존이 전혀 안 되어 있을 텐데. 게다가 난 오후에 중요한 약속이 있어."

"그럼 내일은?"

"내일은 할 일이 많아."

"모레는?"

"정말 못 말리는 아이네."

마티아스가 식탁을 치우고 나서 에스프레소 커피 두 잔을 들고 정원으로 돌아왔다.

"슬프겠지만 네 엄마가 돌아가셨다는 사실을 인정하고 받아들여야 해. 네가 좋아하는 수사놀이가 이미 숨진 엄마를 되살아오게 해주지는 않으니까."

루이즈가 벌떡 일어서더니 심각한 얼굴로 테라스를 오갔다.

"수사를 그만둘 생각이 없어요." 루이즈가 당찬 목소리로 말했다. "무엇이 나오는지 끝까지 파볼 거예요. 형사님이 도와주지 않겠다면 사설탐정을 알아보는 수밖에요."

"얼마 되지도 않는 유산을 사설탐정에게 다 갖다 바치려고? 네 마음은 충분히 이해하지만 좋은 생각이 아니야."

"빌어먹을! 그러니까 형사님이 수사를 계속해줘요."

마티아스는 가타부타 대답하지 않고 긴 한숨을 내쉬었다. 그는 정면으로 햇빛을 받고 있었으므로 선글라스를 착용하고 나서 두 다리를 테이블 위에 걸쳐놓은 상태로 담배에 불을 붙였다.

"심장이식 수술을 받은 분이 담배를 피우면 어떡해요? 형사님은 정말 구제불능이네요. 흡연은 혈압을 높이고, 혈관을 막는 작용을 해요. 스스로 생명을 단축해가며 빨리 죽길 원해요?"

마티아스는 묵묵부답으로 앉아 맛나게 담배를 피웠다. 그는 지난 며칠 동안 고열에 시달렸다. 12월 28일은 그의 인생에서 영원히 잊을 수 없는 날이었다. 지금도 가슴을 옥죄는 불안감 없이는 결코 돌이켜볼 수 없는 날.

마티아스는 오후 4시에 약속이 있었다. 집으로 일찍 돌아오는 대신 거리를 배회할 작정이었다. 집으로 돌아와 최대한 빨리 곯아 떨어지려면 벤조디아제핀을 입에 털어 넣고 술을 마셔야 한다. 내일도 그 다음 날도 깊은 잠 속으로 도망쳐야 한다. 꿈속으로, 환각 속으로. 심장이 협조해주지 않을 경우 어쩔 수 없었다. 어차피 남아 있는 생에 대한 미련도 없었다.

"저랑 같이 엄마의 아파트에 가보는 게 어때요?"

루이즈는 그의 앞을 가로막고 서서 다시 집요하게 졸라댔다. 마티아스가 의대생을 집 밖으로 내치지 않는 이유는 딱 한 가지였다. 루이즈가 그의 기분을 바꿔주었기 때문이다. 그 아이가 자꾸만 그의 머리를 자극해 어두운 기억의 저편으로 돌아가려는 시도를 방해해주었다.

"사설탐정에게 맡기겠다며?"

"사설탐정은 차선이고, 형사님은 최선이니까요."

"넌 나에 대해 잘 알지도 못하잖아. 나는 그다지 선한 사람이 아니야. 넌 이제 겨우 열일곱 살이고, 줄곧 온실 속에서 자라 인생의 도처에 숨어 있는 위험에 대해 잘 몰라. 인상이 선하다고 해서 함부로 사람을 믿어서는 안 돼."

"오해하지 말아요. 형사님은 전혀 선해 보이지 않으니까."

"내가 마지막으로 한 번 더 말해줄게. 넌 나랑 함께 있으면 위험해질 수도 있어."

루이즈가 미심쩍은 표정으로 마티아스를 유심히 바라보았다.

이 남자는 아무리 봐도 변태 짓을 할 사람으로 보이지는 않아. 그런 사람은 본능적으로 경계심이나 두려움이 느껴지는데 이 남자는 전혀 아니야. 누군가 나를 칼로 찌르려고 하면 온몸으로 막아줄 것 같아.

"직관을 과신하지 마." 루이즈의 생각을 읽기라도 한 듯 마티아스가 말했다.

"내친김에 그냥 수사를 계속 하세요. 이미 착수했잖아요." 루이즈가 난로의 불씨를 끄며 말했다.

"난로를 다시 피워."

"난로를 애용하는 건 환경 파괴에 일조하는 거예요."

"난로가 없으면 엉덩이가 얼어붙을 거야."

"엉덩이보다 지구의 환경을 지키는 게 더 중요해요."

"지구는 너나 내가 걱정하지 않아도 잘 돌아가게 되어 있어."

"다시는 묻지 않을 테니까 딱 잘라 말해 봐요. 수사를 계속 할 거죠?"

운명이 이 아이를 내가 가는 길에 예비해둔 건 아닐까? 마치 신호처럼. 아니, 도구처럼.

**안젤리크**

"내가 수사를 계속하는 대신 너도 나랑 약속할 게 있어."

"뭔데요?"

"아무것도 묻지 말고 내가 말하는 대로 해줘."

"그럼 이제 우리의 거래가 성사된 셈인가요?"


# 4
## 파리 7구
## 생토마다켕 가


루이즈는 이탈리아 가구 매장과 팡테옹 시토 수도원 사이에 새롭게 문을 연 이브생로랑 본사 사이에 차를 세웠다. 스텔라 페트렌코의 아파트는 벨샤스 가와 라카즈 가가 교차하는 모퉁이에 있었다. 마티아스는 눈을 들어 위에서부터 아래로 건물 외관을 훑어내려왔다. 웅장한 느낌이 도는 흰색 석조 건물로 세월이 흐르면서 약간 누르스름한 색으로 변질되어 있었다. 18세기부터 파리의 몇몇 건축물들의 재료로 사용된 생막시맹 석회석으로 지은 집이었다. 마티아스는 자주 문제를 일으킨 심장의 피로감이 아직 회복되지 않은 탓에 금박 입힌 몰딩과 큼지막한 석영석 타일, 거대한 샹들리에로 치장한 건물 로비로 들어서는 루이즈를 느릿느릿 뒤따라갔다. 두 사람은 이른 오후에도 여전히 닫혀 있는 경비실 앞을 지나 엘리베이터를 타고 6층으로 올라갔다.

"엄마가 사망하던 날 이후 현장을 그대로 보존해 두었어요." 루이즈가 출입문을 밀고 안으로 들어서며 말했다.

건물 귀퉁이에 위치한 스텔라 페트렌코의 정사각형 아파트의 실내는 온통 파스텔 톤으로 인테리어가 되어 있었다. 발레 연습용 공간에 놓인 큼지막한 거울 때문에 거실이 실제보다 훨씬 커보였다. 파리의 지붕들을 내려다볼 수 있는 전망이 이 아파트만의 매력이었다.

마티아스는 에투알 무용수가 발레 연습실의 분장실 분위기를 사는 집에도 그대로 옮겨놓고 싶어 했으리라 예상했는데 역시 그랬다. 고리에 매달려 있는 한 무더기의 토슈즈, 타이츠와 튀튀를 입은 마네킹, 프랑수아 부셰*의 화폭에서 방금 전에 튀어나온 것 같은 벨벳 의자 등이 눈에 들어왔다. 상감기법으로 발레리나의 모습을 새겨 넣은 의자 뒤 벽면에는 팬들이 보낸 엽서, 편지, 발레 거장들의 사진, 유명 피아니스트의 사진, 스텔라가 각계의 저명인사들과 찍은 사진들로 빼곡하게 채워져 있었다. 마티아스는 그 사진들 속에서 피나 바우쉬**, 모리스 베자르***, 사르코지 전 대통령

---

*François Boucher 프랑스의 화가, 소묘가, 판화가
**Pina Bausch 독일의 현대무용가 겸 안무가
***Maurice Bejart 프랑스의 무용가 겸 안무가

등을 알아보았다.

　루이즈가 두 개의 커다란 창문을 활짝 열어젖히더니 자신이 범죄 현장이라고 믿는 곳을 보여주기 위해 손짓으로 마티아스를 불렀다. 독특한 형태의 발코니는 집의 내부와 외부에 양 다리를 걸치고 있는 작은 테라스처럼 보였다. 철 세공 지지대 위에 무광 유리 지붕을 얹고, 그 주변에 포도넝쿨이 드리워지게 만든 공간이었다. 난간을 따라가면서 화분들이 매달려 있었지만 추운 날씨 탓에 식물들은 모두 말라 죽은 상태였다. 페인트칠이 군데군데 떨어져나간 높은 쪽 나무 덧문에도 토기 화분들이 매달려 있었다. 발코니 구석에 세워져 있는 나무 사다리는 마치 그 자리에서 화석이 되어버린 듯했다.

　마티아스는 난간 쪽으로 몸을 숙였다. 파투마타 디옵 경위가 말한 그대로 높이가 낮고 녹이 슬어 있는 난간이었다. 그는 발코니 지붕 쪽으로 시선을 돌렸다. 몸이 가볍고 유연한 사람이라면 지붕을 타고 테라스로 접근하는 게 가능해 보였지만 실제로 시도할 확률은 제로에 가까워보였다. 도대체 어떤 멍청한 도둑이 죽을 수도 있는 위험을 감수해가며 남의 집에 들어왔다가 아무것도 훔치지 않고 빈손으로 돌아간단 말인가? 게다가 그 도둑이 발레리나와 마주쳤다면 몸싸움을 벌였을 텐데 흔적이 조금도 남아 있지 않았다. 집 안은 마치 아무 일도 없었던 것처럼 깔끔하게 잘 정리되어 있었다.

그나마 가장 실현 가능한 시나리오는 DPJ 3팀 형사들이 주장하는 대로 실족사였다. 술에 취한 스텔라가 화분에 물을 주려고 사다리에 올라갔다가 추락했다고 보는 게 가장 설득력이 있어 보였다.

마티아스가 그런 생각을 말하자 루이즈가 고개를 저으며 원망스러운 눈길로 쏘아보았다. 그때 갑자기 마티아스의 얼굴에 강력한 빛이 반사되었다. 방금 전 누군가 길 건너편 건물에서 창을 열거나 닫았고, 거울처럼 빛을 반사한 것이다.

마티아스는 손으로 차양을 만들어 길 건너편 건물들로 눈길을 던졌다. 서로 마주보고 선 7층의 흰색 건물 세 채가 눈에 들어왔다. 이제 보니 발레리나의 죽음과 관련해 갖가지 증언은 많았지만 솔깃한 정보를 제공한 사람은 없었다는 생각이 들었다.

마티아스는 발코니로 통하는 창문을 반쯤 열어둔 상태로 집 안으로 들어와 욕실로 갔다. 사소한 단서라도 찾아볼 생각이었다. 구급상자를 열어보니 여러 개의 콘돔, 벤조디아제핀, 설트랄린*이 눈에 띄었다. 당연하지만 무대 뒤편은 언제나 공연장보다 덜 근사하기 마련이었다.

난 지금 여기서 뭘 하고 있지?

*항우울제

**안젤리크**

거실로 나와 보니 루이즈가 기다리고 있었다. 마티아스는 거실 책상 위에 놓인 스텔라의 수첩, 안나 아흐마토바* 시집, 자개 박힌 라이터, 소설책 등을 훑어보았다. 소설책을 되는 대로 펼쳐 보니 '사랑하기 좋은 나이란 존재하지 않는다. 사랑받기 좋은 나이만이 존재하며 순식간에 지나간다.'라는 문장에 밑줄이 그어져 있었다.

마티아스는 거실을 오가며 가죽 장정으로 된 수첩을 기계적으로 뒤적거렸지만 특별하게 시선을 끄는 부분은 없었다. 강력반 형사 시절에도 그랬듯이 현장을 둘러보고, 세부 사항들을 머리에 입력하던 중 갑자기 머리에서 스파크가 일어나며 예전에 수집한 자료들과의 연결고리가 찾아지길 기대했다. 혹시라도 거리에서 올라오는 소음이나 엘리베이터 소리, 복도에서 무슨 소리가 들리는지 귀를 크게 열고 신경을 집중했다.

문득 고개를 드는 순간 벽에 걸려 있는 그림 한 점이 눈길을 잡아끌었다. 푸르스름한 터키 색 바탕과 대비를 이루는 은빛 눈의 젊은 남자 초상화였다. 갸름하고 우아한 몸매와 좀비 눈이 있는 얼굴이 한 몸을 이루고 있어 매혹적인 동시에 섬뜩한 느낌을 주는 그림이었다.

"이 그림은 누가 그렸지?"

*러시아 시인 안나 안드레예브나 고렌코의 필명

"저도 몰라요. 그 그림이 이 아파트 벽에 걸려 있은 지 그리 오래되지 않았을 거예요. 저도 처음 보니까."

"이건 네 엄마 휴대폰이니?"

루이즈가 고개를 끄덕였다.

"비밀번호를 알아?"

"저도 비번을 몰라서 혹시 형사님이라면 휴대폰을 열 수 있는 방법을 알고 있지 않을까 기대했어요."

"휴대폰에 대해서라면 틀림없이 네가 나보다 잘 알 거야."

그 순간 갑자기 초인종이 울렸다.

"경비실에서 왔는데 우편물을 전해주려고요."

두 사람이 아파트로 올라가는 걸 본 여자 경비원이 그동안 모아둔 우편물을 가져왔다. 마티아스는 초상화를 다시 한번 자세히 들여다보았다. 왠지 모르게 그 초상화가 자꾸만 신경을 자극했다. 누군가 집에 소장하고 있는 그림들을 보면 주인의 성향과 취미에 대한 힌트를 얻을 수 있다. 어떤 그림을 벽에 걸어두고 매일 본다는 건 각별히 마음에 들어야 가능한 일이다. 그림이 일단 벽에 걸리면 자연스럽게 매일 바라볼 수밖에 없다. 그림은 날마다 조금씩 파장을 퍼뜨려 좋은 의미든 나쁜 의미든 주인을 감염시킨다.

그림에 작가의 서명이 없어 마티아스는 벽에서 그림을 떼어내

뒷면에 부착된 상표를 살펴보았다.

**마르코 사바티니**

**병정 #96**

**베르나르 베네딕 화랑**

**포부르 생토노레 가 125번지**


마티아스는 상표 내용을 메모한 다음 액자에서 눈을 떼고 때마침 돌아가려는 경비원을 불러 세웠다.


## 5


"안녕하세요. 저는 강력반의 마티아스 타유페르 반장입니다. 5분만 시간을 내줄 수 있을까요?"

여자 경비원은 경계하는 눈빛으로 마티아스를 힐끔 쳐다보았다.

"석 달 전에 이미 경찰이 묻는 말에 전부 대답해 주었는데요."

마티아스는 까딱하다간 경비원이 경찰 신분증을 보여 달라고 할 것 같은 분위기를 감지했다.

"수사판사가 사건 종결을 앞두고 보충 수사를 요청했습니다. 그리 오래 걸리진 않을 겁니다.”

마티아스는 책상 맞은편 의자를 손으로 가리키며 경비원에게 앉으라는 눈짓을 보냈다. 그는 책상에 놓여 있는 펜들 가운데 하나를 집어 들고 에투알 무용수가 노르망디 호텔에서 가져온 해묵은 메모지에 경비원의 말을 받아 적을 준비를 했다.

“이름은?”

“미리암 모를리노. 이 구역에 있는 건물 세 채의 경비를 맡고 있습니다. 27, 29, 31번지죠.”

“당신이 근무하는 경비실은 이 건물 안에 있습니까?”

“아뇨, 옆 건물에 있습니다. 전에는 경비원이 둘이었는데, 입주민 회의에서 관리비 절감을 위해 한 사람으로 줄였습니다.”

“스텔라 페트렌코에 대해 잘 아십니까?”

“네, 잘 아는 편입니다. 지난 1월부터 경비원으로 일했는데 페트렌코 부인과 자주 이야기를 나누었으니까요. 메르텐스 부인에게 물어보면 잘 알 겁니다. 예전에 여기서 저와 함께 일했던 동료 경비원이거든요.”

“사고가 나던 날, 혹시 무슨 소리를 듣지 않았나요?”

“전혀 듣지 못했습니다. 저는 잠이 많은 편이라 그날도 평소처럼 이른 시간에 잠자리에 들었거든요.”

미리암 모를리노는 말을 하는 동안 입고 있는 튜닉을 손으로

흔들었다. 실내 온도가 낮은 편인데도 더워서 바람을 일으키려는
듯이.

"구급대에 최초로 연락한 사람은 누구죠?"

"테르미도르 가 9번지, 그러니까 길모퉁이에 있는 카페 주인
이 연락했어요. 그가 카페 문을 닫으려고 할 때 추락 사고가 일
어났다더군요.

"스텔라 페트렌코를 마지막으로 본 사람은 누구죠?"

"그건 저도 모릅니다. 페트렌코 부인은 최근에 외출이 뜸했어
요. 사고가 나던 날, 오전 11시쯤에 제가 우편물을 가져다주었고,
오후 늦게 여자 간호사가 그 집에 다녀갔습니다."

"여자 간호사라면?"

"페트렌코 부인이 수술을 받은 부위에 붕대를 갈아주기 위해 드
나드는 여자 간호사요."

마티아스는 미간을 찌푸리며 루이즈를 바라보았다.

"네 엄마는 무슨 수술을 받았지?"

"아주 간단한 수술이었어요. 나중에 말씀드릴게요."

잠시 전 스텔라가 사용하던 수첩을 들춰보다가 흘겨 쓴 글씨로
적어둔 간호사의 연락처를 본 기억이 났다. 마티아스는 수첩을 펼
쳐 연락처를 찾아냈다.

노라 메사우드 간호사 사무실

부르고뉴 가 35번지

파리 75007

마티아스는 연락처가 적힌 페이지를 찢어 주머니에 넣고 나서 질문을 계속했다.

"당신이 알기로 스텔라 페트렌코가 마리화나나 약 말고 달리 복용하는 뭔가가 있었나요? 혹시 집으로 찾아오는 마약 딜러를 보았다거나."

"듣자하니 너무 하시네요." 루이즈가 옆에서 불만을 표출했다.

"저는 그런 부분에 대해서는 전혀 모릅니다." 경비원이 퉁명스 럽게 대답했다. "가끔 이 집을 찾아오는 남자들이 있었지만 제가 보기에 마약 거래를 하는 부류로 보이지는 않았어요."

"혹시 얼굴을 익히 아는 남자는 없었나요?"

경비원은 불편한 기색을 감추지 않았다.

"전혀 모르는 남자들이었어요."

"그 남자들이 스텔라 페트렌코와 연인처럼 보이지는 않던가요?"

"페트렌코 부인에게도 늙는다는 건 대단히 심각한 문제였나 봐 요. 연인이 늘 있는 분이었는데 최근에는 질보다는 양이었죠."

"이 아파트 건물에는 대체로 어떤 분들이 살고 있나요?"

안젤리크

경비원은 언짢은 표정을 지으며 땅이 꺼져라 한숨을 쉬었다. 마치 그 질문에 답하려면 초인적인 노력이 필요하다는 듯이.

"맨 아래층은 변호사 사무실인데 랑베르 부부 소유죠. 그들 부부는 2층과 3층을 모두 쓰는 복층 아파트에 주거하고 있어요. 4층에는 롤랑 박사의 진료실과 살림집이 있고, 5층은 미국인 소유로 되어있는데 그분들은 봄에만 와요."

"6층에는 페트렌코 부인 말고 또 누가 살죠?"

"이 집 말고 작은 아파트가 하나 더 있는데 위층에 사는 화가가 미술 도구 보관실로 쓰고 있어요."

"7층은 원래 하녀방 아니었나요?"

"네, 하지만 화가가 하녀방을 하나로 합쳐 작업실로 개조해 사용하고 있죠."

"그 화가 이름이 뭐죠?"

"마르코 사바티니. 젊은 이탈리아 화가죠. 바로 이 그림을 그린 사람입니다."

경비원이 마티아스가 벽에서 떼어낸 그림을 가리키며 말했다.

전직 형사의 머릿속에서 번갯불이 번쩍였다.

"그 화가는 지금 작업실에 있습니까? 한번 만나보고 싶군요."

"형사님은 그 화가를 영영 만날 수 없을 겁니다."

"왜죠?"

"죽었으니까요."

"언제요?"

"지난여름에 코비드-19로 사망했어요. 아니, 다들 사인이 그렇다고는 하던데……."

경비원은 한동안 말이 없었다.

"당신이 생각하기에는 화가의 사인이 코비드-19가 아닌 것 같았나요?"

"제 생각에는 코비드-19 백신을 맞아 사망한 것 같아요."

"왜 그렇게 생각하는데요?"

"혹시 형사님은 코비드-19 백신에 뭐가 들어있는지 아세요? 흑연산화물로 이루어진 초소형 알들이 들어있답니다. 백신을 만든 사람들이 5G 칩을 이용해 사람들을 원격 조종하기 위해서요."

마티아스는 경비원이 농담을 하고 있다고 생각했다. 그런데 그녀의 표정을 보니 몹시 진지할 뿐만 아니라 얼토당토않은 말을 계속 쏟아냈다.

"인간의 의지를 통제하기 위해 흑연을 이용해 인체를 자석처럼 만드는 겁니다. 그럼 혈액이 굳어 심장이나 뇌에 산소를 공급할 수 없게 되죠. 저는 코비드-19 백신 때문에 죽은 사람들을 많이 알고 있어요. 백신 때문에 전자기장이 교란되는 겁니다."

"말도 안 되는 소리." 루이즈가 이의를 제기했다. "의대생인 제

가 판단하건대 방금 전에 하신 말은 터무니없는 유언비어에 해당
됩니다."

"아니, 전혀 그렇지 않아요. 사람들은 우리를 음모론자라고 하
지만 우리야말로 깨어있는 선지자들입니다. 코비드-19 백신을
접종하게 되면 휴대폰을 통해 파장이 촉발되고 알들이 부화해 변
종 생명체가 태어나게 됩니다. 일종의 에일리언 같은 것들이죠.
그 결과 변종 생명체들이 인간의 몸을 제어하게 될 겁니다."

루이즈는 어이없어 하는 눈으로 경비원을 쳐다보았다. 마티아
스는 아예 경비원의 말을 듣고 있지 않았다. 나이를 먹어가면서
터무니없는 말을 들으면 알레르기 반응이 일어나 도저히 참을 수
없기 때문이었다.

마티아스는 손목시계를 힐끗 보고 나서 말했다.

"난 이제 그만 돌아가야겠어."

그는 떠나기 전 마르코 사바티니가 그린 그림을 책상 위에 놓여
있던 레페토의 토트백에 집어넣었다.

"그 그림은 왜 가져가죠?" 루이즈가 물었다.

"이 그림이 중요한 증거물이 될 수도 있어."

## 4. 비상식적인 시간

비상식적인 시간이었다. 사람들은 죽은 자들을 테이블에 앉혔다.

_루이 아라공

## 1

## 콩코르드 광장

　요구르트 병처럼 생긴 소형차는 다른 차들 사이를 요리조리 빠져나가며 거침없이 달렸다. 조수석에서 몸을 최대한 웅크리고 앉은 마티아스는 마치 코르셋을 입고 딱딱한 플라스틱 상자 속에 들어앉은 기분이었다. 폰텐 데 메르 분수와 오벨리스크를 지난 차는 느닷없이 비상등을 켜고 파리의 대관람차 앞 광장에 멈춰 섰다.

*안젤리크*

마티아스는 마치 탈출을 시도하는 죄수처럼 신속하게 차 문을 열고 밖으로 빠져 나오자마자 쥐가 나려는 다리를 풀었다. 루이즈도 이내 그가 서 있는 놀이 기구 앞으로 다가왔다. 11월 말부터 이곳에서 커다란 바퀴 모양 대관람차를 운행하고 있었다.

"이런 놀이 기구는 딱 질색이에요." 루이즈가 대관람차를 가리키며 입을 삐죽거렸다.

"약속 장소를 여기로 정한 사람은 내가 아니야."

"누구랑 약속했는데요?"

"그건 알 것 없고, 너무 일찍 도착했나 봐. 무료하게 있지 말고 와플이나 먹을까?"

"형사님과 있다 보면 주로 먹기만 하네요   이 수사가 끝날 때쯤이면 형사님 체중이 아마 10킬로그램쯤 불어나 있을 것 같아요."

마티아스는 뱅쇼 향을 풍기는 와플 노점으로 걸어가 줄을 설지 말지 망설이는 청소년 앞에 끼어들어 추로스를 주문했다. 루이즈도 못 이기는 체하며 크레이프를 주문했다. 간식이 나오길 기다리는 동안 마티아스는 스텔라의 수첩에서 찢어낸 종이를 꺼냈다. 종이를 바르게 편 그는 스텔라가 휘갈겨 쓴 전화번호를 확인하고 노라 메사우드 간호사에게 전화를 걸었다. 전화가 자동 응답기로 넘어가자 그는 급히 연락해달라는 음성메시지를 남겼다.

"이제부터 너랑 나랑 임무를 나누어 수행하자." 마티아스가 크레이프를 들고 오는 루이즈에게 말했다. "나는 해 떨어지기 전에 여자 간호사를 만나볼 테니, 넌 마르코 사바티니의 그림을 전시하고 있는 화랑을 찾아가 봐."

"왜요?" 루이즈가 비상등을 켜고 급히 멈춰선 자동차 쪽으로 눈길을 던지며 물었다.

"코비드-19로 사망했다는 그 화가의 사연이 어쩐지 마음에 걸려."

"그 화가랑 엄마의 죽음이 서로 연관되어 있다는 뜻이에요?"

"아직 근거는 없어. 다만 직관일 뿐이야."

"직관은 믿을 게 못 된다면서요?"

"사사건건 따지지 말고 그냥 내가 말하는 대로 하라고 했지. 같은 건물에 사는 사람이 비슷한 시기에 죽었어. 그런 경우 무조건 의심해볼 가치가 있지."

"형사님이 수사를 해주는 대가로 비용을 얼마나 지불해야 하는지 아직 결정하지 않았어요."

"천천히 결정해도 돼. 그 대신 분명하게 해둘 일이 있어. 앞으로 내가 말하면 이의를 제기하지 말고 그대로 실행에 옮겨. 질문도 사절이고, 주석을 다는 것도 금물이야. 오케이?"

루이즈가 고개를 끄덕이자 마티아스는 말을 이어갔다.

"퓌르스탕베르 광장 근처에 〈넘버6〉라는 이탈리안 레스토랑이 있어.”

“어딘지 알아요.”

“오늘 저녁 7시에 넌 그 식당에 가서 카운터 근처에 앉아 음료를 한잔 주문해. 물론 무알코올 음료가 좋겠지. 공연히 미성년자가 음주 문제를 일으킬 필요는 없으니까. 카운터 근처에 앉아 있으면 홀 전체가 한눈에 들어올 거야.”

“그런 다음?”

“여자를 찾아내. 40대 나이에 미모의 레바논 여자야.”

“그 여자가 누군데요?”

“질문은 하지 말라고 했을 텐데.”

루이즈는 농담으로라도 반박하고 싶었지만 내면에서 그렇게 하지 않는 편이 좋겠다는 의사를 알려왔다.

“여자를 발견하면 즉시 휴대폰으로 사진을 한 장 찍어서 나에게 보내.”

“그게 전부예요?”

“응, 전부야. 간단하지?”

“그 여자는 일행 없이 혼자일까요?”

“아마 혼자일 거야.”

“저는 언제까지 그 여자를 기다려야 하죠?”

“최대 한 시간.”

"알았어요."

"그럼 다시 연락하자." 마티아스가 휴대폰을 흔들어 보이며 말했다.

루이즈가 갑자기 마티아스를 뒤따라갔다.

"마르코 사바티니의 작품을 전시하는 화랑에서는 무얼 알아봐야 하죠?"

마티아스는 생기발랄한 동시에 왠지 불안감이 깃들어있는 루이즈의 눈빛을 보는 순간 깜짝 놀랐다. 그가 아는 누군가와 너무나 많이 닮은 눈빛이었다.

"아직 나도 잘 모르겠어. 다만 넌 대단히 똑똑한 학생이니까 무얼 찾아내야 할지 스스로 잘 궁리해 봐."

마티아스는 알쏭달쏭한 말을 남기고 몸을 돌렸다. 루이즈는 멀어져가는 전직 형사를 잠시 지켜보았다. 후드 달린 붉은색 파카 차림의 키 큰 남자가 마티아스에게로 다가가는 모습이 눈에 들어왔다. 루이즈가 눈을 가느다랗게 뜨고 자세히 살펴보려고 하는 사이에 두 남자는 어느새 자취를 감춰버렸다.


2

베르나르 베네딕 화랑은 포부르 생토노레 가에 위치한 건물 안에 자리 잡고 있었다. 조명이 켜져 있었지만 인기척이 전혀 느껴지지 않아 처음에는 화랑 문이 닫힌 줄 알았다. 초인종을 누르자 출입문이 열리더니 젊은 여성이 루이즈 쪽으로 걸어왔다. 짧게 자른 머리, 피어싱을 한 얼굴, 눈에 잘 띄는 타투를 한 젊은 여성은 '아다마를 위한 정의'라는 글귀가 찍힌 흑백 티셔츠 차림이었다.

"무엇을 도와드릴까요?"

"베르나르 베네딕 씨와 이야기를 나누고 싶은데요."

여자가 눈꺼풀을 깜박거렸다.

"무슨 이야기를 나누길 원하시죠?"

"이 그림에 대해서요." 루이즈는 투트백에서 마티아스가 챙겨준 그림을 꺼냈다.

그림을 본 여자의 태도가 순식간에 달라졌다.

"마르코 사바티니의 그림이네요. 이 연작 그림의 파란색 배경은 핑크색과 더불어 가장 인기가 좋은 편이죠. 베르나르 베네딕 씨에게 전할게요. 운이 좋은 편이시네요. 대표님은 오늘 아침에 뉴욕에서 돌아왔고, 내일 다시 산호세로 떠날 예정이거든요."

루이즈는 자신이 지금 이 화랑에서 무얼 하고 있는지 알 수 없었다. 처음에는 마티아스가 수사에 뛰어든 것만으로도 만족했는데 자꾸만 수사가 그녀의 관심사와 엉뚱한 방향으로 흘러가는 것 같아 마음에 들지 않았다. 앞으로 수사가 어떤 방향으로 진행될지 전혀 감이 잡히지 않는다는 것도 불만이었다.

베르나르 베네딕이 나타나길 기다리는 동안 루이즈는 화랑을 둘러보았다. 두 개의 전시실에서 '흰색 소음'이라는 제목의 전시회가 열리고 있었다. 흰색을 주제로 하는 전시회로 흰색으로 된 그림, 흰색 조각 작품, 흩날리는 눈송이들을 묘사한 흰색 린넨 타피스리 등이 진열되어 있었다. 대형 흰색 형광등이 걸려 있는 벽면에는 '흰색의 악은 사라져야 한다.'는 글귀가 적혀 있었다. 전체적으로 얼음이 둥둥 뜬 우유를 가득 채운 수영장을 연상케 하는 전시회였다. 괜한 불안감을 조성하면서 구토를 유발하는 전시회.

또 다른 전시실도 둘러보았다. 그나마 훨씬 흥미로운 작품들이 전시되어 있었다. 전시회 제목이 〈죽은 자들의 군대〉였다. 마르코 사바티니가 그린 20여 점의 초상화들로 이루어진 전시회였다. 각각의 초상화들은 서로 비슷해 구분이 쉽게 되지 않았다. 하나같이 은색 동공을 가진 젊은이를 그린 작품으로 눈동자 없는 좀비가 관객을 뚫어지게 바라보는 것 같은 느낌을 주었다. 초상화들의 배경이 다르다는 점이 포인트였다. 몇몇 그림은 배경으로 모래언덕, 정글, 산 등을 재질감이 도드라지게 표현해놓았고, 격정적인 느낌이 도는 단색으로 처리한 배경도 있었다. 그림을 투영하고 있는 빛도 모두 달랐다. 노을이 타는 석양빛에서 겨울 아침의 창백한 빛에 이르기까지 다양한 빛을 섬세하게 표현한 점이 인상적이었다. 마치 이 수수께끼 같은 그림들이 저마다 나름의 사연을 간직하고 있다고 말하려는 듯 각각의 작품에서 묘한 긴장감이 묻어 나왔다. 전투, 피, 죽음 같은 이미지가 연상되기도 했다.

"놀라운 작업이죠. 안 그렇습니까?"

갑자기 들려온 목소리에 루이즈는 혼자만의 생각에서 빠져나와 베르나르 베네딕에게 인사를 건넸다. 예순 살쯤 되어 보이는 화랑 주인은 젊은이들이 주로 입는 패션을 선호하는 듯 오렌지색 스웨터, 몸에 찰싹 달라붙는 스키니 진, 알록달록한 스니커즈 차림이었다.

"이야기를 나누고 싶다고요?"

루이즈가 마르코 사바티니의 그림을 보여주면서 엄마가 살던 아파트 벽면에 걸려 있는 그림을 가져왔다는 설명을 덧붙였다.

"우리 화랑에서 그 그림을 액자에 넣어 아파트로 보내주었으니 당연하죠. 파리 7구에 있는 아파트죠?"

루이즈가 고개를 끄덕였다.

"마르코 사바티니가 학생의 어머니에게 선물한 그림입니다. 내가 기억하기로 두 분은 이웃이었고, 서로 친밀하게 지낸 사이로 알고 있습니다."

말을 하는 동안 화랑 주인의 눈이 두꺼운 르 코르뷔지에 안경 너머에서 반짝였다.

"학생 어머니가 그림을 판매하고 싶어 하신다면 당연히 제가 사겠습니다."

"엄마는 돌아가셨어요."

"아, 그래요? 정말 죄송합니다. 제가 큰 실수를 했군요. 자주 외국에 나가 있다 보니 미처 소식을 듣지 못했습니다."

"당연히 그럴 수 있지요. 대표님이 실수한 건 없으니까 마음 놓으세요."

"커피 한잔 하시겠습니까?"

"시원한 물이나 한잔 주세요."

베르나르 베네딕은 대표 집무실로 가자면서 인더스트리얼 스타일의 철제 계단을 올라갔다. 그의 집무실은 투명아크릴 테이블 하나와 앉은뱅이 안락의자 두 개로 이루어진 단출한 공간이었다.

"탄산수를 드릴까요?"

"아니, 그냥 생수로 주세요. 물을 마시면서 마르코 사바티니의 그림에 대해 좀 더 이야기를 듣고 싶어요."

"마르코 사바티니는 서른한 살에 사망했습니다. 밀라노의 브레라 미술 아카데미에서 공부했고, 떠오르는 화가였죠. 우리 화랑에서는 2년 전부터 마르코 사바티니의 그림을 전시하기 시작했습니다. 처음에는 그룹 전시 작가의 일원이었는데 단연 돋보였죠. 올해, 우리 화랑에서는 그가 그린 초상화들을 모아 개인전을 열었습니다. 〈죽은 자들의 군대〉라는 제목은 화가가 직접 붙였습니다."

"마르코 사바티니를 개인적으로도 잘 아시나요?"

"솔직히 개인적으로 잘 알지는 못합니다. 비밀이 많고, 폐쇄적인 성격의 화가라서 집 밖으로 거의 나가지도 않으니까요. 전시회 홍보 행사에도 전혀 참석하지 않았고, 금전적인 문제에도 그다지 관심을 보이지 않더군요. 우리 화랑에서는 아트 파리, 피악(FIAC)*, 아트 바젤 같은 행사에서 그의 그림을 출품해 제법 많이 팔았는데 그 이후로도 그다지 친밀하게 교류하며 지내지는 않았어요. 마케팅 차원에서 보자면 마르코 사바티니의 사망은 우리 화랑에 큰 타격을 주었죠."

"매번 거의 유사한 초상화를 그리던데 이유가 있을까요?"

"늘 괴로워하는 얼굴의 초상화를 그리죠. 물론 다양한 변주를 가미하기 때문에 똑같은 작품은 없습니다. 그의 그림에 투영된 디테일한 변주들이 수집가들을 열광하게 만드는 포인트입니다."

"각각의 초상화들이 저마다 다른 메시지를 전하고 있는 건가요?"

"그건 저도 모릅니다. 마르코 사바티니는 그림에 대해 설명을 덧붙이는 화가는 아니었으니까요."

*해마다 파리에서 열리는 국제 현대 미술시장

화랑 주인은 자리에서 일어서더니 선반에 놓인 도록 한 권을 가져왔다.

"우리는 마르코 사바티니의 마지막 전시회 때 도록을 한 권 편집했습니다. 문화유산 관리 책임자가 글을 썼는데, 마르코 사바티니의 작품을 아이티의 부두교도들에게서 나타나는 좀비화 과정과 연결 지어 설명했습니다. 이 도록을 드릴 테니까 시간이 되면 읽어보세요. 필자의 해석에 동의하긴 힘들지만 대단히 흥미로운 점이 있긴 하더군요. 자, 받으세요. 내가 학생에게 주는 선물입니다."

"감사합니다." 루이즈는 갑작스런 선물을 받게 되어 당황했지만 감사 인사를 잊지 않았다.

"마르코 사바티니가 과연 다른 형태의 작품을 그릴 수 있었을지 궁금한데 이젠 그 해답을 영영 얻을 수 없게 되었네요."

"마르코 사바티니는 정말 코비드-19로 사망했나요?"

"언론에서는 그런 결론을 내렸죠. 마르코 사바티니의 약혼녀가 그가 사망하기 직전 그림 석 점을 우리 화랑에 가져왔어요. 그때 그의 약혼녀도 분명 코비드-19 때문에 사망했다고 말하더군요. 젊은 화가라서 코비드-19로 사망했다는 사실이 아직도 믿기지 않아요."

"혹시 우리 엄마와 마르코 사바티니가 어떤 관계였는지 아세요?"

베르나르 베네딕은 인상을 찌푸렸다.

"학생을 도와주고 싶지만 저도 두 분이 어떤 사이인지 알지 못합니다."


## 3
**콩트레스카르프 광장**
**파리 5구**


문자메시지가 들어왔다는 알림 음이 울렸다.

**방금 카페에 도착했어요.**


마티아스는 바의 출입구 쪽으로 눈을 돌린 즉시 노라 메사우드를 발견했다. 몸에 꼭 맞는 베이지색 트렌치코트에 윤기가 도는 검은 머리, 립스틱을 짙게 바른 입술을 보아하니 제법 멋을 낼 줄 아는 간호사였다.

마티아스는 손짓을 보내 간호사를 자신이 앉아 있는 구석자리 테이블로 오도록 했다.

"이렇게 와주셔서 고마워요, 음료는 무얼 드시겠어요?"

"고맙지만 음료는 사양할게요." 간호사가 가방을 테이블 한 귀퉁이에 내려놓으며 말했다. "적어도 아직 두어 시간을 더 일해야 해서요. 벌써부터 모스크바 뮬을 마셔대다가는 자칫 환자들을 소홀히 다루어 사망자가 발생할 위험이 있어요."

바깥에서 번개가 여러 차례 번쩍이더니 둔중한 천둥소리가 이어졌다. 노라는 손목시계를 힐끗 들여다보더니 마음이 바뀐 듯 음료를 시켰다.

"박하 잎 띄운 페리에를 한 잔 시켜주세요. 얼음과 레몬을 곁들여서요."

마티아스는 종업원을 불러 음료를 주문했다.

"형사님이 전화로 한 말이 무슨 뜻인지 알아듣기 힘들었어요."

"스텔라 페트렌코의 사망과 관련해 재수사를 하고 있습니다."

"무슨 이유 때문이죠?"

"사건을 종결하기에 앞서 몇 가지 확인해둘 사항이 있어서요."

"재조사든 재수사든 저랑 상관없는 일 아닌가요?"

"스텔라 페트렌코가 사망하던 날 당신은 그 여자를 만났죠?"

"한 달 넘도록 매일 스텔라의 붕대를 갈아주었어요."

"스텔라는 정확하게 무슨 병 때문에 붕대를 했나요?"

"뒤퓌트렌인데 혹시 들어보셨어요?"

"처음 듣습니다."

"단순하게 말하자면 손바닥과 손가락에 생기는 염증이죠."

노라가 손을 펼쳐 관절 부위를 보여주었다. 새빨간 매니큐어를 칠한 긴 손톱들의 끝부분이 하이힐 굽 모양으로 손질되어 있었다.

"처음에는 가벼운 통증으로 시작되는데 나이를 먹으면서 점점 증세가 심해지죠. 손상된 피부 조직이 차츰 굳어져 손바닥에 혹이나 단단한 힘줄이 형성됩니다. 그런 변이들이 손가락을 수축시키고, 결국 손을 펼 수 없게 만들죠."

"그런 병에 걸리게 되는 원인이 뭡니까?"

노라는 어깨를 으쓱 하고 나서 음료를 한 모금 마셨다.

"아직 정확한 원인이 밝혀지지 않았어요. 여러 명의 가족들이 동일한 증세를 보이는 걸 보았는데 유전병일 가능성이 커요. 술 담배도 병을 유발하는 중요한 요인으로 의심받고 있습니다."

마티아스는 간호사의 손에서 눈을 떼지 못했다. 별, 꽃, 나비, 초승달을 그려 넣은 손톱들을 보자니 하나같이 매우 뛰어난 예술 작품처럼 느껴졌다. 노라의 손톱들이 그를 매혹시켰다.

"그 병은 통증이 심한 편인가요?"

"통증은 그리 심하지 않아요. 다만 시간이 지나면서 장애가 되기 때문에 반드시 수술을 해야 합니다."

"그럼 스텔라 페트렌코도 수술을 했겠군요?"

"스텔라는 석회화가 진행된 힘줄 전부를 절제하는 수술을 받아어요."

"양손 모두?"

간호사는 잠시 생각에 잠겼다.

"아뇨, 오른손만 수술했어요. 스텔라의 입장에서 보자면 천만다행이었죠. 그녀는 왼손잡이였으니까."

"스텔라는 수술하지 않은 손으로 무거운 물뿌리개를 들어야 했겠군요."

"아마 그랬을 겁니다. 이제 질문을 다 마치셨나요? 밖에 나가 담배 한 대 피우면 안 될까요?"

두 사람은 카페를 나와 흡연자들이 담배를 피울 때 애용하는 처마 밑으로 자리를 옮겼다. 비에 젖은 콩트레스카르프 광장이 건물에서 발산하는 빛을 머금어 반짝였다. 카르티에 라탱 방문은 몇 달 만에 처음이었다. 지난봄에 이곳을 방문했던 기억이 났다. 전원적인 이미지를 풍기는 콩트레스카르프 광장은 오늘 따라 서글픈 모습을 하고 있었다. 시청에서 광장의 분수대를 에워싸고 있는 아름드리나무들 가운데 두 그루를 뽑아버렸기 때문이다. 그 결정에 찬성하는 시민들이 과연 얼마나 될지 의문이었다.

"시청에서 도시를 이리 흉하게 만들어놓아도 왜 다들 묵묵히 참아내는지 궁금해요." 노라가 혼잣말처럼 구시렁댔다.

마티아스도 내심 동의했지만 입을 다물었다.

"그러니까 당신은 스텔라의 수술 후 치료를 맡고 있었군요?"

"치료라고 할 것도 없었어요. 스텔라는 보름 동안 부목을 대고 있었고, 그 후로는 일정한 시간에 붕대를 교체해주면 되었으니까요."

"매일 붕대를 갈아주었나요?"

"네, 감염 방지를 위해."

"당신은 스텔라를 한 달 내내 만났겠군요."

"네, 맞아요." 노라가 담배연기를 길게 내뿜으며 대답했다.

"스텔라는 평소 무슨 이야기를 하던가요?"

"특별히 기억나는 말이 없네요. 붕대 교체는 그리 시간이 오래 걸리지 않아서요. 저는 그 집에서 10분 이상 머문 적이 없어요."

"스텔라에 대해 어떤 인상을 받았습니까?"

"내 딸이 발레를 배우기 때문에 스텔라에 대해 관심이 많았어요. 스텔라가 딸에게 가져다주라며 발레 가방을 선물한 적도 있죠. 마음 씀씀이가 제법 친절한 편이었어요."

"스텔라의 아파트 욕실에 있는 구급상자에 렉소밀과 졸로프트가 들어 있더군요. 스텔라는 우울증을 앓고 있었나요?"

"누구나 어느 정도는 우울증을 앓고 있다고 봐야 해요. 형사님은 아닌가요?" 노라가 희미한 미소를 지으며 반문했다.

마티아스는 긍정도 부정도 할 수 없는 질문이라 미간을 찌푸렸다.

"내가 스텔라에 대해 알고 싶어 하는 게 뭔지 잘 아실 텐데요?"

"스텔라는 심리적으로 안정적인 편이 아니었어요. 늙는 걸 끔찍하게 싫어했고, 과거처럼 스포트라이트를 받지 못하는 삶을 견딜 수 없어 했죠."

"스텔라에게 연인이 있었나요?"

"기회가 있을 때마다 눈이 맞은 남자들과 잠자리를 같이 했어요."

"스텔라가 직접 그런 이야기를 해주던가요?"

"그럴 리 없잖아요. 그냥 공공연한 소문이었어요." 간호사가 다시 손목시계를 보면서 말했다. "저는 이만 가보겠습니다. 음료 잘 마셨어요."

노라 메사우드는 피우던 담배를 던져버리고 나서 손을 흔들며 사라졌다.


4


마티아스는 바로 돌아가 카운터에 지폐 한 장을 내려놓고 밖으로 나왔다. 비를 맞으며 몽주 광장까지 걸어온 그는 택시에 올라 집 주소를 알려주고 나서 운전기사에게 시끄러운 라디오를 꺼달라고 부탁했다.

비가 내리고 어둠이 내려앉으면서 기분이 더욱 가라앉은 마티아스는 몸을 잔뜩 웅크리고 깊은 침묵 속으로 침잠했다. 오늘 밤에도 마주해야 할 외로움이 벌써부터 사무쳐왔다. 그가 창밖으로 휙휙 지나치는 유령 같은 풍경을 멍하니 바라보고 있을 때 휴대폰이 울렸다.

루이즈의 영상통화였다. 마티아스는 불안한 마음을 애써 다잡으며 전화를 받았다. 은은한 조명 속에서 〈넘버6〉 카운터에 앉아 있는 루이즈의 모습이 눈에 들어왔다.

"레바논 여자는 아직 나타나지 않았어요. 좀 더 기다려보다가 오지 않으면 그냥 가려고요."

마티아스는 가타부타 입을 열지 않았다. 화면을 통해 보이는 장소가 자기도 모르게 고통스러운 과거의 기억을 소환했다. 카페의 실내장식이 눈에 선했다. 테라코타 바닥, 붉은 벽돌로 마감한 벽, 느티나무 대들보, 조용하고 따뜻한 분위기, 맛이 각별한 할머니식 파스타.

"베네딕 화랑도 방문했었는데 주목할 만한 소득은 없었어요." 루이즈가 시큰둥하게 말했다.

"나도 간호사를 만나 봤는데 소득이 없었어." 마티아스가 퉁명스럽게 화답했다.

스텔라 페트렌코의 죽음에 대한 수사는 처음부터 동맥경화를 앓는 혈관처럼 답답한 흐름을 보이고 있었다.

"난 너에게 분명하게 말했어. 네 엄마는……."

"형사님은 정말이지 짜증나는 스타일이세요." 마티아스가 미처 뭔가 말하기도 전에 루이즈가 소리를 빽 지르더니 전화를 끊어버렸다.

마티아스는 긴 한숨을 내쉬었다. 몽수리 스퀘어의 포석 깔린 길과 집이 눈에 들어왔다. 마음을 위로해주는 존재라고는 티투스밖에 없는 집이었다.

집 안으로 들어선 마티아스는 불도 켜지 않고 어둠 속에서 구두를 벗고, 티투스에게 밥을 챙겨주려고 기계적이고 일상적인 몸짓을 반복했다. 거실로 돌아온 그는 카루이자와 위스키 병을 들고 소파에 앉아 마개를 따고 길게 들이켰다.

마티아스는 자신이 술기운을 이겨내지 못하는 체질 덕분에 알코올 중독자가 되지 않았을 거라고 생각했다. 위스키는 잠시의 틈도 주지 않고 그를 KO시켰다.

마티아스는 눈을 감고 오늘 하루 겪은 일들을 돌이켜보면서 거실을 서성거렸다. 루이즈 콜랑주의 얼굴 주변에서 반짝이던 창백하고 푸르스름한 빛, 마르코 사바티니의 그림 속 인물의 좀비 같은 눈, 여자 경비원 미리암 모를리노의 핏발 선 눈과 일그러진 얼굴로 코비드-19 시국에 대한 음모론적 열변을 토해내던 모습, 콩코르드 광장의 대관람차에서 나눈 루이즈와의 대화, 약속과 달리 〈넘버6〉에 나타나지 않은 레나, 간호사 노라 메사우드의 하이힐 굽 같았던 손톱 치장.

마티아스는 그를 현실과 이어주던 연결고리를 모두 끊어버리고 잠에 빠져들었다. 악몽 속에서 노라 메사우드의 길고 뾰족한 손톱들이 그의 목을 갈가리 찢어놓았다. 꿈에서 그는 몸 안의 피를 모두 쏟아냈음에도 전혀 고통스럽지 않았다. 그는 전쟁터에 있었고, 두 개의 참호 사이에 누워 있었다. 까마귀들이 하늘에서 원을 그리며 선회하는 모습이 보였다. 간호사가 몸 위에 걸터앉아 그의 장기에 길고 날카로운 손톱을 박아 넣었다. 좀 더 가까이에서 보니 여자는 노라 메사우드가 아니라 벨샤스 가에서 몇몇 건물을 관리하는 경비원 미리암 모를리노였다.

"코비드-19 백신을 가장한 흑연을 경계해야 합니다. 그들이 5G 칩으로 인간의 정신을 마음대로 제어하려 하니까요."

마티아스는 온몸이 피투성이였고, 머리가 몹시 아픈 데다 바늘로 귀를 뚫는 것 같은 통증이 계속되었다. 미리암이 그의 머리를 잡아채더니 세차게 흔들었다.

"전화벨이 울리잖아, 멍청아!" 미리암이 악을 써댔다.

마티아스는 식은땀을 흘리면서 잠에서 깨어났다. 심장이 터질 듯이 뛰었다. 티투스 녀석이 다가와 침을 질질 흘리며 그의 귀와 입을 핥았다. 그는 소매로 녀석의 침을 닦고 나서 전화를 받았다.

노라 메사우드였다.

"거친 숨소리로 보아 운동 중이거나 섹스에 몰입 중인데 본의 아니게 제가 방해가 된 것 같네요."

"둘 다 잘못 짚었어요. 악몽을 꾸었거든요."

"겨우 저녁 8시인데 벌써 잠자리에 드셨어요? 형사님은 생각보다 굉장히 모범적인 생활을 하시네요."

마티아스는 티투스의 머리를 쓰다듬어주고 나서 소파에서 일어났다.

"용건만 간단히 말할게요." 간호사가 말을 이어갔다. "그다지 중요하지 않은 정보일 수도 있지만요."

"뭔지 말씀해보세요."

"제가 형사님께 한 달 동안 매일 스텔라 페트렌코를 만났다고 말씀 드렸잖아요. 백퍼센트 정확한 말은 아니었어요. 8월 말, 그러니까 스텔라가 사망하기 열흘 전에 저는 일주일 동안 휴가를 다녀왔어요. 그 대신 의료인력 전문 포털 사이트를 통해 다른 간호사를 구해주었죠."

마티아스는 연신 관자놀이를 눌러대며 미간을 찌푸렸다.

"당신이 일주일 동안 휴가를 떠나 있을 때 다른 간호사가 에투알 무용수의 붕대를 교체해 주었다는 말인가요?"

안젤리크

"정확하게는 8월 25일부터 9월 1일까지요."

"당신 일을 대체한 간호사 이름을 알려줄 수 있습니까?"

"그럴 줄 알고 제가 미리 찾아두었죠."

마티아스는 메모를 하려고 펜을 집어 들었다.

"간호사 이름이 안젤리크 샤르베입니다."

노라는 잠시 입을 다물었다가 당돌하게 속내를 보였다.

"오늘 일을 다 마쳤는데 혹시 저를 만나 초밥을 사줄 의향이 있으세요? 8구에 괜찮은 일식집이 있거든요."

II

안젤리크 샤르베

## 5. 바리케이드의 이쪽 저쪽

눈이 녹으면 흰색은 어디로 갈까?

_윌리엄 셰익스피어

**4개월 전**

**파리 교외**

**8월 28일**

1

내 이름은 안젤리크 샤르베.

나이는 34세.

*안젤리크*

나는 지금 화장실 변기에 앉아 있다.

임신 테스터를 두 손에 쥐고.

양성.


## 2


선명한 두 개의 줄이 나를 비웃었다. 이런 결과가 나오리라 짐작
했다. 생리가 지연되고, 가슴께가 단단해지고, 가끔 구역질이 났
기 때문이다. 나는 임신 테스터를 세면대에 던져버리고 샤워꼭지
아래에 섰다. 뜨거운 물줄기를 맞으며 아이 아빠가 누군지 알아보
기 위해 지난 시간들을 더듬어보았다. 머릿속에서 역순으로 지난
날을 떠올려보던 나는 코랑탱 르리에브르 기자에게 주목했다. 8
월 초에 틴더를 통해 그를 만나 처음 데이트를 했다. 기분이 어찌
나 별로였는지 벌써 기억에서 일부가 사라져버렸다. 코랑탱은 기
사를 써서 여러 매체에 파는 프리랜서 기자였다. 그는 활동가 기
자를 자처하면서 적극적 행동주의와 언론 사이에서 서성거리는 작
자였다. 그 작자는 가스통 라가프 식 동글동글한 얼굴에 염소수염
이 있고, 탈모 증상이 있어 늘 커다란 챙이 달린 비니를 쓰고 다녔
다. 그가 프로필에 올린 사진과 실제 얼굴은 전혀 달랐다.

코랑탱은 나를 제마프 기슭에 있는 앙팡 테리블 바로 데려갔다. 그는 '행복한 지구가 필요해.'라는 표어가 그려진 우스꽝스런 티셔츠 차림이었고 매사에 똑 부러지는 자기 의견을 갖고 있었다. 나는 그가 쉴 새 없이 자기 말만 해대는 바람에 15분쯤 듣다가 아예 귀를 닫아버리고 레몬 드롭 잔을 연신 비웠다. 그 결과 내 주량을 넘겨 과음하게 되었다. 그렇지 않고서야 내가 위젠바를랭 가에 위치한 코랑탱의 아파트까지 따라갈 리 없었으니까. 그 작자는 섹스를 그다지 잘하지도 못하는 주제에 시간만 질질 끌어댔다. 어찌되었든 그날 콘돔이 찢어진 게 문제였다. 결코 코랑탱의 물건이 커서 찢어진 게 아니었다.

섹스가 끝나고 나서 나는 곧장 욕실로 직행했고, 몸을 대충 씻고 나서 후닥닥 옷을 입었다. 내 창피한 실수를 일깨워주는 그 시시한 작자의 얼굴을 다시는 보고 싶지 않았다.

이번 일을 마지막 방황으로 치고 정신 차려야 해.

나는 셰르시미디 가에 있는 조산원을 찾아가 임신중절시술을 받을 작정이었다. 조산원의 산파인 소피와 나는 보르도 의과대학에서 일 년쯤 같이 학교를 다녔다. 소피는 거만했지만 학창 시절의 인연을 생각해서라도 나에게 사회복지사나 정신과 의사와의 면담을 생략하게 해주리라 기대했다. 미페프리스톤 한 알을 복용하고 나서 36시간 후에 미소프로스톨 한 알을 복용하면 임신중절시술은 마무리되어 있을 것이다. 그리 유쾌한 시간이 될 수는 없겠지만 이번 주말만 지나면 언제 그런 일이 있었냐는 듯 다시 평범한 일상으로 돌아가게 될 거라 믿었다.


## 3
**올네수부아**
**아침 8시**

나는 아직 잠이 덜 깬 몽롱한 상태로 건물을 나선다. 8년 전, 파리에 온 이후 줄곧 살아온 건물이다. 오늘은 8월 28일, 프랑스 전역이 무더운 여름을 나고 있지만 일드프랑스 지역만큼은 예외다. 제네랄 르클레르 광장을 가로질러 스트라스부르 대로를 지나 봉디 로를 따라가다 보면 역이 나온다. 센생드니보다 더 우울한 곳은 비 내리는 센생드니이다.

광역천도 B선을 타기 위해 매일이다시피 전쟁을 치러야 한다. 열차를 타기 전 플랫폼에서부터 이미 땀범벅이다. 열차 내부는 늘 그렇듯이 찜통이라 파리로 가는 여정을 더욱 괴롭게 만든다. 그 와중에도 나는 휴대폰 화면에 떠오른 인스타그램에 눈길을 준다. 친구들은 대부분 코르시카, 생트로페, 토스카나, 아드리아

해안의 근사한 호텔에서 휴가를 즐기고 있다. 나의 타임라인은 지중해 빛깔로 수정되었다. 어디든 온통 바다와 선글라스, 모래 해변, 스프리츠 칵테일 잔, 수영장 위를 떠다니는 홍학 모양 튜브들뿐이다. 해시태그만 봐도 여름휴가와 관련이 깊다. *#여름 #힐링 #태양 #사랑 #휴가 #휴양지 #뜨거운여름밤 #행복한여름 #피부보호 #비치웨어 #비키니시즌.*

나는 휴대폰 화면에 눈을 고정시키고 여러 역을 지난다. 드랑시, 라쿠르뇌브, 북역, 샤틀레 레알, 생미셸 노트르담에서 환승을 한 번 하고 나서 나는 목적지로 향한다.

오르세 미술관 역에 도착하는 순간 비로소 해방감이 든다. 코로 스며드는 신선한 공기, 센 강, 갈매기, 두 개의 시계탑, 아치를 이고 있는 루아얄 다리가 차례로 시야에 들어온다. 파리는 다른 세상이다. 심지어 날씨까지도 맑게 개었다. 비가 그친 하늘에서 구름 사이로 맑은 햇살이 얼굴을 살짝 내민다. 생토마다켕 구역을 가로지르면서 나는 다시 길게 숨을 들이마신다. 내가 더는 교외에 사는 사람이 아니라 파리 시민 같은 기분이 든다. 소나기가 도시를 깨끗하게 씻어주어 벨샤스 가의 건물들이 새로 찍은 주화처럼 반짝인다.

*자, 힘을 내는 거야.*

오전 일과는 내가 제일 좋아하는 환자 방문으로 시작된다. 나는

**안젤리크**

인터폰을 누르고 나서 엘리베이터를 타고 6층으로 올라간다.

"안녕, 안젤리크. 오늘 아침에는 기분이 어때요?"

스텔라 페트렌코의 집을 네 번째 방문하는데 올 때마다 항상 기분이 좋다. 나는 붕대를 갈아주고, 스텔라는 레몬을 곁들인 홍차를 끓여 내온다. 붕대를 교체하는 작업이 끝나면 우리는 서로 마주 앉아 5분 정도 수다를 떤다. 나는 스텔라의 아파트가 마음에 든다. 실내장식이나 지붕 위의 탁 트인 전망, 왁스칠이 잘된 마룻바닥까지 전부 내 스타일이다. 왕년의 에투알 무용수는 수다 떠는 걸 좋아할뿐더러 재치와 유머도 있다. 스텔라는 각종 책들과 영화들을 나에게 추천해주는가 하면 발레리나 시절에 겪은 흥미진진한 일화들을 들려준다. 그런 때마다 나는 마침내 내가 있어야 할 곳에 와 있다는 기분이 든다. 나는 언젠가 반드시 큰물에서 노는 사람이 되리라 마음을 다잡는다. 우울하기 그지없는 일상에서 벗어나기. 교외 지역에서의 침울한 일상을 뒤로 하고 새로운 세상을 찾아 떠나기.

나는 항상 학업, 만남 혹은 연애를 통해 더 높은 곳에 오르고자 안간힘을 써왔다. 목적을 위해서라면 기꺼이 카멜레온이 되기도 한다. 오랫동안 나는 나를 붙잡아두고 있는 어린 시절의 경계를 넘어 가장 높은 곳에 오르는 날이 찾아올 거라 굳게 믿는다.

시간이 흐르면서 낙담을 거듭하는 동안 내 꿈과 확신은 어느새 초라하게 쪼그라졌다. 그 대신 내 자신의 강점과 약점이 뭔지 잘 알게 되었다. 내 안에는 상반되는 정체성을 가진 존재들이 공존한다. 천사와 악마. 기분이 좋은 날에는 불안, 좌절, 분노를 잠재우고 혼돈에서 벗어나 즐거운 상상에 빠져든다. 사람들은 그럴 때의 나를 상냥하고 침착하고 매력적인 여성이라며 엄지를 세운다. 스텔라 또한 나를 그런 여성이라 생각한다.

"들었어요?" 스텔라가 찻잔을 테이블에 내려놓으며 느닷없이 묻는다.

방금 예사롭지 않은 소리가 위층으로부터 들려왔다. 마치 그릇이 잔뜩 들어 있는 찬장이 쓰러지는 소리 같았다. 이내 더는 아무런 소리도 들리지 않고 잠잠하다.

"마르코의 집에서 난 소리 같아요." 스텔라가 혼잣말처럼 중얼거린다. "이상하네. 마르코는 한 번도 큰 소리를 내지 않았는데."

"위층에 가보는 게 좋을 것 같아요."

스텔라가 고개를 끄덕인다. 나는 전직 무용수를 따라 층계를 올라간다. 엘리베이터는 6층까지만 운행하기 때문이다.

"마르코가 누군데요?"

"마르코 사바티니는 그림을 그리는 젊은 화가죠. 이탈리아 출신인데 이상한 점이 조금 있지만 대체로 매우 친절한 사람이에요.

마르코는 어제 오후에 돌리프란이 있으면 달라면서 나를 찾아왔더군요. 평소와 달리 마르코는 허파에서 가래 끓는 소리가 나고 세상의 온갖 불행을 다 짊어진 듯 침울한 얼굴에 동작이 매우 굼떠 이상한 느낌이 들었어요. 내가 구급대원을 불러주겠다고 했더니 원치 않는다며 고개를 절레절레 저어대더군요."

나는 몇 번이나 문을 두드린다.

"사바티니 씨?"

잠잠하다.

"안에 계세요, 사바티니 씨?"

출입문 손잡이를 비틀어 보았지만 굳게 잠겨 있다.

"혹시 경비원이 이 집 열쇠를 갖고 있나요?"

스텔라가 고개를 끄덕이며 말한다.

"그렇긴 한데 경비원이 휴가 중일 거예요."

나는 주위를 둘러본다.

"이건 뭐죠?"

"예전에 쓰던 계단."

철문을 밀자 굴뚝으로 통하는 작은 계단이 보인다. 나는 여러 약점이 있지만 나름 장점도 많이 있는 사람이다. 아무리 급해도 평정심을 유지하고, 위기 상황에 침착하게 대처한다. 나는 작은 계단을 타고 올라가 천창을 열고 밖으로 나간다.

"조심해요, 위험하니까!" 스텔라가 외친다.

스텔라의 목소리가 지붕 바깥에서 부는 바람 때문에 평소와 다르게 들린다. 나는 지붕 위에 납작 엎드렸고, 마치 다른 세상에 온 것 같은 기분이 든다. 지붕 위에서 보는 전망이 숨이 멎을 만큼 아름다웠다. 검은 점판암들과 아연 조각들이 넘실거리는 현기증 나는 바다. 나는 균형을 잃지 않으려고 애쓰면서 몸을 반쯤 일으켜 세운다. 바람이 어찌나 세게 불어대는지 눈에 익은 지표들을 찾고 방향을 잡기까지 제법 애를 먹는다. 아연 지붕에 반사되는 햇빛에 눈이 부셔 손으로 차양을 만든 다음에야 집으로 통하는 창문의 위치를 확인한다. 조심조심 홈통을 따라 내려가다가 갑자기 불어온 돌풍 때문에 하마터면 균형을 잃고 떨어질 뻔했다. 몸이 와들와들 떨리고 흥분이 최고조에 이른 나는 두려움을 떨쳐버리고자 소리 내어 웃는다. 나는 이처럼 평범한 일상에서 벗어나는 순간들, 오늘 하루는 다른 날들과 달랐다고 말할 수 있는 특별한 순간들을 사랑한다. 집으로 들어갈 수 있는 여닫이 창문 하나가 활짝 열려 있다. 이제 몇 미터만 더 가면 된다. 나는 뼈가 부러지는 사고를 당하지 않고 무사히 열려 있는 창문으로 들어간다.

*안젤리크*

## 4

아파트 안에 당도한 나는 안도의 한숨을 내쉰다. 7층의 하녀방들을 모두 하나로 터 그림을 그리는 작업실로 만든 방으로 면적이 최소한 150평방미터는 되어 보인다. 건물 꼭대기 층이라 여러 개의 천창을 통해 쏟아져 들어오는 빛다발이 작업실을 환하게 밝히고 있다.

열린 창문으로 환기가 잘 되고 있지만 테레빈유 냄새가 코를 찌른다. 눈을 이리저리 돌리며 방 안을 살피던 나는 마룻바닥에 쓰러져 있는 마르코 사바티니를 발견한다. 그의 주변에는 쓰러질 때 같이 내동댕이쳐진 작업대 상판과 박살난 물감 병들, 유리잔들이 잔해가 흩어져 있다.

나는 주머니에서 수술용 마스크를 꺼내 입을 가린다. 지붕을 타고 건널 때 벗어서 넣어둔 마스크다.

"사바티니 씨, 내 말 들리세요?" 나는 화가의 옆에 꿇어앉아 그의 몸을 흔들며 묻는다.

서른을 갓 넘긴 남자는 긴 머리카락들이 땀에 젖은 얼굴에 달라붙은 데다 며칠 동안 면도를 하지 않은 모습이다. 나는 그의 얼굴 쪽으로 몸을 굽혀 한 손으로 이마를 짚어본다. 불처럼 뜨겁다. 마르코 사바티니는 무슨 말인가 쏟아내려고 애쓰지만 숨을 제대로 쉬지 못하고 헐떡여 도저히 알아들을 수 없다.

"내가 간호사니까 잘 보살펴 드릴게요."

나는 몸을 일으키고 출입문의 빗장을 푼다.

"스텔라, 사바티니 씨의 상태가 많이 안 좋아요. 제가 들고 온 가방을 가져다주시겠어요?"

"네, 잠시만 기다려요."

마르코 사바티니가 입고 있는 흰색 린넨 셔츠에 온통 물감이 튀어 있다. 소매를 걷어 올리자 여러 개의 문신이 드러난다. 적군파의 상징인 별 마크, 자유의 상징 비둘기, '당신이 여기에 있기를'이라는 문구, 치켜든 주먹, 피가 철철 흐르는 칼, 반자본주의를 외치는 프랑스어 인용문 '부자들의 낙원은 곧 가난한 자들의 지옥' 등이다.

"혹시 코비드-19 백신을 맞았나요?"

마르코 사바티니가 내 쪽을 향해 손가락 욕을 하는 것으로 보아 백신을 맞지 않았으리라 짐작한다. 그는 태아처럼 잔뜩 몸을 웅크리고 있다. 가슴에 놓인 왼손을 꽉 움켜쥐고 있고, 파자마 하의에는 묽은 똥을 싼 자국이 역력하다. 기침 발작이 계속 이어지기 때문에 숨조차 제대로 쉬지 못한다.

스텔라가 내 진료 가방을 들고 온다. 나는 스텔라에게 집 안으로 들어오지 말라고 경고한다.

**안젤리크**

"코비드-19에 감염된 것 같아요."

나는 산소 측정기를 마르코 사바티니의 집게손가락에 댄다. 내 추측대로 그의 혈중 산소량은 90퍼센트 미만이라 시급히 입원해야 한다.

나는 파리 15구 관제센터에 전화해 환자의 증상에 대해 설명한다. 전화를 받은 남자는 컴퓨터에 접수서류를 작성하느라 한참 동안 뭉그적대고 있다. 나는 다수의 의료 인력들도 휴가를 떠나는 여름철 두 달 동안 해마다 겪는 고질적인 문제들을 새삼 확인할 수 있다. 구급대는 제대로 돌아가지 않는 분위기다. 나는 전화를 받은 구급대원에게 환자가 호흡 곤란으로 몹시 힘들어 한다고 거듭 강조한다. 그에게 나와 통한 내용을 즉시 관제사에게 전해 달라고 독촉한다. 구급대원의 보고를 받은 관제사도 나처럼 마르코 사바티니를 코비드-19 중증 환자로 판단하고 즉시 구급차를 현장에 출동시키라고 지시한다.

10분 후, 의사와 간호사, 운전기사로 이루어진 구급 팀이 7층 작업실로 들이닥친다. 장갑, 가운, 시각 보호용 안경을 착용한 의료팀은 서둘러 응급조치를 취한다. 그들은 응급조치를 마치고 나서 젊은 화가를 들것에 싣고 구급차로 이동시킨다.

나는 한동안 텅 빈 아파트에 혼자 남아 있다. 이젤에 석 점의 그림이 놓여 있다. 하나같이 초상화인데 배경만큼은 서로 다르다.

마르코 사바티니는 르네상스를 이끌다가 두 눈이 뽑힌 로렌초 데 메디치를 화폭에 재현한 게 아닐까?

마르코 사바티니의 작업실은 나를 매혹시키는 동시에 두렵게 만든다. 나는 열쇠로 출입문을 잠근다. 처음에는 열쇠를 경비원에게 맡기고 올 생각이었는데 정작 경비실 앞에 도착하자 마음이 달라진다.

"안젤리크, 이리 와서 나를 좀 도와줄래요?"

뒤를 돌아보자 구급차를 타고 온 간호사가 나를 바라보고 있다. 간호사는 하얗게 밀어버린 머리에 한쪽 눈은 유리 눈알이고, 백피증에 걸린 듯 눈썹이 하얀 남자이다.

"아직도 구급차가 출발하지 못했나 봐요?" 나는 여전히 이중으로 주차되어 있는 구급차를 힐끗 쳐다보며 묻는다. "환자는 좀 어때요?

"그다지 좋지 않습니다. 카테터를 삽입해 보조 호흡 중입니다."

간호사가 조금 떨어진 곳에서 통화 중인 의사를 턱짓으로 가리키며 대답한다.

"의사가 중환자실 침상을 확보하기 위해 백방으로 애쓰고 있는데 어려운가 봐요. 코비드-19 탓에 중환자들이 많아서요."

나는 고개를 끄덕인다. 평범하지 않은 외모 탓에 구급 팀이 도착했을 때부터 눈여겨본 간호사이다. 어쩐지 마음을 끌어당기는 구

석이 있는 남자다. 그가 손에 들고 있는 디지털 장부에 구급 팀의
진료 기록을 작성하고 있다.

"의사가 입원실 확보 때문에 바쁘다면서 나에게 서류 작성을 하
라고 했어요. 혹시 환자 이름을 아십니까?"

"마르코 사바티니."

"철자가 어떻게 되나요?"

"관제센터 사이트로 들어가면 철자가 나올 거예요."

"어떻게 하는지 좀 도와줄래요?"

나는 휴대폰 화면을 보면서 몇 가지 사항을 채워 넣는다. 환자
와 관련해 대화를 나눈 사람들 난에는 '환자와 관련하여 연락할
사람'을 선택하도록 되어 있다. 나는 별 생각 없이 내 이름을 적
어 넣는다.

안젤리크 샤르베, 친구.

# 6. 약간 정신이 나간 여자

나는 항상 광적인 열정을 무심한 지혜보다 선호했다. 하지만 나의 열정은 불꽃처럼 산화해서
황폐하게 만들고 죽음에 이르는 열정이 아니기 때문에 천박한 자들은 그것을 보지 못한다.

_아나톨 프랑스

## 1

### 저녁 8시

나는 아사스 가에 사는 성가신 영감탱이에게 혈전방지 주사를
놓아주는 것으로 오늘 하루 일과를 마무리한다. 주어진 일을 하다
보니 나도 모르는 사이에 하루가 훌쩍 지나간다. 나는 기분을 우
울하게 만드는 임신중절시술 같은 부정적인 문제들은 당분간 옆
으로 밀쳐둔다. 날씨가 좋아 기분 좋은 저녁이다. 저녁노을로 물

*안젤리크*

든 분홍빛 하늘이 좋은 느낌으로 다가온다. 나는 지저분하고 퀴퀴한 냄새가 나는 광역철도 B선을 타고 올네수부아로 곧장 돌아가고 싶은 마음이 없다. 파리에서 몇 시간쯤 더 즐기기로 작정한 나는 트렌치코트 주머니에 두 손을 찔러 넣고 라스파유 대로를 걷는다. 그때 문득 마르코 사바티니의 아파트 열쇠를 아직 돌려주지 않았다는 사실을 깨닫는다.

마침 벨샤스 가 근처에 있었으므로 나는 스텔라에게 열쇠를 맡길 생각으로 발길을 돌린다. 아파트 건물에 도착한 나는 비밀번호를 누르고 안으로 들어가 엘리베이터를 타고 6층으로 올라간다. 스텔라의 아파트 앞에서 초인종을 누르려다가 잠시 머뭇거린다. 미처 생각지 못했던 강렬한 욕망이 내 마음을 사로잡는다. 마르코 사바티니의 아파트를 아무런 방해도 받지 않고 둘러보고 싶다는 욕망이다.

나는 발소리를 죽여 가며 계단을 올라가 열쇠를 열쇠구멍 안으로 집어넣는다. 문을 여는 순간 마르코 사바티니가 그린 초상화 석 점이 가장 먼저 눈에 들어온다. 초상화의 동공 없는 눈들이 내가 서 있는 쪽을 향해 있지만 그렇다고 나를 바라보고 있는 건 아니다. 발 아래에서 쪽마루 바닥이 삐걱거리는 소리를 낸다. 머리가 어지러울 정도로 심한 테레빈유 냄새 때문에 어린 시절에 가보았던 할아버지의 목공예 작업실이 떠오른다.

커튼을 열어젖히자 도시의 불빛이 희미하게 밀려든다. 널찍한 공간과 겉으로 드러난 원목 들보들만으로도 이 아파트는 압도적인 매력이 있다. 작업실로 사용해온 공간답게 이젤들과 작업대 다리들이 가구를 대신하고 있다. 마룻바닥에는 수천 개의 물감 자국이 마치 색색의 별처럼 흩뿌려져 있다. 어디에나 물감, 팔레트, 천 조각, 크로키 수첩, 각종 붓과 솔을 담아둔 병들이 눈에 띈다.

저녁 식사 전이라 시장기를 느낀 나는 마치 내 집인 양 냉장고와 벽장, 서랍들을 거침없이 열어본다. 어찌나 배가 고픈지 나는 샤모니 과자 몇 개와 갈라 사과 하나, 유통기한이 지난 요구르트 한 병을 먹는다. 욕실에서 구급상자를 찾아내 열어본다. 마르코 사바티니는 마약에 관한 한 아마추어가 아니다. 코카인, 알약 형태 엑스타시, 옥시콘틴 튜브, 스파이스 등 다양한 마약들이 들어 있다. 나는 지금껏 마약과는 거리를 유지하며 살아왔다. 마약의 힘을 빌리지 않아도 이미 내 머릿속은 온갖 환상으로 가득 차 있다. 거기에 마약까지 더해 인생을 너절하게 만들고 싶지 않다. 마약은 별로지만 꿀을 섞은 보드카 앞에서는 무심하게 지나칠 수 없다. 나는 냉장고 안에 들어 있는 보드카 병을 꺼내 연거푸 두 잔을 들이켠다.

나는 보드카를 마시다가 우연히 가구 밑바닥에서 나뒹구는 마르코 사바티니의 휴대폰을 발견한다. 오늘 아침에 그가 쓰러질 때 떨어뜨려 가구 밑으로 굴러 들어간 게 분명하다. 어쩌면 화가는 의식을 잃기 전 구급대에 전화해 도움을 요청하려고 휴대폰을 손에 들고 있었을지도 모른다. 갑자기 전화 벨소리가 울려 퍼진다. 내 휴대폰에서 나는 소리다.

"안젤리크 샤르베 씨입니까?"

"네, 전데요."

"퐁피두 병원 중환자실입니다. 마르코 사바티니 씨에 대한 소식을 전하려고 전화했습니다."

"환자는 어떻게 되었나요?"

전화한 여자 간호사는 내가 환자의 여자 친구라고 철석같이 믿는 눈치다.

"코비드-19 바이러스가 환자의 폐를 잠식해 당분간 코마 상태로 경과를 지켜볼 수밖에 없습니다."

간호사의 말을 듣는 동안 나는 병원 측에서 환자의 병력에 대한 정보를 얻고 싶어 한다는 느낌을 받았다.

"마르코 사바티니 씨는 따로 주치의가 있었습니까? 아니면 주로 특정 병원에서 치료를 받았나요?"

"알아보고 나중에 연락드리겠습니다."

나는 우선 그렇게 대답하고 전화를 끊는다.

2

나는 꿀이 섞인 보드카 병을 들고 발코니로 나가 화가가 일광욕을 하려고 내다 놓은 안락의자에 털썩 주저앉는다. 조금 전까지만 해도 분홍색이던 하늘이 어느새 내가 들고 있는 보드카 병과 흡사한 오렌지색으로 변해 있다.

내가 바닥에서 발견한 화가의 휴대폰은 오래된 구닥다리 제품으로 액정 화면이 깨져 있다. 액정에서 작은 알갱이가 떨어져 나와 손에 묻을까봐 불안하다. 그나마 휴대폰은 문제없이 작동했고, 암호도 필요 없다. 화가는 휴대폰 중독자는 아니었던 게 분명하다. 그의 휴대폰에 흥미로운 정보는 전혀 들어있지 않다. 화가는 휴대폰을 딜러에게 마약을 주문할 때와 비앙카라는 이름의 엄마와 문자메시지를 주고받는 용도로만 사용하고 있다.

화가가 엄마에게 보낸 문자메시지들을 읽어보니 제법 흥미롭다. 두려움이 극에 달했거나 끔찍한 악몽에 시달리던 시기, 그가 '죽은 자들의 군대'라고 부르는 존재들에게 쫓기고 있다고 토로한 시기에 엄마에게 보낸 문자메시지들이 많다. 삶의 평온을 찾은 시기에는 문자메시지도 끊긴다. 평화로운 침묵이 몇 달 동안 이어지기도 한다. 엄마와 아들은 지난 크리스마스 이후 전혀 교류가 없다. 나는 화가에게 마약 중독 문제는 다 지나간 일이라고 엄마를 구워삶는 재주가 있다는 걸 알게 된다. 엄마는 순진하게도 아들의 말을 곧이곧대로 믿는다. 어쩌면 *엄마가 다 알고 있으면서도 모르는 척 눈을 감아주는 경우일지도 모른다.*

엄마와 아들은 문자메시지로 의견을 교환할 뿐 실제로 만나는 경우는 매우 드물다. 비앙카 사바티니는 토리노와 베네치아를 오가며 살고 있고 미국이나 아시아, 또는 유럽의 대도시들로 여행을 자주 다니는 편이다. 엄마와 아들이 주고받은 문자메시지에는 아쿠아알타라는 회사 이름이 여러 차례 등장한다. 몽테뉴 거리에서 아쿠아알타 매장을 본 적이 있어 패션 회사라는 정도만 알고 있다. 내 월급의 두 배는 주어야 살 수 있는 캐시미어 제품을 취급하는 명품 브랜드이다.

내 휴대폰을 꺼낸 나는 구글 검색창에 사바티니 집안 + 아쿠아알타를 입력한다. 검색 결과가 기대 이상으로 흥미로워 비상한 관심이 생긴다. 이제 보니 마르코 사바티니는 이탈리아 명품 브랜드 아쿠아알타의 상속자이다.

피에몬테 지방에 뿌리를 둔 사바티니 가문은 19세기 중반부터 직물과 털실 무역 분야에 뛰어들어 활발하게 활동한다. 제1차 세계대전이 끝나면서 설립된 아쿠아알타는 이탈리아 북부지역에 몇 개의 제사공장을 설립한다. 전후에 이어진 이른바 미친 10년* 동

*미국에 대공황이 밀어닥치기 직전의 1920년대를 가리키는 말

안 아쿠아알타는 국제화에 성공해 아시아와 미국으로 제품을 수출하기에 이른다. 1990년대에 들어서면서 아쿠아알타는 규모 면에서 획기적인 변화를 이루어낸다. 마르코의 아버지이자 '엔지니어'로 불린 리산드로 사바티니가 가업을 이어받은 시기다. 리산드로는 칠레의 산악지대에만 산다는 라마를 길러 매우 품질이 좋은 털실을 확보한다. 그 결과 아쿠아알타를 명품 브랜드로 격상시킨다. 피노체트 정권의 몰락 이후 아쿠아알타는 칠레에 새로 들어선 정부와 활발하게 교류하며 꾸준히 투자를 늘려 당시 멸종 위기에 처한 라마의 사육 규모를 크게 확장한다.

세계의 명품 기업들은 아쿠아알타의 영향을 받아 캐시미어보다 보드랍고 착용감이 좋은 라마의 털실을 사들인다. 아쿠아알타는 원사 생산에 그치지 않고 의상 라인을 열어 전 세계 명품 상점에 유통시킨다. 아쿠아알타가 비약적인 성공을 거두자 재계에서 군침을 삼키는 기업들이 늘어난다. 최근 몇 년 동안 '루이비통', '케링', '리슈몽' 같은 명품 브랜드들이 '이탈리아의 에르메스'라고 불리는 아쿠아알타를 사들이려고 물밑 작업을 펼친다. 사바티니 가문은 세계 굴지의 명품 브랜드들의 공략에 넘어가지 않고 기업을 지켜낸다. 가끔 대중들 앞에 나설 때마다 리산드로 사바티니는 아쿠아알타가 언제나 사바티니 가문의 기업으로 남을 것이고, 절대로 영혼 없는 '글로벌 그룹'과 인수 합병하는 일이 없을 거라고 단언한다.

# 3

2000년대 초 《옥기》와 《젠테》 같은 잡지사들에서 사바티니 가문에 대한 화보 기사를 게재한다. 그 당시 마르코와 쌍둥이 여동생 리비아의 나이는 열 살 남짓이다. 잡지의 사진 속에서 사바티니 가족은 더없이 행복한 모습을 보여준다. 그들 가족은 베네치아의 코모 호수에서 리바 요트를 타고, 코르티나담페초에서 스키를 즐기고, 앙티브 곶의 가족 별장에서 휴가를 보낸다. 하지만 리비아가 열아홉 살에 돌로미티 트레킹에 나섰다가 사망하는 사고가 발생한다. 여동생의 사망 사고 이후 큰 충격을 받은 마르코는 헤로인을 복용하고, 반자본주의 시위에 참여하고, 과격한 행동을 보이며 정서 불안을 표출한다. 2015년 《코리에레 델라 세라》지에는 마르코의 방황을 요약한 기사가 게재되어 있다.

**아쿠아알타 제국의 무서운 아이 마르코 사바티니,**
**약물 과다 복용으로 입원하다.**

아쿠아알타 그룹의 대주주 리산드로 사바티니의 아들 마르코 사바티니가 어제 아침 콰르토 옥지아로 구역의 불법 점거지에서 정신을 잃고 쓰러진 상태로 발견되었다. 구급대에 구조를 요청한 사람은 마르코와 함께 헤로인을 주사한 친구로 밝혀졌다.

마르코 사바티니는 즉시 니과르다 병원으로 이송되었고, 현재 생명에는 큰 지장이 없는 것으로 보인다. 브레라 미술 아카데미를 졸업한 마르코는 쌍둥이 여동생 리비아가 사망한 뒤 사바티니 가문의 유일한 상속자로 주목받고 있다. 사바티니 가문의 기대가 크지만 마르코는 아쿠아알타에서 그 어떤 직책도 맡지 않겠다고 여러 차례 공언한 바 있다. 대학 재학 시절 마르코는 반자유주의와 친환경주의를 표방하는 학생운동 웹사이트를 만들어 활동했다. 그는 자신이 운영하는 사이트에 다음과 같은 글을 올리기도 했다.

'자본주의는 우리 사회에 팽배한 모든 악의 근원이다. 따라서 자본주의는 인류와 공존할 수 없다. 자본주의는 언젠가 궤멸하겠지만 우리는 그때가 되길 기다릴 여유가 없다. 당장 부르주아 박멸을 시작해야 하고, 폭력 혁명만이 과업을 성공적으로 이룰 수 있는 유일한 수단이다.'


휴대폰 화면에서 고개를 들었을 때 어느새 밤이 내려앉아 있다. 실내는 푸르스름한 빛을 머금은 어둠 속에 잠겨 있다. 거리 반대편에서 양쪽 귀에 이어폰을 꽂고 큼지막한 화면 앞에서 놀고 있는

*안젤리크*

아이 하나가 눈에 들어온다. 사람들이 보내는 함성 소리가 나에게 까지 들려온다. 4분의 3 정도가 휴가를 떠나 비록 몇 주 동안이나 마 지방 소도시처럼 한적한 분위기를 풍기는 8월이다. 대기에 선선한 기운을 불어넣어주는 미풍이 부는 가운데 나는 보드카 병을 마저 비운다. 술기운 탓에 정신이 몽롱해진 나는 잠시 두 눈을 감고 가만히 앉아 있다. 머리는 빙빙 도는데 이상하게 정신만큼은 더없이 맑다.

나는 평소에도 밤바람을 쐬고 나면 마음이 평온해진다. 좌절감이 희석되어 버리면서 건설적인 생각이 떠오른다. 하지만 나는 늘 삶의 핵심에서 비켜나 있다. 나 자신의 삶에서 주인이 되지 못하고 있는 것에 대해 절망감이 밀물처럼 밀려온다. 나는 내 인생을 직접 연주해내지 못하고 늘 구경꾼 위치에 머물러 있다. 어디로도 떠나지 못하고 공항이나 역 주변에서 서성인다. 그런 나를 발견할 때마다 지금보다 나은 삶을 살아야 한다고 나 자신을 질책한다.

'성공하는 사람들은 도대체 뭘 어떻게 하는 것일까?'라는 노랫말이 있다. 나는 빙글빙글 돌아가는 인생의 톱니바퀴에 나를 제대로 끼워 맞추지 못하며 살아왔다. 나는 늘 나의 삶에서 저만치 비켜서서 허우적대다가 똑같은 실수를 반복한다. 자주 길을 잃고 헤매고 있다. 나는 더 이상 진정한 내가 아니다. 내가 지정으로 추구하는 내가 아니다.

*약간 정신이 나간 여자.*

나를 가리키는 이 표현이 딱 들어맞는 순간들이 있다.

*안젤리크, 넌 약간 정신이 나갔어.*

엄마는 자주 그렇게 말한다. 한때 내 친구였던 여자들도 그렇게 말한다. 내 인생에 잠시 끼어들었던 남자들도 그렇게 말한다.

*넌 약간 정신이 나갔어.*

바리케이드 반대편에서는 삶이 다른 밀도로 굴러간다고 생각하다니? 인생의 소금이 되어주는 삶의 작은 행복들을 믿지 않다니? 새로운 삶이 가능할 거라 믿으면서 도망치기를 바라다니? 항상 '무심한 지혜보다 광적인 열정'을 선호하다니? 게임이나 하고, 가끔 포르노 영상이나 보는 주제에 시큰둥하게 작업을 걸어오는 저비용 남자들보다 나은 남자들을 원하다니?

그런 말끝에 항상 '넌 약간 정신이 나갔어.'라는 말이 따라붙는다.


4


나는 감았던 눈을 뜬다. 제법 그럴 듯한 생각이 뇌리를 스쳐 지나간다. '약간 정신이 나간' 생각이다. 나는 마르코의 휴대폰을 열고 그의 엄마 비앙카의 전화번호를 누른다. 신호가 떨어지기까지 제법 오랜 시간이 걸린다. 나는 온몸이 떨려 전화를 끊을까 망설인다. 북아메리카 대륙 특유의 신호 떨어지는 소리가 귀에 들리는가 싶더니 비앙카의 목소리가 흘러나온다.

"마르코, 잘 지내니?"

"안녕하세요, 사바티니 여사님. 아드님 휴대폰으로 이렇게 연락 드리게 되어 송구합니다."

"당신은 누구죠?" 비앙카가 프랑스어로 묻는다.

"저는 안젤리크 샤르베라고 합니다. 아드님의 건강에 문제가 발생해 알려주려고 전화했습니다."

"마르코의 상태가 심각한가요? 그 아이는 지금 어디에 있죠?"

"조르주 퐁피두 병원에 입원해 있습니다."

나는 서두르지 않고 차분하게 설명한다. 전화선 너머로 비앙카의 절망감이 느껴지는 동시에 감정에 휘둘리지 않고 현명한 결정을 내리려는 의지가 엿보인다.

"난 지금 뉴욕에 있어요. 지금이 오후 3시니까 오늘 저녁에 가장 빠른 비행기를 타고 파리로 가겠습니다. 전화 주셔서 감사합니다."

"당연히 해야 할 일이었습니다."

"혹시 퐁피두 병원 전화번호를 갖고 있나요?"

나는 전화번호를 알려준 다음 한 가지 제안을 한다.

"제가 공항으로 마중 나갈까요?"

"아니, 그럴 필요는 없는데요."

"제가 공항으로 마중 나가면 둘이서 함께 곧장 퐁피두 병원으로 달려가 마르코를 만나볼 수 있을 테니까요."

말을 마친 나는 잠시 침묵을 지키다가 한마디 덧붙인다.

"제가 예상했던 대로군요. 마르코가 어머님께 제 이야기는 한 번도 하지 않았나 봐요, 그렇죠?"

"내 기억으로는 그래요."

"저는 안젤리크이고, 마르코의 여자 친구입니다."

**안젤리크**

# 7. 자기 자리 차지하기

책임과 무책임 사이에는 모호한 구역, 어두운 그림자들의 영역이 존재하는데,
그곳에서 섣불리 모험에 나서는 건 위험천만하다.

_조르주 심농

**1**

**엿새 후**

**2021년 9월 4일**

**몽테뉴 대로**

이 여름의 끝자락에 플라자 아테네의 실내 정원은 이 호텔에서
가장 생동감 넘치는 심장부라 할 수 있다. 바깥에서 지나다니는
자동차들의 소음을 완벽하게 차단시킨 이 정원은 평온하고 시원

한 오아시스이다. 담쟁이와 포도넝쿨이 벽을 타고 건물의 제일 꼭 대기까지 올라가고, 발코니에는 흐드러지게 꽃을 피운 제라늄 화분들이 넘쳐난다. 제라늄의 붉은 빛깔과 파라솔의 빨간색이 환상적인 조화를 이룬다.

내가 늘 꿈꾸어왔던 삶을 맛보고 있다고 해도 과언이 아니다. 마침내 나는 내가 주인공으로 등장하는 영화를 찍고 있다. 영화의 무대는 골판지나 합판으로 엉성하게 만들지 않았고, 내 대화 상대는 학교 연회실에서 공연하는 연극 동호회 사람들이 아니라 줄리아드 음악학교 졸업생들이다.

비앙카 사바티니가 프랑스에 도착한 이후 나는 플라자 아테네 호텔 식당의 테라스에서 매일 그녀를 만나 점심 식사를 함께하는 호사를 누리고 있다. 비앙카의 남편인 '엔지니어'는 경영에 진력하기 위해 밀라노에 남아 있다. 그는 마르코를 미국 병원으로 이송시키려다가 퐁피두 병원의 명성을 확인한 후 안도한다.

비앙카는 나를 몹시 좋아하는 편이다. 왜냐하면 나는 어떻게 해야 비앙카의 기운을 북돋아주고 그녀의 마음을 살 수 있는지 잘 알고 있다. 비앙카는 아들을 사랑하는 나의 마음을 추호도 의심하지 않는다. 내가 아주 그럴싸하게 마르코와 서로 사랑하는 사이로 발전하게 된 이야기를 만들어냈기 때문이다.

2년 전, 나는 마르코를 센 강의 볼테르 기슭에서 처음 만난다.

**안젤리크**

그때 마르코는 세늘리에 상점에서 물감을 구입해 나오는 길, 나는 환자 집에 들러 혈액 채취를 마치고 나오는 길이다. 우리는 첫 만남부터 취향이 맞고 대화가 잘 통해 금세 서로에게 호감을 보인다. 마르코는 나에게 작업실에 놀러오라고 했고, 미슐랭 1스타 식당 〈셉팀〉에서 저녁을 같이 먹자고 했다. 그 무렵, 마르코는 안타깝게도 다시 약에 의존하게 되었는데 사랑은 때로 기적을 만들어내는 법이다. 나는 마르코가 약을 끊을 수 있도록 도왔고, 우리 두 사람은 한 집에서 서로 힘을 북돋으며 알콩달콩 살아가는 사이가 된다. 나는 마르코에게 초상화 연작을 계속 밀고 나가라며 용기를 불어넣어 주었고, 베르나르 베네딕 화랑에 작품을 보여주자고 주장한다. 저녁이 되면 우리는 〈프티 캄보주〉 식당에서 카레 새우를 배달시켜 먹으며 넷플릭스 영화를 본다. 일요일에는 뤽상부르 공원에서 함께 달리기를 하거나 우르크 운하를 따라 자전거를 타거나 트루빌에 사는 엄마 집에서 함께 즐거운 시간을 보낸다. 다음 번 휴가 때에는 마르코와 아이슬란드의 오로라를 보러가기로 약속해놓은 상태이다. 안 이달고 시장의 도시에 사는 사랑스러운 보보 커플의 아기자기한 이야기.

비앙카의 눈에 나는 아들을 지켜주는 수호천사로 보이는 게 분명하다. 비앙카가 늘 간절히 기도했던 대로 마르코가 바른 길로 들어서도록 하늘이 내려 보내준 수호천사, 아들의 불안한 일상을 지키기 위해 안전한 울타리를 세우는 데 성공한 수호천사가 바로 나다. 비앙카는 내가 마르코의 불안정한 심리를 안정시켜주는 수호천사라 믿어 의심치 않는다. 나는 축구 선수들의 부인처럼 욕심이 많지 않고, 얼굴은 예쁘지만 무식한 여자들처럼 천박하지 않고, 샹젤리제의 클럽에 드나드는 매춘부들처럼 노골적으로 추파를 던지지 않는다. 나는 그저 친절한 간호사, 팬데믹 사태가 일상의 영웅들로 추켜세운 간호사, 이타적이고 타인을 깊이 배려하는 간호사이다. 나는 의료구호단체 '닥터스 오브 더 월드(Doctors of the World)'가 운영하는 플렌쌩드니의 의료센터에서 자원봉사를 하는 간호사이다. 자원봉사 기간이 그리 길지는 않았지만 내가 참여했던 건 거짓이 아니다. 내 부모님은 교사들이고, 나는 르네상스 시대 회화에 대해서라면 전문가 못지않은 식견을 가진 비평가이다. 안토니오니, 난니 모레티 감독이 만든 영화를 좋아하고, 마리오 드라기나 마테오 렌지가 누구인지 잘 알고 있다. 나는 부자들이 상상해온 그대로 모범적인 서민의 딸이다.

나 또한 비앙카를 좋아한다. 이탈리아 여인 비앙카는 나를 매혹시키기에 충분하다. 비앙카의 꾸밈없는 태도, 몸에 밴 친절, 자연스러운 기품은 나를 사로잡기에 부족하지 않다. 비앙카는 그 어떤 상황에서도 우아한 품격을 잃지 않는다. 60대 초반임에도 주름이 별로 없는 얼굴, 백발이 보이지 않는 금발을 단정하게 틀어 올린 헤어스타일, 결코 튀지 않지만 세련되고 기품 있는 옷차림은 비앙카가 어느 자리에 있든 성모의 후광 같은 오라를 만들어준다.

비앙카는 프랑스어를 완벽하게 구사하면서도 대화가 급물살을 타게 되면 자기도 모르게 이탈리아어를 사용한다. 비앙카는 특히 사바티니 가문이 세운 아쿠아알타 재단에서 벌이는 여러 가지 사업에 대해 이야기하길 좋아한다. 아쿠아알타 재단은 교육과 예술 분야에 많은 투자를 하고 있고, 마이크로 크레디트를 통한 빈곤 퇴치 운동에도 적극적으로 참여하고 있다. 맨해튼과 토리노에 사무실을 둔 아쿠아알타 재단은 수백만 유로의 기금을 조성해 복지 사업을 운용하고 있다.

비앙카가 가장 좋아하는 대화 주제는 아들 마르코에 대해서이다. 비앙카에게 많은 걱정과 근심을 안겨준 아들이다. 비앙카는 언제나 마르코 이야기로 대화를 마무리하길 좋아한다. 나에게는 부잣집 망나니의 상투적인 이야기에 불과했지만 비앙카에게는 '멋지고 똑똑하고 감각이 뛰어난 젊은이'가 삶을 비관해 몹시 괴로워하며 살아가는 이야기다.

"너에게는 말하지 않았지만 마르코는 쌍둥이 여동생 리비아가 사고로 숨진 이후 모든 게 망가졌어. 리비아와 마르코는 아주 각별한 남매였지. 둘은 언제나 거의 한 몸처럼 붙어 다녔으니까. 둘이 같이 있을 때면 어느 누구도 건드리지 못하는 무저였기. 리비아가 우리 곁을 떠났을 때 마르코는 여동생을 따라가고 싶었을 거야. 리비아가 떠난 이후 마르코는 인생을 불구덩이로 몰아갔지. 부모 말을 듣지 않고, 가업에 참여하기를 거부하면서 극좌파적인 발언을 일삼았어."

"아버지의 관심을 끌기 위해 그런 행동을 했을까요?" 나는 고등학교에서 배운 짧은 이탈리어어 실력을 초인적 노력으로 되살려가며 비앙카에게 묻는다.

"아마 십중팔구는 그런 이유 때문이었을 거야. 리산드로는 그 아이의 방황을 못 견뎌했지. 마르코를 사랑했지만 아쿠아알타 그룹을 아들보다 더 아끼는 사람이었으니까. 아쿠아알타는 사바티니 가문이 장장 여섯 세대에 걸쳐 일구어낸 결실이거든."

"부군께서는 리비아가 가업을 이끌어 가기를 원하셨나요?"

"당연히 그랬지. 마르코는 너무 순하고 예술가적이었으니까. 마르코는 아버지의 기대에 제대로 부응하지 못했어. 두 사람은 9년째 연을 끊고 살아왔지. 리산드로는 그 아이에게 주던 생활비까지 끊어버렸어. 물론 리산드로는 내가 벨샤스 가에 있는 아파트를 마르코에게 사준 걸 알고 있을 거야."

그때 막 들려온 전화벨 소리 때문에 비앙카는 이야기를 멈춘다. 비앙카의 눈빛과 얼굴에 나타나는 변화를 보면서 나는 병원에서 온 전화라는 걸 직감한다.

**안젤리크**

마르코의 예후에 대해 좋은 소식이 들려온 건 처음이다. 폐의 감염이 해소되고, 전반적인 건강 상태도 호전되어 의료진은 머지않아 보조기 없이 호흡이 가능할 것이라 추정한다. 병원으로부터 날아온 소식을 들은 비앙카의 얼굴은 희색이 만면이다. 비앙카는 순간적으로 흥분을 주체하지 못하면서 휴대폰을 스피커 모드로 전환한다. 그녀는 내 팔을 꽉 잡고 우리 두 사람이 함께 통화 내용을 들을 수 있게 한다.

"이미 여러 가지 약을 줄이기 시작했고, 곧 진정제도 줄일 예정입니다." 의사가 추가로 좋은 소식을 들려준다.

"정말 좋은 소식입니다. 의사 선생님이 우리 가족에게 큰 희망을 주셨어요."

"다만 아드님이 깨어나기까지 시간이 좀 더 필요합니다. 환자가 깨어나는 날 그 자리에 어머님과 샤르베 양이 꼭 있었으면 좋겠군요. 환자들은 아는 얼굴이 있으면 더 빨리 깨어나거든요."


2


비앙카는 즉시 퐁피두 병원으로 달려가고 싶어 했지만 의사가 만류한다.

"환자가 의식을 회복하는 과정은 대단히 점진적으로 진행됩니다. 경우에 따라 이틀이 걸리기도 하죠. 그러니까 기운을 아껴두었다가 최대한 효과를 발휘할 수 있는 날 병원을 방문하시는 게 바람직합니다."

비앙카는 기뻐 어쩔 줄 몰라 한다. 그녀는 아무것도 하지 않고 손을 놓고 있기보다는 마르코가 퇴원하면 편안하게 지낼 수 있도록 아파트를 안락한 공간으로 리모델링해주고 싶어 한다.

마르코의 아파트는 내가 꾸며낸 시나리오에서 가장 취약한 부분이다. 비앙카가 아파트를 방문하기에 앞서 나는 마르코와 함께 살았다는 걸 입증하기 위해 내 살림살이 몇 가지를 가져다두지만 여전히 빈틈이 많이 보인다. 비앙카는 자신이 상상했던 집과 직접 눈으로 확인한 집 사이의 틈이 무척이나 크게 느껴진 듯 떨떠름한 표정을 짓는다. 나는 비앙카에게 마르코와 내가 서로의 집을 번갈아 방문하며 생활했다는 거짓말을 지어내 가까스로 당혹스런 상황을 모면한다.

우리는 생제르맹 대로에 위치한 럭셔리 인테리어 매장들을 둘러보고 나서 마르코의 아파트를 깨끗이 청소하고, 가구들을 새롭게 배치하면서 시간을 보낸다. 비앙카와 그녀의 신용카드는 어디서나 특별한 대접을 받는다. 고객의 신분을 확인한 놀 매장에서는 가구를 구입할 경우 즉시 집에까지 배달해 주겠다고 제안한다. 비앙카는 즉석에서 사리넨 테이블, 찬디가르 의자, 발걸이를 곁들인 임스 라운지체어, 털이 긴 연한 빛깔 양탄자를 구입한다. 마르코의 아파트는 당장이라도 《AD 매거진》 표지에 소개되어야 할 정도로 럭셔리하게 탈바꿈한다.

인정사정 보지 않는 가혹한 돌풍에 내가 세운 허약한 종이성이 단숨에 산산조각날 수 있는 위기가 밀어닥친다. 하지만 나의 내면에서는 내가 미처 알지 못하던 힘이 용솟음치고 있다. 불길은 나를 태워 재로 만들어버리는 대신 내 안에 고갈되지 않는 샘이 있다는 사실을 넌지시 일깨워준다. 나는 비앙카에게 들려준 내 시나리오와 새로 주어진 삶이 마음에 든다. 비록 거짓말을 토대로 쌓은 성이라고 할지라도 현실을 조금씩 수정해 픽션과 어느 정도 일치하게 만들어보기로 결심한 이유이다. 내가 태어났을 때 내 요람을 찾아온 요정들은 나에게 약간의 분별력과 함께 광기를 선사해준 게 분명하다. 그 덕분에 나는 오늘 이 모든 위험을 감수하기로 한 짜릿한 결정에 전율하고 있다.

저녁이 되어 헤어지면서 비앙카와 나는 서로 얼싸안는다. 거리로 내려온 나는 비앙카가 택시를 잡을 때까지 함께 있어준다. 비앙카는 택시에 오르기 전 다시 한번 나를 얼싸안더니 볼 키스를 건네면서 한 손으로 내 머리카락을 쓰다듬어준다. 내일이면 우리 두 사람 앞에 꽃길이 펼쳐지리라 확신해 마지않는 모습이다고마워, 안젤리크. 고마워, 내 딸.

택시에 오르고 나서도 비앙카는 차창을 내리고 말한다.

"마르코의 삶은 이제 안정된 궤도에서 다시 시작될 테니까 이
번에 겪은 고통스러운 경험도 긍정적으로 받아들여야 해. 우리
의 생에서 좋은 순간이나 나쁜 순간이 영원히 지속되지는 않으니
까."

나에게 손을 흔들어주며 작별 인사를 건네는 비앙카에게 나
역시 과장된 손짓으로 화답하는 동안 택시는 내 시야에서 멀어
져간다. 나는 거의 1분 동안 꼼짝하지 않고 길에 서 있는다. 내
가슴 한가운데에 커다란 구멍이 뚫린 것 같은 느낌이다. 나는
두고 온 핸드백을 가지러 가기 위해 마르코의 아파트로 다시 올
라간다.

매번 그랬듯이 나는 휴가에서 돌아온 경비원과 마주치게 될까봐
가슴이 두근거린다. 경비실은 다른 건물에 있고, 딱 한 번 마주친
여자 경비원은 나에게 전혀 말을 걸지 않는다. 자신이 하는 일에
대해 대단히 근시안적인 비전을 가진 사람이 분명하다.

마르코의 아파트로 들어선 나는 새로 구입한 베이지색 일인용
가죽 소파가 빙글빙글 돌아가고 있는 모습을 발견하고 깜짝 놀라
외마디 비명을 지른다.

스텔라 페트렌코가 두 다리를 꼬고 라운지체어에 앉아 입가에

교활한 미소를 지으며 나를 바라보고 있다.


## 3


"내가 너의 그 음흉한 수작들을 눈치 채지 못했을 거라고 생각해?" 은퇴한 에투알 무용수가 조짐이 썩 좋지 않은 시비를 건다.

"문 앞에서 남의 이야기를 엿듣는 건 좋은 버릇이 아니죠."

나는 가급적 내면의 동요를 숨기려고 기를 쓰지만 머리에 터번을 두르고, 짙은 색 모직 덧신을 신고, 검은 숄로 온몸을 감싼 스텔라가 두려운 게 사실이다.

"마르코의 약혼녀 행세를 해서 그의 엄마를 구워삶을 계획이지?"

"당신과는 상관없는 일 아닌가요?"

"아니, 상관있어. 왜냐하면 난 마르코를 좋아하니까."

에투알 무용수의 얼굴은 이전의 상냥하고 호의적인 면이 전혀 보이지 않을 만큼 일그러져 있고, 저주를 내리는 마녀의 박제된 미소가 깃들어 있다.

"혹시 '샤덴프로이데'라는 개념에 대해 알고 있니?"

"난 모르니까 설명해보시죠."

"독일어인데 다른 사람들의 불행이나 고통을 보면서 느끼는 기쁨을 뜻하지."

스텔라는 자개가 박힌 지포라이터로 담배에 불을 붙인다.

"너보다 더 예쁘고 젊은 여자, 돈이 많고 태양처럼 빛나는 여자가 지붕에서 떨어진 기왓장에 맞았을 때 넌 과연 어떤 감정을 느낄까? 아마도 기쁨을 느낄 거야, 그렇지?"

"'내가 행복한 것만으로 충분하지 않다. 남이 불행해져야 한다.'라는 뜻인가요?"

"내 말을 아주 잘 이해하네."

스텔라는 담배연기를 길게 빨아들이더니 말을 이어간다.

"눈 주위 주름이 자글자글해지고, 아무리 살을 빼려고 애써도 뜻대로 되지 않고, 가슴은 축 늘어지고, 턱 주변 살이 흘러내리면 길 가던 남자들이 너를 보고 여자 취급을 하지 않게 되지."

스텔라는 말을 하다가 입을 꾹 다물더니 담배를 한 모금 더 빨아들인다.

"우리의 생에서 눈 깜짝할 사이에 벌어지는 일들이야. 좋은 시절 다 가고 더는 인생에 열정을 쏟을 일이 사라졌다는 걸 깨닫는 순간 넌 몹시 심술궂고 사나운 여자가 되어 있다는 걸 느끼게 되지. 어느 날 아침 넌 문득 깨닫게 돼. 너를 가장 기쁘게 하는 일이 다른 사람들의 불행이라는 걸 말이야."

"그다지 달갑지 않은 미래네요."

"인생이 그래. 나이를 먹으면 연민이나 측은지심이 남지 않게 돼. 그 대신 은밀하고 사악한 기쁨을 즐기게 되지. 너 혼자만 측은한 인생을 사는 게 아니라는 사실을 확인하면서 위로를 받는 거야."

"무슨 이유로 나에게 그런 말을 하죠?"

"난 첫눈에 너를 꿰뚫어 보았어. 넌 겉으로는 선해보이는 얼굴에 친절한 척 아양을 떨어대지만 내 눈은 절대로 못 속여. 넌 나랑 비슷한 부류니까. 너와 나 같은 부류는 내면 가득 분노와 원망을 숨기고 살아가는 존재들이야. 넌 최근에 구차한 인생으로부터 벗어날 출구를 찾아내게 되었어. 너를 귀족들이 누는 운동장으로 데려가줄 문을 찾아낸 거야."

"당신은 왜 분노로 가득 차 있는데요?"

스텔라가 발작적으로 웃어댄다.

"지금은 사라진 과거에 불과하지만 한때 난 스포트라이트를 받는 에투알 무용수였어. 단 한 번이라도 주목받는 삶을 살아본 사람이라면 평범한 인생이 얼마나 따분하고 시시한지 잘 알 거야. 평생 춤을 추며 살아왔는데 무대를 떠나 살아야 한다는 사실을 받아들이기가 너무나 힘들고 끔찍했어. 예술가들은 근본적으로 어두운 곳에서 살아가는 존재들이 아니거든."

잔뜩 일그러진 스텔라의 얼굴을 보니 영화 〈선셋 대로〉에서 글로리아 스완슨이 연기한 여자 주인공이 떠오른다. 노화가 심하게 진행된 얼굴에 마스카라를 짙게 바른 속눈썹, 입가에 흐르는 침, 반달 모양 눈썹.

"마르코의 엄마를 만나볼 생각이야." 스텔라가 위협적으로 말한다. "그 여자는 네가 꾸며낸 거짓말에 대해 알게 되면 몹시 화를 내겠지. 세상의 엄마들은 누구나 어떤 여자가 자기 아들을 신분 상승의 도구로 이용하려 드는 걸 혐오하니까."

"그런다고 무슨 소득이 있죠? 난 우리 두 사람이 얼마든지 타협점을 찾아낼 수 있을 거라고 보는데요."

"너와 나 사이에 과연 어떤 타협점이 있을까?"

나는 테이블 아래에 놓여 있던 캔버스 천 가방에서 두툼한 봉투를 꺼내 스텔라에게 건넨다.

봉투를 열어본 전직 에투알 무용수는 50유로짜리 지폐 다발을 보고 한동안 입을 다물지 못한다. 스텔라가 돈다발을 세기 시작한다.

"1만 유로일 거예요. 그 정도면 괜찮은 타협점 아닌가요?"

스텔라는 돈다발을 움켜쥐더니 냄새라도 맡을 듯 코를 가까이 가져다대고 큼큼댄다.

"이 돈은 어디에서 났지?" 스텔라가 정색하며 묻더니 아파트 안을 둘러본다. 갑자기 눈빛을 반짝이던 스텔라가 깔깔대며 웃기 시작한다.

"마르코의 그림 석 점이 어디 갔나 했더니 네가 팔아먹었구나."

# 8. 선을 넘다

인간이 인간적일 가능성은 거의 암탉이 하늘을 나는 가능성과 맞먹는다.

**_루이 페르디낭 셀린**

## 1

스텔라가 돌아가고 난 뒤 나는 한참 동안 팔꿈치로 얼굴을 괴고 불 꺼진 아파트에 남아 있다. 물감과 접착제 냄새 때문에 머리가 아플 지경이다. 내 앞길을 막는 장애물이 생각보다 높다. 몹시 두려운 건 분명하지만 그렇다고 포기할 생각은 없다. 무슨 수를 써서라도 내 인생을 바꿔줄 역동적이고 긍정적인 변화의 궤도 안에 그대로 머물러 있고 싶다. 나에게 새로운 인생의 지평을 열어줄 계획이 필요한 시점이다. 내 앞을 가로막는 장애물들을 제거하기 위해 적극적인 행동에 나설 때이다.

행동에 나설 것. *지금 당장.*

나는 계단을 통해 아파트를 내려간다. 밤공기에 습기가 많이 배어 있어 날이 후끈하면서도 축축하다. 날씨 때문에 지하철을 타고 싶은 마음이 달아난다. 조금 떨어진 카지미르 페리에 가에 벨리브 거치장이 있다. 청색 전기모터 자전거, 녹색 기계식 자전거 등 제법 많은 자전거들이 구비되어 있어 선택의 폭이 넓어 보이지만 대부분 제대로 작동하지 않는 게 문제이다. 시에서 그토록 자랑스럽게 떠들어대는 '안정적인 도시', '대중교통이 잘 구비된 도시'라는 말은 점점 엉망이 되어가고 있다. 셀프로 이용 가능한 공공 자전거 관리의 실패는 매우 좋은 사례이다. 어딜 가나 구멍 난 타이어, 도둑맞은 바퀴, 방전된 배터리, 끊어진 체인이 그대로 방치되어 있다. 어쩔 수 없이 나는 바퀴가 뒤틀어진 자전거를 고른다. 브레이크를 잡을 때마다 요란한 소리가 나고, 페달이 자꾸 헛돌지만 선택의 여지가 없다.

*자, 페달을 밟고 달리자.*

시원한 바람을 맞으며 달리다보니 기분이 상쾌하다. 자전거 페달을 밟기 위해 힘을 써야 하는 탓에 불안감이 조금은 가시는 느낌이다. 뤼니베르시테 가를 지나 솔페리노 가를 따라 센 강까지 달린 다음 강 서쪽 기슭을 따라간다. 마침 토요일 저녁이라 센 강 변에 사람들이 잔뜩 몰려나와 발 디딜 틈이 없다. 파리 시민들은 로자 보뇌르 술집, 에펠탑, 미라보 다리 등을 배경으로 여름을 떠나보내야 하는 아쉬움을 달래고 있다. 끝이 보이지 않는 팬데믹, 마스크, PCR 검사, 격리에 대한 위협을 잊기 위해 술과 음악, 일탈에 의존하고 있는 시민들이 불쌍해보인다.

나는 앙드레 시트로앵 공원을 지나 자전거를 물랭드자벨 거치소에 반납하고 병원 건물을 향해 걸어간다.


2


블록으로 지은 건물인 퐁피두 병원은 마치 재주 많은 아이가 거대한 레고 블록을 정성스럽게 쌓아 지은 것 같은 인상을 풍긴다. 나는 버스 정류장 벤치에 가방을 내려놓고 간호사복을 꺼내 청바지와 티셔츠 위에 걸쳐 입는다. 간호사복 상의는 앞여밈 단추가 달린 가운, 하의는 의료용 바지로 어디서든 간편하게 입을 수 있다.

병원의 실내 정원 위를 덮고 있는 유리 지붕은 언제 보아도 인상적이다. 시계를 보니 밤 10시이고, 델바르 가와 접해 있는 응급실

입구는 한산한 편이다. 병원의 유리 지붕을 통해 비현실적인 느낌을 주는 푸르스름한 빛이 흘러들어와 마치 우주선 같은 분위기를 풍긴다.

지난 일주일 동안 비앙카를 따라 매일 병원을 방문했을 때 병원 구석구석을 눈에 담아두어 이제 어디든 익숙하다. 병원 경비원들은 코비드-19와 관련한 행정 규정 준수에 신경 쓰느라 여념이 없다. 여기저기에 감시카메라가 있지만 나는 간호사 복장을 하고 있기에 일부러 눈을 아래로 내리깔고 걸을 필요는 없다. 병원에서 간호사들이 어떤 몸짓을 하는지 잘 알고 있고, 그대로 재현하는 것으로 충분하니까.

내가 수립한 계획은 내 자신이 모든 관련 변수를 제어할 수 없다는 약점을 내포하고 있다. 하지만 나는 위험을 감수하지 않는다면 아무것도 바꿀 수 없다는 걸 잘 알고 있다. 나는 지난 20년 동안 기회를 노려왔다. 완강하게 닫혀 있는 창문 하나가 활짝 열리기를 기다린 지 어언 20년이다. 적어도 한 번은 인생을 바꿀 기회를 만나게 될 거라 믿어 의심치 않는다. 지금이 바로 니에게는 고대 그리스인들이 카이로스라고 부르는 기적의 순간이다. 모든 걸 변화시킬 수 있는 결정적인 순간. 일생에 단 한 번뿐인 기회를 놓치지 않으려면 두려움을 떨쳐버리고 과감하게 행동에 나서야 한다.

*행동하라.* 창문이 다시 닫히기 전에.

엘리베이터를 타고 2층으로 가는 동안 팔다리가 저절로 와들와들 떨려온다. 지금이라도 다시 내려가 되돌아갈 수 있는 가능성이 열려 있다. 내가 내린 결정에 따라 인생 2막이 완전히 다른 형태로 전개될 것이다. 나는 모든 걸 얻거나 잃게 될 중대한 갈림길에 놓여 있다.

엘리베이터 문이 열리는 순간 중환자실로 이어지는 복도가 눈에 들어온다. 강한 소독약 냄새와 병원 식사 특유의 퀴퀴한 냄새 때문에 구토가 날 지경이다. 나는 마치 원격조종을 받는 사람처럼 이동 침상, 들것, 플라스틱 의자들 사이를 지나 마르코의 병실까지 걸어간다. 사바티니 가문의 상속자는 1인 병실을 사용 중이고, 신속하게 일을 마쳐야만 한다. 의사나 간호사, 간호조무사가 언제라도 병실에 나타날 수 있으니까.

병실로 들어선 나는 병상에 등을 지고 누워 있는 마르코를 물끄러미 바라본다. 그는 눈꺼풀 위에 부착된 얇은 테이프 때문에 눈을 뜨지 못했고, 길게 자란 머리와 턱수염 때문에 예수님을 닮아 보인다. 여러 개의 수액 줄과 카테터가 팔에 연결되어 있다. 심전도 모니터는 환자의 심장 박동, 호흡, 혈압, 산소포화도가 건강한 상태로 회복되었음을 보여주고 있다.

안젤리크

3

언젠가 내가 법정에 서게 된다면 내 행동이 우발적이었다고 주장할 수는 없을 것이다. 나름 치밀하게 계획했고, 나 자신을 변화시키기 위한 만반의 준비를 했다. 머릿속으로 거듭 어떤 선택을 할지 고민했고, 인터넷으로 가장 효과적인 방법이 무엇인지 찾아보았다. 소생술 전문의 친구에게 호기심을 가장해 문의를 해본 적도 있다. 그런 과정을 거쳐 나는 가장 효과적이고 치명적인 방법을 찾아낸다.

마르코의 정맥에 포타슘을 주사하는 것이다. 5그램짜리 KCL 주사기 하나면 충분하다. 빠른 속도로 약을 주입하게 되면 혈장 농축이 진행되어 서맥과 심장혈관 무력증이 야기된다. 포타슘은 표준적인 혈장 이노그램에 배합되어 부검을 하게 될 경우 즉시 확인될 것이기 때문에 포타슘 주사 계획은 어쩔 수 없이 폐기한다.

나는 가슴이 팽팽하게 조여와 침을 꿀꺽 삼키고 숨을 깊이 들이마신다. 내 계획이 순조롭게 진행될지, 내가 완벽하게 일을 해낼 수 있는 깜냥이 되는지 자신할 수 없다. 나는 배낭에서 왕진용 의료세트를 꺼낸다. 그 안에 끝 부분을 안전하게 보호 처리한 주사기 한 대가 들어 있다. 칼슘은 포타슘과는 다른 원리로 작동한다. 염화칼슘 6,7그램을 신속하게 주입하면 심장의 자극 반응성이 증가하며 심실빈맥에 이어 심근 연축이 일어나고 심장박동이 멈춰버린다. 무엇보다 칼슘은 부검을 할 때 표준 혈중 이노그램에 드러나지 않는다는 장점이 있다. 특정 검사를 할 경우에만 흔적을 찾아낼 수 있다. 부검할 때 부검의가 칼슘 특정 검사 과정을 진행할지 여부는 알 수 없다.

오로지 지금하거나 영원히 하지 않거나 선택할 기로에 놓여 있을 뿐이다. 내가 지금 하려는 행동이 초래하게 될 결과는 양극단으로 나누어질 테고, 나는 그 결과를 감수해야 한다.

나는 마르코의 팔에 주사바늘을 꽂는다. 그 순간 나도 모르게 외마디 비명이 터져 나오려는 걸 억지로 참아낸다.

*빌어먹을!*

마르코가 얇은 테이프를 붙여두었음에도 눈을 뜬 것이다. 사바티니 가문의 상속자는 죽을힘을 다해 내 팔을 잡고 얼굴을 뚫어지게 바라본다. 그의 얼굴에서 영문을 모르겠다는 표정과 공포에 질린 표정이 교차한다. 나는 그의 눈을 똑바로 쳐다보는 만용을 부리며 주사기의 피스톤을 끝까지 누른다.

이제 내 인생은 이번 일이 벌어지기 전과 후로 나뉠 것이다. 나는 방금 전 돌아올 수 없는 강을 건넜다. 한 번뿐인 나의 삶을 변화시키기 위해 내가 선택한 일이다.

*안젤리크*

## 9. 집안의 딸

지구에서 살면서 가장 끔찍한 건 모든 사람이 나름의 이유를 지니고 있다는 점이다.

**_장르누아르**

1

마르코 사바티니 사망

코비드-19에 스러진 화가의 삶

《라 스탐파》,《AFP》공동

리산드로와 비앙카의 아들이자 사바티니 가문의 유일한 상
속자인 화가 마르코 사바티니가 코비드-19 합병증으로 사망했

다. 며칠 전부터 퐁피두 병원 중환자실에 입원했던 젊은 화가는 토요일에서 일요일로 향하던 밤에 병세가 급격히 악화되었고, 끝내 눈을 뜨지 못했다.

2009년 여동생 리비아의 사망 이후 아쿠아알타 그룹의 유일한 상속자 지위를 유지해온 마르코 사바티니는 몇 년째 파리의 아파트에서 생활하며 가업과는 거리를 둔 생활을 해왔다. 2019년 이후 마르코 사바티니가 그린 그림들은 유명 화랑 베르나르 베네딕에 전시되었다.

고인의 부모는 "우리 아들 마르코는 여동생 리비아에게로 갔다."는 말로 아들의 죽음을 애도했다.

*의료진은 헌신적이고 빈틈없는 치료와 보살핌을, 환자는 병마와 싸우기 위한 용기를 보여주었지만 마르코에게는 전투에 이기기 위해 반드시 필요한 에너지가 충분하지 못했다.*

사바티니 가문의 다른 인물들과 마찬가지로 마르코 사바티니 역시 가문의 영지인 토르토네(피에몬테)에 영면하게 될 예정이다.


2

*2021년 9월 6일*


*안젤리크*

리산드로 사바티니가 나에게 보카도르 가에 위치한 이탈리안 레스토랑 〈쉐 뤼카〉에서 만나자는 연락을 해온다. 오후가 되어야 문을 여는 레스토랑은 리산드로 사바티니를 위해 특별히 오전 10시에 문을 연다. 고색창연한 아몬드 빛깔 원목으로 장식된 벽, 빨간색 바닥, 흰색 타일을 바둑판무늬로 배열한 인테리어가 인상적인 레스토랑이다.

하필 비가 내리는 데다 납으로 만든 제의를 걸친 듯 묵직하고 끈적끈적한 습기 때문에 숨이 턱턱 막히는 날씨이다. 질식할 것 같은 습기에 레스토랑의 어두운 조명이 가세하자 밀실에 갇힌 듯 폐소공포증이 느껴진다. '엔지니어'는 구석 자리에 놓인 작은 타원형 대리석 테이블의 가죽 장의자에 앉아 있다 세련되고 간결한 차림의 리산드로는 내가 인터넷에서 사진으로 본 모습 그대로이다. 날씬하고 큰 키, 몸에 잘 맞게 재단된 정장, 리슐리에 로퍼, 셔츠 소매부리 밖으로 보이는 F.P. 주른 크로노미터 아레조낭스 손목시계가 눈에 들어온다.

리산드로가 손을 흔들어 나를 부르더니 앞자리에 앉게 한다. 그는 몇 초 동안 나를 물끄러미 바라보았지만 딱히 불편하게 하지는 않는다.

"지금과 다른 상황에서 만났더라면 더 좋았겠지만 우리의 인생이 늘 이런 식으로 돌아가는 걸 어쩌겠니? 안젤리크, 정말 고맙구

나. 비앙카에게 네가 얼마나 힘이 되어주는지 익히 들어서 알고 있다."

나는 평정심을 유지하기 위해 푸이유와 시칠리아의 풍경을 담은 흑백 사진들이 여러 장 걸려 있는 벽을 응시하며 고개를 끄덕인다.

리산드로는 잠시 뜸을 들였다가 마치 운명론자처럼 말한다.

"내 아들의 인생이 이렇게 마무리된 것에 대해 딱히 놀라지는 않았다. 오래 전부터 어느 날 갑자기 내 아들이 사망했다는 소식을 듣게 될 거라 예상하고 마음의 준비를 해왔으니까. 사실은 약물 과다 복용이나 자살, 아니면 마약 딜러의 칼에 찔려 목숨을 잃게 될 거라고 생각했어. 빌어먹을 코비드-19가 내 아들을 데려갈 거라고는 꿈에도 몰랐지."

리산드로는 주머니에서 마르코와 여동생 리비아가 열 살 무렵에 천진스런 얼굴로 찍은 사진 한 장을 꺼내 든다. 얼굴 가득 함박웃음을 짓고 있는 두 아이는 색색의 공들이 가득한 수영장에서 신나게 물놀이를 하고 있다. 그 어떤 대가를 주고도 바꿀 수 없는 어린 시절의 환희.

"지난 몇 년 동안 마르코와 대화를 나누지 않고 지내왔지만 나는 아직 그 아이가 어릴 때 우리에게 나누어준 행복한 시간들을 마음 깊이 간직해오고 있단다."

내가 아무 말도 하지 않고 묵묵부답으로 일관하자 리산드로는 살짝 짜증이 나는 표정이다.

"마르코가 나에 대해 고약한 이야기들을 잔뜩 들려준 모양인데 전혀 사실이 아니란다. 사업 때문에 늘 바빴지만 난 언제나 내 가족을 최우선적인 위치에 두었고, 자식에 대해 나 몰라라 하는 아버지는 아니었어. 아이들이 어릴 때 아침마다 학교에 데려다주기도 했지. 숙제도 꼬박꼬박 챙겨주었고, 저녁이면 일찍 집으로 돌아와 아이들과 놀아주고, 다시 사무실에 나가 일을 했어. 비앙카와 나는 아이들을 왕자나 공주처럼 양육하지는 않았지. 우리는 그저……."

"마르코는 아버님에 대해 단 한 번도 고약한 이야기를 한 적 없어요." 내가 맹랑하게도 그의 말을 끊고 말한다. "마르코는 그저 자신이 선택한 삶을 살고 싶었는데 아버님이 허락해주지 않아 슬프다고 했죠."

"자신이 선택한 삶이라고? 우린 어느 누구도 자신의 삶을 선택할 수 없어. 안젤리크, 넌 네 자신의 삶을 선택했니?"

리산드로는 목을 조이고 있던 넥타이를 느슨하게 풀어헤친다.

"마르코는 눈이 없는 좀비들을 그리느라 시간을 다 써버렸어. 네가 보기에 마르코가 그림에 전념하는 게 지원이 2,500명인 회사를 경영하는 것보다 가치 있는 일이라고 생각하니?"

"아버님은 개종을 권하셨죠."

나의 대답에 리산드로는 깜짝 놀란 눈치이다. 리산드로는 나이가 들어 한물 간 족장이 아니다. 그는 지중해 식으로 약간 그을린 피부, 관자놀이 근처가 희끗해진 숱 많은 머리카락, 예리한 시선의 소유자로 엄격하면서도 중후한 매력을 풍긴다. 아직 아쿠아알타의 명품 의류 모델로 직접 나서도 손색이 없어 보인다.

"내 아버지와 할아버지가 그랬듯이 나는 회사 일에 최선을 다했어. 난 마르코가 5대에 걸쳐 이루어놓은 가업을 물려받길 기대했고, 그럴 권리가 있었지."

"마르코가 아니라 다른 사람에게 가업을 물려받게 할 수도 있지 않았을까요? 어머님께 들었는데 아버님은 남자형제 둘과 누이동생이 하나 있고, 그 분들에게도 자식들이 있다던데요."

"그건 달라." 리산드로가 언성을 높인다. "그 아이들은 내 자식이 아니야. 나는 마르코가 집으로 돌아와 회사 일을 배우길 바랐어. 그 아이가 경험을 쌓고, 강해져야 경영자가 될 수 있을 테니까. 회사를 물려받아 일을 하며 나이를 먹다보면 그 아이도 사바티니 가문이 이룬 눈부신 업적을 자랑스러워하게 될 거라 기대했지."

"사실 어머님께는 솔직하게 말씀드리지 못했지만 마르코는 여전히 마약에서 헤어나지 못했어요. 하루 24시간 수호천사를 필요로

할 정도였죠. 아무리 생각해봐도 가업을 물려받기에는 무리였어요."

'엔지니어'는 말없이 눈을 깜박인다.

"솔직하게 말해줘서 고맙다. 난 네가 마르코에게 해주었던 수호천사 역할에 대해 고맙게 생각한다. 가문의 영지가 있는 토르토네에서 마르코의 장례식을 진행할 예정이다. 너도 꼭 참석해주면 기쁘겠구나."

"당연히 가야죠."

나는 내 계획에서 가장 중요한 카드를 내밀기 전에 잠시 심호흡을 하며 마음을 가다듬는다.

"비록 집을 떠나 있는 중이었지만 마르코는 아버님을 무척이나 자랑스러워했고, 관계가 소원해진 것에 대해 많이 괴로워했어요. 문제점이 없진 않았지만 마르코의 삶 전체를 평가절하해서는 안 된다고 생각해요. 마르코는 화가로도 크게 각광받기 시작했으니까요."

나는 가방에서 사진 한 장을 꺼낸다. 며칠 동안 포토샵으로 합성하고 손질한 사진이다. 마르코와 내가 해변에서 함께 찍은 흑백 사진.

나는 사진을 리산드로가 볼 수 있도록 그의 앞으로 밀어놓는다.

"3주 전에 마르코와 노르망디 해변에서 찍은 사진입니다. 우린 그때 너무나 행복했었죠."

리산드로는 한참 동안 사진을 들여다본다. 그의 눈은 내 배 위에 놓인 마르코의 손을 주목하고 있는 게 틀림없다.

"마르코의 아기를 가졌어요."

단도직입적인 내 말에 리산드로의 얼굴이 화석처럼 굳어진다. 마치 내가 그의 앞에서 수류탄을 꺼내들고 안전핀을 뽑기라도 한 듯이.

"사바티니 가문에 대가를 요구하지는 않을 테니까 너무 걱정마세요. 제가 아이를 키울 겁니다. 그리고……."

"잠깐!" 리산드로가 내 손을 덥석 잡으며 다급히 말한다.

리산드로가 척 보기에도 빛의 속도로 머리를 굴리고 있다는 걸 알 수 있다. 그는 오늘 아침 앞으로는 힘든 날들이 이어지리라는 확신을 가지고 자리에서 일어났을 것이다. 앞으로 맞이하게 될 날들이 고통스럽게 여겨졌을 테고, 앞으로 참다운 기쁨이란 그 어디에서도 맛볼 수 없으리라 절망했을 것이다. 그런데 갑자기 바람의 방향이 바뀌면서 온통 어두운 하늘에서 한 줄기 서광이 비치기 시작했으리라.

나는 리산드로 역시 나처럼 카이로스를 알고 있다고 믿는다. 나와 마찬가지로 그 역시 우리의 인생에 단 한 번은 테이블을 뒤집어엎을 수 있는 기회가 찾아온다고 믿을 것이다. 그가 직면한 문제를 해결해줄 마스터키가 생긴 것이다. 사후에 아들과 화해하고,

아쿠아알타를 물려받게 될 상속자를 얻게 된 것이다. 그가 이번 기회를 잡는다면 충분히 가능한 시나리오이다. 지금이 아니면 영영 오지 않을 기회.

"정말이지 반가운 소식이구나!"

나는 겸연쩍어하며 빙긋 미소 짓는다.

"우린 앞으로 모든 일을 잘 해나갈 수 있을 거야. 너도 알다시피 나에게는 막강한 인맥과 재정적 능력이 있어. 토리노에서 사바티니 집안사람들이 한자리에 모였을 때 마르코의 사후 친자인정을 받도록 하자. 우선 네가 동의해 주어야만 가능한 이야기겠지만 말이다."

내가 고갯짓으로 동의를 表하자 '엔지니어'는 자리에서 벌떠 일어서더니 나를 와락 끌어안는다.

"넌 이제 우리 집안의 며느리야. 다 잘 될 테니까 염려하지 말거라."


3
*같은 날*
*밤11시 30분*

마르코를 살해하면 모든 문제가 해결될 거라고 생각했던 건 순진한 오산이다. 당연하지만 실상은 전혀 그렇지 않다. 나에겐 다른 선택의 여지가 없다. 난 맨 앞에 놓인 도미노 조각을 밀었고, 그 뒤의 조각들이 차례로 쓰러졌다. 내 운명의 주인이 되기 위해 나는 다시 살인을 저지를 수밖에 없다. 내가 두 번째로 노리는 타깃은 스텔라 페트렌코이다. 사냥개처럼 예민한 그 여자의 감각이 내 계획을 알아차리는 바람에 나는 발각될 위기에 처해 있다.

열흘 동안 나는 불가능한 일을 해낸다. 미세한 균열을 발견하고 빈틈을 집요하게 파고 든다. 나에게 찾아온 절호의 기회를 놓치지 않고 현실로 이루어지도록 밀어붙인다. 나는 위험천만한 포커 판에 뛰어든다. 스텔라는 내 계획을 성사시키려면 반드시 제거해야 하는 걸림돌이다.

내가 손을 놓고 있을 경우 앞으로 어떤 상황이 전개될지 불을 보듯 뻔하다. 전직 에투알 무용수는 내 계획이 목표에 근접해갈수록 점점 더 자주 나를 찾아와 금전적 대가를 요구하며 협박을 가할 것이다. 내가 어디에서 무엇을 하든지 다모클레스의 검은 내 머리 위에서 항상 나를 노릴 것이다.

나는 스텔라가 듣지 못하도록 살금살금 계단을 올라간다. 마르코의 아파트로 들어간 나는 천창을 통해 지붕으로 나간다. 지붕

**안젤리크**

에서 홈통을 타고 아래층으로 내려간 나는 45분이나 스텔라를 기다린다.

어디에서 왔는지 알 수 없는 갈매기들이 주변으로 날아드는 바람에 깜짝 놀라 하마터면 7층에서 떨어질 뻔했지만 마지막 순간에 겨우 균형을 잡는다. 내가 느끼는 두려움과 달리 내 계획이 실제로 외부에 많이 노출된 상태는 아니다. 알프레드 히치콕의 영화 〈이창〉과는 전혀 딴판인 상황이다. 맞은편 건물은 3층에만 유일하게 불이 켜져 있다. 오래 전부터 느껴왔지만 파리에 빈 아파트가 이리 많다는 사실이 새삼 놀라울 따름이다. 노숙자들에게는 정말 미안한 일이지만 현재의 나에게는 퍽이나 다행스러운 일이다. 밤이 깊어가고 있다. 자정 30분 전의 7구는 파리에서 그다지 활기찬 곳은 아니다. 눈에 보이지는 않지만 길모퉁이에 있는 술집 주인이 휘파람을 불며 테라스의 의자를 정리하는 소리가 들려온다.

점판암과 아연으로 만들어진 나만의 관측소에 매달려 있자니 탁 트인 시야로 스텔라가 사는 아파트와 테라스가 한눈에 들어온다. 스텔라가 발레 타이츠와 튀튀, 몸에 찰싹 달라붙는 상의 차림으로 안락의자에 기대 앉아 있다. 마리화나를 말아 쿨럭쿨럭 기침을 하면서 몇 모금 피운 스텔라는 부르고뉴 레드 와인 석 잔을 연거푸 들이켜더니 20분쯤 앉은 상태로 졸고 있다. 겨우 정신을 차린 그녀는 자리에서 벌떡 일어서더니 목덜미를 마사지하며 오페라에 나오는 유명한 아리아를 흥얼거리며 발코니 난간에 몸을 살짝 기댄다.

옛날에 뷜레의 왕이 있었는데,
그는 무덤에까지
사랑하는 여인에 대한 추억으로
아로새겨진 황금 잔을 들고 갔다네.

내 심장이 쿵쾅거리며 뛴다. 뭔지 모르지만 묵직한 멍울이 목을 타고 위로 치미는 느낌이 든다.

*지금이야!*

나는 아래로 뛰어내린다. 2미터 정도 되는 높이로 그 정도는 뛰어내릴 만하다. 두 손으로 바닥을 짚으며 테라스에 안착한 나는 얼른 몸을 일으켜 세운다.

나는 이상한 소리를 듣고 몸을 뒤로 돌리려는 스텔라의 양 무릎을 잡고 온힘을 다해 난간 위로 들어올린다. 스텔라가 저항하며 내지르는 소리는 미처 밖으로 새어나오지 못하고 목구멍 안에 갇혀버린다. 스텔라는 이제 비명을 지를 기회가 사라진다. 이미 인도로 추락한 뒤니까.

*안젤리크*

나는 물뿌리개를 아래로 던지고, 테라스에서 난간을 타고 지붕으로 향한다.

　막상 저지르고 나니 그다지 어려운 일도 아니다.

III

마티아스 타유페르

## 10. 흔적 남기지 않기

사소한 것들은 나름 중요성을 지닌다. 사람들은 항상 그 사소한 것들 때문에 파멸에 이른다.

**_표도르 도스토옙스키**

## 1

**12월 29일 수요일**

마티아스 타유페르는 역을 나서면서 외투 깃을 최대한 세웠다. 전직 형사는 간밤에 술을 마시고 잔뜩 취한 상태였지만 아침 일찍 일어나 면도를 하고 깨끗한 셔츠와 재킷을 챙겨 입었다. 마티아스는 집에서 그리 멀지 않은 시테 위니베르시테르 역으로 걸어가 광역철도 B선에 올랐다. 파리 시내를 관통해 올네수부아까지 가는

데 30분이 족히 걸렸다.

마티아스는 담배를 피우려고 역 앞 광장에 잠시 멈춰 서서 노라 메사우드 덕분에 알아낸 안젤리크 샤르베의 주소를 휴대폰의 GPS에 입력했다. 전직 형사는 불안감을 감추지 못하며 담배를 몇 모금 빨아들였다. 마치 담배가 힘을 내는 연료를 제공해 주기라도 하듯이. 그런 다음 GPS가 안내하는 경로를 살펴보았다.

오전 10시였고, 하늘은 수정처럼 맑았지만 강렬한 추위 탓에 주변이 온통 얼어붙은 상태였다. 크리스마스 휴가 시즌이라 상당수의 시민들이 도시를 빠져나갔다. 겨울의 희미한 햇살 아래에서 아직 서리가 녹지 않은 올네수부아의 도심은 미셸 오디아르 감독이 포착한 파리 14구와 마티유 카소비츠 감독이 묘사한 파리 변두리 지역의 중간쯤 되는 분위기를 풍겼다.

마티아스는 자신이 서 있는 장소를 알아보았다. 15년 전, 수사를 위해 방문한 적이 있는 곳이었다. 그때 이후 크게 달라진 건 없었다. 도로변의 아시아 반찬 가게들이 상점 문을 여는 중이었고, 모노프리 슈퍼마켓 앞에서는 경비원들이 담배를 피우느라 여념이 없었다. 건달들 몇몇이 동네 시민단체 사무실 담벼락 앞에 모여 앉아 뭔가 모의를 하느라 수군거렸다. 스트라스부르 대로에는 마침 장이 섰는지 송년회 만찬 준비에 나선 올네수부아 주민들이 왠지 긴장감이 흐르는 가운데 반찬 판매대 앞으로 모여들었다. 마스크, 손소독제, 거리두기. 예전에는 없던 새로운 변수들이 프랑스 전역의 풍경을 바꾸어 놓았다. 어제는 코비드-19 확진자 수가 처음으로 20만 명 선을 넘어섰다. 설날을 이틀 앞둔 시점이었지만 코비드-19 변이 바이러스인 오미크론 때문에 가족들은 한자리에 모이지 못하고 뿔뿔이 흩어지게 되었다. 강제 격리, 백신 찬성자와 반대자들의 대치, 점점 더 강력해지는 이동 자유 제한이 프랑스의 연말연시 풍경을 우울하게 했다.

마티아스는 숨이 가빠오는 바람에 약국으로 들어가 에소메프라졸 알약과 비타민이 함유된 아스피린을 구입했다. 잠에서 깨어났을 때부터 불에 덴 것 같은 통증이 밀려와 위가 쓰라렸고, 머리가 묵직했다. 게다가 목도 아프고, 기력은 완전히 바닥났다. 설상가상으로 주의를 집중하기 힘든 증세도 나타났다. 머릿속 생각이 제멋대로 흐트러지거나 희미해지다가 궤도를 이탈해 날아다녔다. 현실의 구체적인 형태가 사라지면서 마치 세상이 온통 둥둥 떠다니는 느낌이 들었다. 심장박동은 점점 빨라졌고, 혹시 코비드-19에 감염된 건 아닌지 의심이 들었다.

마티아스는 심장이식 수술을 받은 사람이라 최우선적인 백신 접종 대상자였다. 수술을 받을 때 면역반응 억제제를 잔뜩 복용한 탓에 사망 위험도가 다른 사람들보다 훨씬 높기 때문이었다. 그는 팬데믹에 대한 과도한 공포를 믿지 않기에 지금껏 불안해하지 않

**안젤리크**

으려고 애써왔는데 돌아가는 추세 탓인지 마냥 안심할 수 없었다.

마티아스는 약국을 나서면서 시장터에 자리 잡은 노상 카페에서 크루아상 두 개와 작은 생수 한 병을 샀다. 커피를 마시고 싶었지만 화끈거리는 위장이 귀에 대고 '커피는 꿈도 꾸지 마.'라고 속삭이는 느낌이 들었다.

마티아스가 약을 삼키고 있을 때 휴대폰이 부르르 떨었다. 그는 화면에 떠오른 루이즈 콜랑주라는 이름을 보고 나서 전화를 받지 않았다. 지금 이 순간 어린 여자아이를 꽁무니에 달고 다니는 것만은 피하고 싶었다.

마티아스는 제네랄 르클레르크 광장과 자크 시라크 가가 만나는 길모퉁이의 작은 규석 건물 앞으로 걸어갔다. 참새 발가락 같은 박공에 먼지가 잔뜩 묻어 정면이 거뭇거뭇해진 3층 건물이었다.

마티아스는 주저 없이 출입문을 밀고 들어선 다음 계단을 성큼성큼 걸어 올라가 구닥다리 주물 장식이 달린 나무 문 앞에 멈춰섰다. 문에 초인종이 두 개 달려 있었다. 첫 번째 초인종에는 안젤리크 샤르베, 두 번째에는 베아트리즈 바로스라는 이름이 붙어 있었다. 조용하고 한적한 아파트였지만 형사라는 직업적 본능이 계속 경계심을 유지해야 한다고 다그쳤다. 그는 주머니 속에 손을 집어넣고 시그자우어 권총을 만지작거렸다. 그의 손가락이 초인종을 누르기도 전에 문이 열리더니 외계인 같은 사람이 모습을 드러냈다. 키가 거의 2미터에 육박하는 금발의 거구로 마스크 뒤에 퉁퉁 부어오른 얼굴이 있으리라 짐작하게 만드는 사람이었다.

"무슨 일입니까?"

마치 만화영화 주인공 목소리 같은 코맹맹이 소리가 흘러나와 외모와 묘한 대조를 이루었다. 방금 전에 헬륨 가스를 들이마신 사람 같았다.

"강력반 소속 마티아스 타유페르입니다. 당신은?"

"이 집 주인 조제프 비가즈입니다."

그때 조제프의 뒤에서 체구가 작달막한 여자가 나타났다. 키 140센티미터, 새까만 머리, 대체로 잘 물어뜯는 생쥐 상이었다.

"조제프, 먼저 신분증부터 보여 달라고 해."

마티아스는 뜨악한 얼굴로 여자를 바라보았다.

"당신은 누구죠?"

"이 아이의 엄마 모니카 비가즈인데요."

마티아스는 갑자기 피로감이 밀려와 눈두덩을 꾹꾹 눌렀다. 두 사람은 그를 도와줄 인물들이 아니라는 걸 본능적으로 알 수 있었다.

"안젤리크 샤르베를 찾고 있습니다."

"그 여자는 이제 이 집에 살지 않아요."

*안젤리크*

"여긴 너무 추우니까 잠시 안으로 들어가서 이야기를 나눌까요?"

거구와 생쥐는 그 말을 듣고도 문 앞에서 꼼짝도 하지 않았다. 그들의 영역에 대해 손톱만큼의 침입도 허락하지 않겠다는 태도였다.

마티아스는 재킷 단추를 풀어 안주머니에 꽂아둔 반자동 총과 허리춤에 매단 수갑을 보여주었다.

"굳이 원한다면 바티뇰의 바스티옹 가에 있는 사법경찰 본부로 데려가줄 수도 있어요. 새로 지은 경찰서 건물을 실컷 구경할 수 있게 해줄까요?"

마티아스의 은근한 위협은 즉시 효과를 발휘했다. 거구와 생쥐는 입을 삐죽거리며 마지못해 입구에서 물러섰다.


## 2


마티아스는 건물 2층에 위치한 아파트로 들어섰다. 마룻바닥에 씌워놓은 덮개, 사다리, 작업대, 페인트 통이 눈에 들어왔다. 아파트는 한창 실내 공사 중이었다. 거실 하나에 침실 하나짜리 아파트에 소파와 침대, 아직 폴리에틸렌 보호 필름을 벗겨내지 않은 몇몇 가구들이 자리를 차지하고 있었다.

"안젤리크 샤르베가 살던 집입니까?"

"네, 그렇습니다." 엄마와 눈짓을 주고받은 조제프가 대답했다. 그가 작업용 마스크를 벗자 스포츠형으로 짧게 자른 머리, 소처럼 툭 불거진 눈, 붉은 반점 투성이인 볼이 드러났다.

"9월 중순에 계약을 해지했어요." 이번에는 생쥐 상인 엄마가 말했다. "위층 세입자도 한 달 후에 계약이 끝나요. 집이 비어 있는 동안 내부 수리를 하려고요. 세입자 두 사람이 한꺼번에 빠져나가는 바람에 손실이 크지만 어쩌겠어요. 인생이 다 그렇잖아요."

"안젤리크 샤르베는 연락처를 남기고 갔습니까?"

"그럴 리가요? 그 여자는 얼굴을 볼 시간조차 없었어요. 그러니까 차마 보증금을 돌려받을 생각은 안 할 테지."

신체적으로 보자면 여자는 아들과 극과 극이었다. 기껏해야 45킬로그램쯤 되는 체구에 가죽만 남은 얼굴을 감싸고 있는 생머리, 상대를 꿰뚫어 보는 것 같은 눈, 날카롭고 공격적인 목소리로 보자면 두 사람이 과연 모자 사이가 맞는지 믿기 어려웠다.

"경찰은 왜 그 여자에게 관심을 보이죠?" 여자가 물었다.

마티아스는 그 질문을 무시하며 되물었다.

"그 여자는 어떤 세입자였습니까?"

생쥐 상이 짜증나는 인물이었다는 듯이 대답했다.

*안젤리크*

"몇 번을 재촉해야 겨우 월세를 내는 여자였어요."

"그 여자는 혼자 살았나요?"

"내가 뭔가를 고쳐주려고 들렀을 때마다 혼자였습니다." 이번에는 조제프가 대답했다.

마티아스는 거실 안을 이리저리 돌아다녔다.

"이 가구들은 그 여자가 사용하던 건가요?"

"이 아파트는 원래 가구까지 임대합니다. 책을 빼면 그 여자 물건은 아무것도 없습니다."

마티아스는 안젤리크 샤르베가 읽던 책들을 살폈다. 최근 소설과 고전소설, 수필, 예술 관련 서적, 사회학 서적, 의학 서적, 패션 잡지 등이었다. 안젤리크는 다양한 분야의 책들을 닥치는 대로 읽는 부류였다. 마티아스는 선반에 놓여 있는 몇 개의 사진틀을 들여다보았다. 얼굴을 부분적으로 찍은 셀피들이었다. 이마에 흘러내린 몇 가닥의 금발에서부터 윤기가 흐르는 머리채, 마구 흐트러뜨린 적갈색 단발머리에 이르기까지 안젤리크의 50가지 뉘앙스를 짐작하게 해주는 셀피들. 이른바 우리 시대의 에고 트립과 자기도취, 타인의 시선에 좌우되기보다는 스스로 자신을 무대에 올리고 바라보는 걸 선호하는 젊은 여자의 취향이 그대로 묻어났다. 안젤리크는 옷을 자주 갈아입듯 여러 가지 정체성을 취했다가 버릴 수 있는 카멜레온 스타일로 어쩌면 매우 위험하

인물일 수도 있었다.

마티아스는 방구석에 난 창 쪽으로 다가가다가 깨져 있는 유리창에 시선을 고정시켰다. 쓰레기봉투를 테이프로 얼기설기 붙여 임시방편으로 유리창을 막아놓은 상태였다.

"혹시 누군가 가택 침입이라도 했습니까?"

"이 동네에는 불량배들이 많아요." 모니카가 한숨 쉬듯 내뱉었다.

"이 유리창은 언제 깨졌나요?"

"안젤리크가 떠난 후에 깨진 것으로 아는데요. 아니면 그 여자가 유리창을 깨고 아무 말도 안 했을 수도 있고요."

"그 여자가 남기고 간 물건은 없습니까? 가령 옷이나 서류라도?"

"그 빌어먹을 년은 집을 눈 뜨고 봐줄 수 없을 만큼 엉망진창으로 만들어놓고 사라졌어요." 모니카가 코를 훌쩍이며 불만을 토로했다. 그녀가 흘러내린 콧물을 옷소매로 쓱 닦고 나서 길 건너편에 보이는 두 개의 컨테이너를 가리켰다.

"이 집을 청소하면서 버린 쓰레기 상자들이 저 컨테이너에 있을 거예요."

마티아스가 미간을 찌푸렸다.

"이 아파트를 오늘에야 청소했단 말입니까?"

"그제 시작했는데 아직 마무리하지 못했어요. 분리수거일과 휴일이 끼어 있는 바람에 늦어졌죠."

전혀 기대하지 않은 횡재였다. 마티아스는 아파트 건물 밖으로 나와 잰걸음으로 길을 건넌 다음 컨테이너에 버려진 쓰레기 상자 두 개를 열었다. 상자 안에 들어 있는 쓰레기들을 인도에 쏟아버리고 눈에 띄는 단서가 있는지 찾아보기 시작했다. 구질구질한 일이었지만 그는 자신이 무엇을 찾길 원하는지 정확하게 알지도 못하면서 진지하게 작업에 임했다.

안젤리크 샤르베가 버리고 간 쓰레기에서 특별히 눈에 띄는 단서를 찾아내지 못했다. 환경주의자가 될 생각은 조금도 없는 여자인 듯 인터넷 주문을 애용한 흔적이 많았다. 세잔이나 루주 같은 상표가 찍힌 포장재들, 코로나 맥주 캔, 플라스틱 생수병, 폐배터리, 상자 속에 들어 있는 물건을 고정시키기 위한 폴리스티렌 쪼가리를 보자면 그랬다.

마티아스는 10여 분을 뒤지다가 잠시 작업을 멈추었다. 지독하게 추운 날씨 탓에 폐가 꽁꽁 얼어붙는 듯했고, 온몸이 와들와들 떨렸다. 이마는 불덩이처럼 뜨거워 머릿속이 녹아내리는 듯했다. 안젤리크 샤르베가 버리고 간 쓰레기에서 뭔가를 찾아내게 되리라 기대했는데 결과는 실패였다. 다만 아직 포기를 선언할 단계는 아니었다.

마티아스는 양손을 세차게 비벼 온기를 불어넣어가며 멈췄던 작업을 다시 시작했다. 일단 한쪽에 따로 모아놓은 서류들을 꼼꼼하게 들여다보았다. 급여명세서, 각종 고지서, 월세 지불 영수증, 크레디 뮈튀엘 은행의 잔고 현황 등이 적힌 서류였다. 돈 관련 서류들을 보는 것만으로도 안젤리크의 재정 상황이 얼마나 빠듯했는지 알 수 있었다. 따지고 보면 이 또한 대다수 사람들이 겪는 상황이었다.

디지털 기술이 우리의 삶을 지배하기 이전에 주고받던 편지 한통이 눈길을 끌었다. 마티아스는 피우던 담배꽁초를 버리고 쭈그려 앉아 찢어진 편지 조각들을 바닥에 늘어놓아가며 퍼즐을 맞추었다. 안젤리크의 연인이 보낸 장문의 편지였다. 연인의 이름은 코랑탱 르리에브르였다.

마티아스는 두 눈을 가느다랗게 뜨고 직접 손으로 쓴 글씨들을 읽었다. 코랑탱은 마치 진땀을 흘리는 것 같은 문장으로 사랑하는 여인에게 버림받은 남자의 고통을 지겹도록 반복적으로 호소하고 있었다. 그는 사랑하는 여인에게 다시 한번 기회를 달라고 간청했다.

마티아스는 편지를 주머니에 쑤셔 넣었다. 혐오감과 연민을 동시에 불러일으키는 편지였다. 미루어 짐작하기로 안젤리크 샤르베는 나약하고 시대착오적인 코랑탱과 붙어 다닐 여자가 아니었다. 그는 재킷과 바지에 묻은 먼지를 털고 나서 쓰레기들을 다시 상자에 담아 컨테이너에 넣었다.

오늘 아침에 열차 안에서 확인한 바에 따르면 인터넷상에서 안젤리크 샤르베라는 인물은 극히 제한적으로만 등장했다. 노라 메사우드의 말에 따르면 안젤리크에게 인스타그램 계정이 있었다는데 지금은 닫아버린 듯했다.

새는 어디론가 날아가 버렸다. 완전히.

마티아스는 마지막 남은 쓰레기 상자를 컨테이너로 던졌다. 상자가 컨테이너 가장자리에 부딪치는 바람에 다시 인도로 떨어졌다. 상자를 다시 집어 들던 그의 눈에 플라스틱 막대가 보였다. 처음에는 코비드-19 자가검사키트인 줄 알았는데 가까이에서 보니 임신 테스터였다. 임신 사실을 증명해주는 두 개의 줄이 선명했다.

마티아스는 세정제로 손을 한참 동안 닦았다. 이런 순간에 덜컥 코비드-19에 감염된다는 건 말도 안 되는 일이었다. 그의 입가에 미소가 번져갔다. 경찰 업무에서 배제된 지 5년 만에 그가 나서서 해결해야 할 사건을 찾아낸 것이다. 아직은 뚜렷하지 않은 단서들뿐이었지만 매우 흥미로운 사건임에 틀림없었다. 겉으로 보아서는 도저히 알 수 없는 막연하고도 희미한 이미지들이 실타래처럼 뒤엉켜 있어 혼란스러운 느낌이 들었지만 그의 흥미를 끌기에 충분했다. 언젠가는 복잡하게 얽히고설킨 실타래를 풀어줄 결정적인 단서를 찾아내게 될 테니까. 퍼즐을 완성시켜줄 결정적인 단서를 어디에서 찾을 수 있을까? 스텔라 페트렌코의 아파트에서?

지난번 스텔라의 아파트를 방문했을 때는 너무 건성으로 훑어보았다는 생각이 들었다. 조심스럽게 처신해야 하는 형편이라서 집 안을 꼼꼼하게 살펴보지 못했다.


## 3


루이즈는 방향지시등을 켜고 벨샤스 가로 접어들었다. 이 거리에 드나들기 시작한 이래 처음으로 주차할 자리가 많았다. 파리의 도심은 이제껏 단 한 번도 이토록 한산한 적이 없었다. 팬데믹 때문에 관광객들이 사라져 활기를 잃어버린 거리, 크리스마스 장식품들을 너무 일찍 없애버린 생토마다켕 구역이 마치 영화 촬영용 세트장처럼 비현실적으로 보였다.

루이즈는 라카즈 가 모퉁이에 차를 세우고 인적 없는 건물 안으로 들어가 엘리베이터를 타고 6층으로 올라갔다. 진척 없는 수사에 낙담한 탓에 간밤에 거의 한숨도 자지 못했다. 오리무중 상태의 수사가 계속되는 바람에 피로감을 느낀 루이즈는 엄마의 유령을 정면으로 만나보기로 결심했다. 스텔라 페트렌코에 대해 제대로 알아보기 위해서는 사생활을 파헤쳐볼 용기가 필요했다. 엄마의 사생활을 파헤친다는 건 누구나 꼭꼭 숨겨두기 마련인 '보여주고 싶지 않은 누추한 비밀들'을 마주해야 한다는 뜻이었다. 루이즈는 어떤 허물을 보게 되더라도 두려워하지 않고 엄마의 아파트를 샅샅이 들춰보기로 결심했다.

스텔라의 아파트 안으로 들어선 루이즈는 안에서 출입문을 잠근 다음 핸드백을 의자 위에 내려놓았다. 창문을 통해 스며든 햇살이 마룻바닥에 와 닿았지만 실내는 냉랭하기 그지없었다. 루이즈는 라디에이터를 켜 온도를 최대한 올린 다음 마르코 사바티니의 그림을 다시 벽에 걸었다. 그녀는 집 안이 훈훈해지기를 기다리면서 커피포트에 물을 넣어 에스프레소를 준비했다. 엄마 집에 도착하기 전에 마티아스에게 도움을 청하려고 전화했지만 전직 형사는 아예 받지 않았다. 안타까운 일이었으나 루이즈는 전직 형사의 도움 없이도 마음먹은 일을 해낼 자신이 있었다.

루이즈는 커피를 마시며 화려한 스포트라이트를 받았던 에투알 무용수 시절과 은퇴 이후 환멸로 점철되었던 엄마의 삶을 되짚어보았다. 아주 어렸을 때부터 스텔라 페트렌코의 꿈은 파리 오페라단의 에투알 무용수가 되고 싶다는 하나의 목표에 고정되어 있었다. 이제 와서 거리를 두고 바라보자며 엄마의 꿈은 인생에 독으로 작용한 좌절의 원천이 되었다. 수천 시간에 걸친 고된 훈련과 희생은 엄마에게 기쁨보다 고통을 더 많이 안겨주었다. 어린 나이에 스텔라는 이미 수많은 무용수들 가운데 자신이 가장 아름답지도, 우아하지도, 재능이 출중하지도 않다는 사실을 깨달았다. 그럼에도 스텔라는 포기하지 않고 집요하게 모든 계단을 밟아 올라갔고, 몸이 닳아 없어질 만큼 노력과 시간을 쏟아부은 끝에 에투알 무용수 지위를 쟁취했다. 루이즈는 오래전 스텔라가 했던 말이 떠올랐다.

"에투알 무용수 자리는 내가 이를 악물고 혼신의 노력을 다한 끝에 얻어낸 영광의 결과물이야."

스텔라의 비극은 그저 관객들로부터 사랑받길 원한 게 아니라 다른 어느 누구보다 *자신이 선호되기*를 바란 것에서 비롯되었다. 스텔라는 진심으로 자신이 다른 무용수들보다 스포트라이트를 받을 자격이 있다고 믿었다. 떠나온 고향 우크라이나, 뿌리 뽑힌 가정, 마르세유, 하루 열 시간의 연습, 피폐한 몸, 사고, 부상, 상처와 자기희생을 요구하는 인생이 이어졌지만 스텔라는 오로지 에투알 무용수가 되겠다는 일념으로 버텨냈다. 춤을 추는 삶을 사는 동안 스텔라는 늘 몸의 어딘가가 아팠다. 그녀의 발레리나 경력은 십자가 고행길이나 다름없었다. 에투알 무용수가 되고 나서도 시련은 끝나지 않았다. 비로소 그토록 바랐던 에투알 무용수가 되어 하늘을 향해 날갯짓을 몇 번 했을 뿐인데 그 자리를 후배에게 내어주고 영원히 날개를 꺾어야 하는 운명이 찾아왔으니까.

은퇴를 계기로 스텔라의 추락은 가속화되었고, 메나주리 드 베르*에서 발레 강습을 하게 되었지만 그것만으로는 비극적인 운명을 되돌려놓기에 역부족이었다. 마리 아녜스 질로, 오렐리 뒤퐁, 실비 기옘, 마리 클로드 피에트라갈라 같은 전직 에투알 무용수들은 은퇴 이후 새로운 삶을 개척해 계속 스타로 각광받으며 지난날의 영광을 유지했지만 스텔라 페트렌코는 아니었다. 스텔라는 줄곧 신체적으로나 정서적으로 균열 직전 상태로 내몰렸고, 끝없이 위기의 삶을 자초했다. 스텔라가 그토록 긴 시간 동안 노력과 시간을 쏟아부어 힘겹게 쟁취한 영광의 순간은 너무나 짧았다. 모진 삶은 얼마 되지 않는 시간 동안 에투알 무용수 자리에 올랐던 스텔라의 영광을 빼앗아버리고 영원한 암흑의 공간으로 밀어 넣었다.

루이즈는 엄마 때문에 늘 걱정이 많았다. 엄마는 어느 것 하나 단단하게 구축해놓지 못했다. 로랑 콜랑주 이후 엄마의 인생에 오래도록 안착한 남자는 단 한 사람도 없었다. 루이즈가 찾아갈 때마다 엄마는 늘 혼자였고, 불행했고, 회한으로 가득 차 있었다. 날이 갈수록 엄마는 서글픔과 회한을 점점 더 떨쳐버리지 못했다.

*파리 11구에 위치한 현대 복합 예술 공간

루이즈가 무엇보다 이상하게 생각한 건 스텔라가 친엄마가 아니라는 사실이었다. 루이즈를 낳아준 생모는 전직 라디오 프랑스 오케스트라의 플루트 연주자였다. 정서적으로 몹시 불안정하고 일관성 없는 길을 걸어온 생모는 여러 차례 독일과 네덜란드 등지의 정신병원에 입원하는 생활을 전전하다가 아예 연락이 끊겼다. 플루트 연주자는 로랑 콜랑주와 2000년대 초반에 잠시 함께 살다가 원치 않는 임신을 하게 되었다. 임신 사실을 알게 된 플루트 연주자는 망설이다가 아이를 낳기로 결심했다. 그렇다고 엄마가 되기로 선택한 것에 대해 끝까지 책임을 다하거나 열정을 보이지는 않았다. 그녀에게 임신 기간은 십자가 고행이었고, 아기를 낳은 이후로도 한동안 부정적인 심리 상태가 계속되었다. 아기를 낳은 지 보름이 지났을 때 그녀는 갓 태어난 신생아를 로랑 콜랑주에게 안겨주고 독일의 베를린으로 떠났다. 그 후 그녀는 한동안 아포칼립스라는 독일의 시민불복종 단체 구성원들과 함께 불법 점거지에서 살았다. 동물들의 고통, 기후 변화를 대하는 국가의 무관심을 상대로 투쟁하는 단체였다.

　로랑 콜랑주는 다시는 루이즈의 생모를 만나지 못했다. 스텔라가 그의 인생에 합류하게 된 건 루이즈가 생후 6개월쯤 되었을 무렵이었다. 스텔라는 마치 자기가 낳은 친자식처럼 루이즈를 보살폈다. 그 후 생모가 루이즈를 보겠다고 찾아온 적은 단 한 번도 없었으므로 주변 사람들의 대화나 기억 속에서 아예 종적을 감춰버렸다. 2010년, 로랑 콜랑주는 네덜란드에서 걸려온 한 통의 전화를 받았다. 플루트 연주자가 로테르담의 어느 병원에서 유방암으로 사망했다는 소식이었다. 그 한 통의 전화가 생모의 소식을 전해준 전부였다. 우중충한 삶을 살다 간 플루트 연주자의 서글픈 종말이었다. 루이즈의 아버지 로랑 콜랑주는 딸이 열다섯 살이 될 때까지 기다렸다가 생모의 사망 소식을 알려주었다. 어린 시절 내내 아련한 배경처럼 존재해오던 이 씁쓸한 비화는 루이즈가 스텔라에 대해 품고 있던 감정에 손톱만큼의 동요도 일으키지 않았다. 루이즈에게 엄마는 단연코 스텔라뿐이었다. 작년에 외할머니, 그러니까 생모의 엄마를 만나기 위해 로테르담에 다녀오긴 했지만 둘 사이에서 아무런 감정의 교류도 일어나지 않았다. 둘이서 함께 공유할 추억이나 이야깃거리도 없었다. 외할머니에게서 배어 나오는 바타비아인 특유의 냉랭하고 투박한 태도는 루이즈에게 뿌리의 중요성을 느끼게 했다. 외할머니와의 만남은 루이즈에게 결점이 많긴 해도 하나밖에 없는 엄마인 스텔라를 향한 사랑을 다시 한번 확인시켜 주었다.

4

루이즈는 개수대에서 다 마신 커피잔을 씻고 나서 미리 계획한 그날의 임무를 시작했다. 아파트를 구석구석 뒤지기 시작한 것이다. TV 드라마에서 본 경찰의 입수수색처럼 화장실 수세 장치도 뜯어보고, 쪽마루 바닥도 두들겨보고, 모든 벽장을 열어보았다. 책상 위에 놓인 서류들도 들춰보고, 오븐이며 주방 후드, 테라스 할 것 없이 샅샅이 뒤져보았다. 심지어 눈에 띄는 나사들까지 풀거나 조였고, 천장은 물론 간이 벽까지 두드려보았다.

루이즈는 반 개방식 주방의 칸막이벽에서 울리는 소리에 주목했다. 흰색 장을 밀자 빙 돌아가면서 두 개의 칸막이 사이로 비밀 공간이 나타났다. 루이즈는 어두운 공간을 향해 휴대폰 손전등을 들이댔고, 두 개의 봉투를 발견했다.

*시간이 지나도 드러나지 않는 비밀은 없어.*

루이즈는 그렇게 생각하면서 빈 공간을 향해 손을 집어넣어 엄지와 검지 사이에 봉투를 끼워 밖으로 끄집어냈다. 첫 번째 봉투는 요철 무늬가 있는 두꺼운 봉투였다. 루이즈는 안에 들어 있는 내용물을 주방의 대리석 상판에 쏟아부었다. 봉투에서 정확하게 1만 유로의 돈이 나왔다. 루이즈는 봉투를 차분하게 살피다가 귀퉁이에서 소인 자국을 발견했다. 두 개의 알파벳 B로 구성된 로고였다. 루이즈는 그 로고를 어디에서 보았는지 금세 기억해냈다. 베르나르 베네딕 화랑의 로고였다.

*혹시 엄마가 화랑에 마르코 사바티니의 그림을 팔고 받은 대금일까? 그렇다면 화랑 주인은 왜 그 일에 대해 일언반구 말이 없었을까?* 크기가 약간 작은 두 번째 봉투에는 달랑 USB 하나가 들어 있었다. 루이즈는 배낭에서 노트북을 꺼낸 다음 거실에 놓인 책상 앞에 앉아 불안한 마음을 애써 진정시키며 USB를 작동시켰다. 파일이라고는 딱 한 개가 들어있는데 제목도 없고, 각각의 상영시간이 미처 3분도 되지 않는 열두어 개의 동영상이 전부였다. 동영상 중에서 아무거나 무작위로 클릭했다. 루이즈는 이미지가 나오자마자 손으로 입을 틀어막았다. 낯선 남자와 엄마의 성행위 장면을 찍은 동영상이었다. 두 번째와 세 번째 동영상도 모두 엄마의 성행위 장면을 닮고 있었다. 동영상의 섹스 파트너가 모두 달랐다.

루이즈는 방금 전에 본 동영상과 거리를 유지하기 위해 애썼다. 분명한 건 성폭행 장면을 기록한 동영상이 아니라는 사실이었다. 스텔라는 알코올이나 약물에 의존하고 있는 것 같지도 않았다. 그렇다고 그저 호기심으로 만든 섹스테이프 같지도 않았다. 최근 몇 달 동안 촬영한 동영상이었고, 무대 또한 거실 소파 일색이었다. 게다가 일종의 망원렌즈로 멀리서 촬영한 듯했다.

루이즈는 노트북 화면에서 눈을 떼고 허공을 응시했다. 태양이 겹겹이 쌓인 검은 구름 뒤로 모습을 감추어 버린 탓에 아파트 내부는 어느새 어둠 속으로 잠겨들고 있었다.

*제기랄!*

루이즈는 어쩐지 누군가 자신을 염탐하고 있다는 느낌을 떨쳐버릴 수 없었다. 누군가 엄마의 섹스 장면을 멀리서 찍었다면 *길 건너편*이 아니고서는 촬영이 불가능했다. 루이즈는 얼른 창가로 달려가 급히 커튼을 내리고 주방으로 다시 돌아왔다. 엄마의 아파트를 본격적으로 뒤지기 시작하면서 자신이 제법 영리하다고 믿었는데 이제는 생각이 달라졌다. 누군가가 무대 뒤에서 꼭두각시 인형을 제어하듯 자신을 조종하고 있다는 느낌을 지울 수 없었다. 지금 이 순간에도 누군가가 인형 줄을 잡아당기면서 회심의 미소를 짓고 있는 듯했다.

루이즈는 오래도록 말없이 앉아 있었다.

누가 그따위 동영상을 찍었을까? 무슨 목적으로? 엄마를 협박하려고? 그런 동영상이 있다고 한들 어떻게 엄마에게 위해를 가할 수 있을까?

불안감을 증폭시키는 의문이 계속되다가 갑자기 들려온 엘리베이터 소리 때문에 중단되었다. 아래층에서 누군가 엘리베이터 버튼을 누른 듯했다.

만일 숨어서 엄마를 몰래 촬영했던 자가 나타나 정산을 요구하면 어쩌지? 아니야, 전혀 이성적이지 않은 생각이야.

**안젤리크**

루이즈는 주방 한구석에서 잔뜩 몸을 웅크리고 앉아 바깥에서 들려오는 소리에 귀를 기울였다. 엘리베이터 소리가 한층 더 또렷해지더니 6층에서 멈춰 섰다.

*빌어먹을!*

복도에서 들려오는 발걸음 소리가 점점 가까워지더니 출입문 안쪽 손잡이가 아래쪽으로 내려갔다. 누군가 잠겨 있는 손잡이를 자꾸만 돌려댔다.

루이즈는 두 주먹을 불끈 쥐었다.

*이제 어떻게 한담?*

잠시 침묵이 이어지다가 이내 딸깍거리는 소리가 들려왔다. 문밖의 불청객이 장비를 동원해 문을 따려는 듯했다. 이번만큼은 위험한 상황이 분명했다.

루이즈는 한껏 억눌렀던 비명을 터뜨렸다. "도와주세요! 도와주세요!" 몇 번 거듭 그렇게 외쳤지만 고함 소리는 침입자가 더욱 서두르도록 부추겼을 뿐 위기를 느끼고 도망치리라 기대했던 효과는 나타나지 않았다. 침입자는 이제 문을 부수려는 듯 두 번이나 충격을 가했다. 합판으로 된 문짝이 흔들리더니 세 번째 충격에 경첩과 빗장이 거의 동시에 떨어져 나갔다.

루이즈는 주방의 아일랜드 식탁 아래로 몸을 숙였다. 침입자가 한 번 더 발길질을 가하자 문이 열리면서 웬 남자의 실루엣이 드러났다.

　침입자는 다름 아닌 마티아스 타유페르였다.

# 11. 은둔형 외톨이

진정한 삶을 살지 못하니 사람들은 신기루로 연명한다.
아무것도 없는 것보다는 언제든 그게 나을 테니까.

**_안톤 체호프**

## 1

"형사님 때문에 잔뜩 겁먹었잖아요." 루이즈가 식탁 밑에 숨었
다가 나오면서 악을 써댔다.

"오히려 너 때문에 내가 겁먹었어." 마티아스도 가만 있지 않았
다. "대체 왜 그렇게 고함을 질러 댄 거냐?"

집 안으로 들어온 그는 방금 박살 낸 문의 경첩과 빗장을 살펴보
며 고개를 절레절레 저었다.

"여긴 무슨 일로 오셨어요?"

"그럴 일이 있어."

"왜 제 전화를 받지 않았죠?"

"미안! 내가 널 주려고 크루아상을 사 왔으니까 어서 먹어라." 그가 올네수부아 장터에서부터 들고 다니던 종이봉투를 흔들어대면서 말을 돌렸다.

"형사님이나 실컷 먹어요." 루이즈가 욕실로 들어가며 쾅 소리 나게 문을 닫았다.

마티아스는 땅이 꺼져라 한숨을 내쉬었다. 어디로 튈지 종잡을 수 없는 청소년을 집에서 매일 상대해야 하는 사람들에 대해 새삼 존경심이 우러났다. 그는 라디에이터의 온기에 꽁꽁 언 손을 녹였다. 약이 효과를 내기 시작했는지 아까보다는 한결 기분이 좋아지고 힘이 났다. 그는 머릿속을 뿌옇게 만드는 안개를 완전히 걷어낼 요량으로 커피를 한잔 마실 생각이었다. 커피포트에 물을 넣으려던 그는 주방의 아일랜드 식탁에 놓여 있는 1만 유로에 시선이 꽂혔다.

이 돈은 어디에서 났지?

마티아스는 벽의 일부가 열려 있는 걸 발견했고, 알파벳 B 두 개를 엮어서 만든 로고가 찍힌 봉투도 찾아냈다. 베르나르 베네딕 화랑의 로고였다.

"루이즈, 얼른 나와 봐!" 마티아스가 소리쳤다. "너에게 알려줄 소식이 있어."

마티아스는 휴대폰을 와이파이 프린터에 연결한 다음 안젤리크 샤르베의 사진 한 장을 출력했다. 안젤리크가 링크드인 사이트에 올려놓은 증명사진이었고, 인터넷을 샅샅이 뒤져 찾아낸 그녀의 유일한 흔적이었다.

루이즈는 3분을 더 기다리게 한 끝에 입을 삐죽 내민 상태로 마티아스 앞으로 다가와 앉았다. 마티아스는 우선 신뢰를 회복하기 위해 안젤리크 샤르베에 대해 자세히 설명해주었다.

"혹시 너도 엄마를 보러 왔다가 그 여자를 만났을 수도 있어."

루이즈는 고개를 저었다. 안젤리크에 대한 이야기를 들은 루이즈는 아직 충격에서 헤어나지 못한 눈치였다.

"혹시 벽 속에서 다른 뭔가를 더 찾아냈니?"

"USB가 하나 들어 있었어요."

루이즈는 책상에서 노트북을 가져와 문제의 파일을 열었다.

마티아스의 눈이 휘둥그레지면서 자신이 도착했을 때 루이즈가 왜 그토록 화가 난 상태였는지 이해했다.

"다른 동영상들도 비슷해요. 파트너만 다를 뿐이죠."

마티아스는 휴대폰을 꺼내 영상에서 몇 장면을 캡처했다. 사건이 미처 예상하지 못했던 국면으로 접어들고 있었다. 동영상을 촬영해 돈을 뜯어내던 초기 디지털 시대 관습이 여전히 남아 있다는 게 믿어지지 않았다. 그런 분야 이야기라면 영 불편했다. 이 동영상에서 무엇보다 불편한 건 촬영 각도였다.

마티아스는 자리에서 벌떡 일어나 황급히 테라스로 달려 나갔다. 방금 전 블라인드를 내린 맞은편 건물의 창문이 눈에 들어왔다. 그가 어제 오후에 이 아파트를 방문했을 때 반사광을 발견한 위치도 지금과 같았다.

"넌 여기에서 잠시 기다리고 있어." 마티아스가 몸을 돌려 달려 나가며 말했다. "당장 변태 녀석을 잡아올 테니까."

"나도 따라갈래요."

"위험할 수도 있는 일이야. 어떤 정신 나간 놈과 맞닥뜨리게 될지 몰라."

"형사님이 지켜주면 되잖아요." 루이즈가 턱으로 그의 시그자우어를 가리키며 말했다.

마티아스는 인상을 찌푸렸지만 루이즈를 설득하느라 지체할 시간이 없었다.

*행동 개시!*

그는 비로소 기운이 샘솟았고, 전투에 뛰어들 만반의 준비를 마쳤다. 쏜살같이 계단을 뛰어 내려간 그는 미친개처럼 길을 건너더니 위협적인 목소리로 '경찰입니다!'를 외치며 맞은편 건물의 인터폰을 죄다 눌러댔다.


## 2


마침내 문이 열리자 마티아스는 바짝 따라붙은 루이즈와 함께 엘리베이터 대신 계단을 통해 6층까지 뛰어올라갔다. 웬 여자가 반쯤 열린 문틈 사이에서 경계하는 눈빛으로 두 사람을 기다리고 있었다.

마티아스는 현관문 앞에서 거주자의 이름을 확인했다.

카린 르블랑.

붉은 빛깔 머리를 단발로 자른 50대 여인은 몸에 꽉 끼는 파카 차림이었다. 스카프로 목을 감싸고 있는 것으로 보아 외출 직전으로 보였다.

"르블랑 부인이십니까?"

카린 르블랑은 완전히 겁에 질린 표정이었다.

"로뮈알드 때문에 왔죠?" 여자의 목소리가 떨려 나왔다. "그 아이가 또 무슨 짓을 저질렀나요?"

마티아스는 이런저런 말을 주고받을 시간이 없다고 생각하며 우선 집 안으로 들어가려고 했다.

"잠깐 집 안으로 들어가도 될까요?"

그는 집주인의 대답을 기다리지도 않고 집으로 들어섰다. 어두운 현관 복도는 분위기가 우중충한 구식 거실로 이어졌다.

"부인이 사는 집입니까?"

"네, 그런데 뭘 원하시는데요?"

카린 르블랑은 스카프를 풀고 파카를 벗었다.

"부인이 이 동영상을 촬영했습니까?" 마티아스가 거의 기습적으로 휴대폰 화면을 여자의 눈앞에 들이대며 물었다.

"세상에! 내가 그런 동영상을 찍을 리 없잖아요."

"촬영 각도를 보면 이 집에서 촬영한 동영상이 분명합니다. 혹시 누가 찍었는지 짐작되십니까?"

"내 아들 로뮈알드 녀석이 저지른 짓 같아요." 여자가 한숨 섞인 목소리로 대답했다.

"아들이 몇 살이죠?"

"이제 곧 스물이 됩니다."

"혹시 지금 이 집에 있습니까?"

"방에 있을 거예요."

"로뮈알드를 만나봐야겠습니다. 지금 당장."

카린 르블랑은 또다시 긴 한숨을 내쉬었다.

"로뮈알드를 만나기 전에 먼저 말씀드릴 게 있어요."

*안젤리크*

카린 르블랑은 지친 기색이 역력했다. 말을 할 때마다 힘에 부치는 듯 한숨이 섞여 나왔다. 그녀는 느릿느릿 주방으로 걸어가더니 전기주전자에 물을 끓이기 시작했다. 마티아스와 루이즈는 말없이 여자를 뒤따라갔다. 마티아스가 질문하려는 눈치를 보이자 루이즈가 눈을 찡긋해 막았다.

"차 한잔 드시겠어요?"

"네, 기꺼이." 루이즈가 얼른 대답했다.

"형사님은요?"

마티아스가 의미를 알아들을 수 없는 말로 웅얼거리자 여자는 그 말을 '좋아요.'로 받아들였는지 찻잔 세 개를 테이블 위에 꺼내 놓았다.

"남편은 중학교에서 프랑스어 교사로 일했습니다." 여자는 물을 끓이고 있는 주전자에서 눈을 떼지 않은 상태로 이야기를 시작했다. "동료 교사들도 그랬듯이 남편도 교권이 침해되고, 교사라는 직업이 변질되어 가는 것에 좌절했죠. 지난 10년 동안 남편은 만성 탈진 상태로 방황을 거듭했습니다."

카린 르블랑은 언제 끊어질지 모르는 실처럼 가느다란 목소리로 울먹였다.

"남편은 교사가 하는 일이 너절하게 변했다고 생각하면서 똑같은 질문을 반복했어요. '어쩌다 이 지경이 되었을까?' 남편은 전에 사회당원으로 활동했는데 언제부터인지 몰라도 예전에 친하게 지내던 정치적 동료들과 연락을 끊었어요. 그들의 정체성 혼란에 질렸다면서요. 남편은 삶의 좌표를 잃었고, 분열된 프랑스 사회의 자기 파멸적인 모습에 분노했죠. 왜 사람들은 서로 대화를 나눌 수 없게 되었는지, 왜 공통의 가치를 추구할 수 없게 되었는지, 왜 이념이 다르다고 무조건 질시의 시선으로 바라보게 되었는지 이해하지 못했어요."

물이 끓자 카린 르블랑은 티백 세 개를 꺼내 머그잔에 하나씩 넣었다.

"2020년 1월, 어느 월요일 아침에 남편은 자신이 가르치던 학생과 언쟁을 벌인 끝에 학교에서 스스로 목숨을 끊었어요. 그 일로 프랑스 사회가 온통 들끓었죠. 불량 학생들이 남편이 스스로 목숨을 끊은 모습을 촬영해 인터넷에 퍼뜨렸거든요. 그날 이후 로뮈알드는 완전히 사회 부적응자가 되었어요. 아빠가 목숨을 끊은 이후로 그 아이는 방에 틀어박혀 나오질 않아요."

루이즈는 깜짝 놀라 차마 입을 다물지 못했지만 마티아스의 표정은 줄곧 변화가 없었다.

"로뮈알드는 이제껏 사교적이었던 적이 없어요. 지난 10년 동안 하루 종일 컴퓨터 화면만 들여다보면서 살고 있죠. 아이는 아빠의 죽음 이후 자주 사고를 쳤어요. 이미 알고 계실지 모르지만 전과도 있어요."

마티아스는 내심 크게 놀랐지만 애써 태연한 척 고개를 끄덕였다.

"로뮈알드가 고등학교 졸업반일 때 파르쿠르십 사이트를 해킹했거든요. 대학 입학 자격시험 결과를 넣으면 갈 수 있는 대학을 알려주는 플랫폼인데, 로뮈알드가 관심을 가지고 있던 여학생에게 원하는 대학에 지원할 수 있게 해주겠다면서 그런 짓을 저지른 거예요."

카린 르블랑은 뜨거운 물을 머그잔에 따르더니, 체념을 넘어 달관한 사람처럼 말을 이어갔다.

"로뮈알드는 학업을 중단했어요. 친하게 지내는 친구도 없어 사회와는 아예 담을 쌓고 지내는 형편이죠. 2년 전부터 방 안에 틀어박혀 좀처럼 나오지 않아요. 자고, 먹고, TV를 보고, 인터넷 서핑을 하는 게 전부죠. 하루 종일 커튼을 걷지 않을 때도 있어요. 일주일 동안 몸을 씻지도 않고, 플라스틱 통에 오줌을 누면서 지내기도 해요. 심리상담사나 정신과 의사를 만나보는 걸 아예 거부하기 때문에 어찌해볼 도리가 없어요. 아빠의 죽음 이후 받은 상처가 영원히 낫지 않을까봐, 로뮈알드가 영원히 정상적인 삶을 살지 못할까봐 두려울 따름이죠."

루이즈는 이야기에 완전히 빠져든 반면 마티아스는 회의적이었다. 그는 자진해서 사회와 격리된 삶을 택한 일본의 은둔형 외톨이들에 대한 기사를 읽은 적이 있었다. 그런 종류의 기사를 읽을 때마다 매번 똑같은 생각이 떠올랐다.

*그런 녀석들은 엉덩이를 힘껏 걷어차야 정신 차리는데.*

"왜 로뮈알드를 혼내주지 않고 제멋대로 하도록 내버려 두십니까?" 마티아스가 뜨거운 차를 입김으로 후후 불어 식히며 물었다.

"로뮈알드가 더욱 좌절할까봐 걱정되기 때문이죠."

카린 르블랑이 또다시 한숨을 섞어 대답했다.

"로뮈알드를 밖으로 내쫓아버리고 생활비를 끊어버리세요." 마티아스는 정말 화가 난다는 듯이 씩씩거렸다. "단단히 혼쭐을 내줘야 녀석은 정신을 차리고 사회성을 되찾게 될 겁니다. 여러 가지 사연을 이야기해줘서 감사하지만 그렇다고 녀석이 저지른 잘못을 마냥 감싸줄 수는 없습니다. 지금부터 녀석에 대한 심문에 착수해야겠습니다."

"물론입니다. 다만 좀 부드럽게 물어주세요. 로뮈알드를 만나보면 곧 알게 되시겠지만 녀석은 형사를 끔찍이 싫어합니다."

3

마티아스는 단숨에 결판 지을 생각으로 디지털 덕후의 은신처 문을 밀었다. 첫 번째로 널찍한 방을 보고 놀랐다. 녀석은 이 아파트에서 가장 큰 방을 사용하고 있었다. 25평방미터가 족히 되어 보이는 우주선 같은 방에서 내려다보이는 파리의 다채로운 지붕들이 물결을 이루며 압도적인 전망을 만들어냈다.

두 번째 충격은 로뮈알드의 신체 조건이었다. 마티아스는 농구 선수처럼 키가 큰 청년의 모습을 기대했는데 왜소한 체격에 스무 살이 안 되어 보이는 앳된 얼굴이었다. 데님 셔츠 속에 푸 파이터스의 티셔츠를 받쳐 입은 그의 모습은 마치 촌스럽게 멋을 낸 고등학생을 연상케 했다. 야구모자에 바가지 머리, 차마 시선을 마주치지 못하고 피하는 동그란 두 눈에 얹혀 있는 안경, 여드름투성이 피부가 인상적이었다. 운이 좋아서인지 녀석은 최근에 목욕을 한 듯했고, 방 안에서 나뒹구는 플라스틱 오줌통도 눈에 띄지 않았다.

"안녕, 로뮈알드. 난 루이즈라고 해." 루이즈가 먼저 인사를 건넸다.

로뮈알드는 쑥스러운 듯 눈두덩을 문질렀다. 맨발에 뒤축 없는 샌들을 신은 녀석은 온갖 스티커들로 뒤덮인 맥북 프로를 중심으로 세 개의 대형 화면을 활 모양으로 늘어놓은 책상 앞에 앉아 있었다. 녀석은 분명 엄마와 이야기를 나누는 방문자들의 목소리를 들었을 텐데 루이즈를 보고 깜짝 놀라는 시늉을 했다.

"난 형사야." 마티아스가 도발적으로 자기소개를 했다.

루이즈와 로뮈알드는 서로에게 최면이라도 걸린 사람들처럼 상대를 빤히 쳐다보았다. 마티아스는 그 틈을 놓치지 않고 방 안을 휘둘러보았다. 벽에는 그에게도 익숙한 영화들인 〈미지와의 조우〉, 〈로보캅〉의 리메이크 버전 포스터가 붙어 있었고, 전혀 들어보지도 못한 영화들인 〈프레스티지〉, 〈좀비랜드〉 따위 포스터들도 보였다. 선반에는 최근에 주목받는 각종 연재만화, 장편만화, 공상과학소설, 마술과 멘탈리즘 관련 서적들이 무질서하게 꽂혀 있었다.

마티아스는 무질서를 극도로 혐오하는 편이라 방이 지극히 넓었지만 가슴이 답답하기 그지없었다. 녀석의 방에는 깁슨 파이어버드 기타, 롤랜드 주노 신시사이저, 정신없는 골도락 피겨에 이르기까지 다양한 물건들이 구석구석에 켜켜이 쌓여 있었다.

이 괴짜 녀석은 무슨 돈으로 이 물건들을 사들였을까?

"이 방에서 지독한 냄새가 나." 마티아스가 창문을 활짝 열어젖히며 말했다.

찬 공기가 방 안으로 밀려들어왔다.

"어서 문을 닫아요. 얼어 죽겠어요." 로뮈알드가 구시렁댔다.

"넌 맑은 공기를 듬뿍 마셔야 해." 마티아스가 녀석의 말에 아랑곳하지 않고 퉁명스럽게 대꾸했다. "네 머리에 신선한 공기를 불어넣으면 기억력 향상에 도움이 될 거야."

마티아스가 녀석에게 가까이 다가가더니 야구 모자를 벗겨 빙그르르 돌렸다.

"실내에서는 모자를 벗어야지. 학교에서 도대체 뭘 배운 거야?"

"내 방에서 어서 나가요!" 로뮈알드가 방금 따귀라도 한 대 얻어맞은 사람처럼 소리를 버럭 질렀다.

루이즈가 비난 어린 눈초리로 쏘아보고 있었지만 마티아스는 그러거나 말거나 계속 녀석의 기분을 긁어댔다.

"게으름뱅이 주제에 가끔 방을 치우긴 하나 봐." 마티아스가 사탕 껍질, KFC 상자, 케밥 포장 상자, 탄산음료 캔 따위가 수북하게 쌓인 쓰레기통을 가리키며 물었다.

마티아스는 뻔뻔하게도 녀석의 책상 서랍까지 열어 그 안에 들어있는 내용물들을 살폈다.

"이봐요! 당신이 아무리 형사라고 해도 내 사생활까지 마음대로 뒤질 권리는 없어요."

"입 닥쳐, 멍청아."

로뮈알드는 기어이 소리를 지르기 시작했다.

"도대체 왜 나를 찾아와 괴롭히는 거야? 망할 짭새 놈아!"

"이건 뭐지?" 마티아스가 창문 앞에 세워둔 삼각대에 꽂혀 있는 망원경을 가리키며 물었다. "설마 별을 관찰하려고 놓아둔 건 아니지? 혹시 이웃집 여자들을 훔쳐볼 속셈 아니야?"

"난 그저……."

"이 동영상들을 네놈이 촬영한 게 맞지?" 마티아스가 휴대폰 화면을 녀석의 눈앞에 들이대며 소리쳤다.

로뮈알드는 한동안 생각에 잠겼다가 전략을 수정한 듯 자신이 저지른 행위에 대해 잘못을 빌지 않고 뻔뻔하게 나오기 시작했다.

"내가 동영상을 찍었어요. 그런데 뭐가 어때서요? 내 집에서 내가 찍고 싶어 찍었을 뿐인데 뭐가 잘못되었나요?"

"넌 스텔라 페트렌코가 누군지 알고 있었지?"

"당연하죠. 이 집에 살기 시작한 이후 줄곧 알고 지냈어요."

"스텔라는 왜 이 동영상들을 USB에 담아 자기 집에 은밀히 보관해 두었을까? 네가 스텔라를 협박했지?"

디지털 괴짜는 어이가 없다는 듯 피식 웃음을 흘렸다.

"형사님은 지금 완전히 거꾸로 말하고 있다는 걸 알아야 해요."

"허튼수작 말고 어떻게 된 일인지 자세히 설명해 봐."

"그 *여자*가 나에게 먼저 동영상 촬영을 부탁했어요."

"거짓말이야!" 잠자코 듣고 있던 루이즈가 악을 썼다.

마티아스는 자신이 과연 녀석의 말을 제대로 알아들었는지 확신할 수 없어 다시 물었다.

"그게 무슨 말이야?"

"그 여자가 돈을 벌기 위해 궁리해낸 수작입니다. 스텔라는 유부남들, 특히 지방 출신이나 과거 자신의 팬이었던 사람들 중에서 제물의 대상을 물색했죠. 남자들을 집으로 오도록 꼬드겨 거실에서 섹스를 했어요."

"넌 길 건너편에서 스탠리 큐브릭 놀이를 했고?"

"스탠리 큐브릭은 포르노 영화를 찍지는 않았지만 굳이 비유하자면 그렇게 볼 수도 있겠네요."

"넌 그 남자들에게 동영상이 인터넷에 유포되는 걸 원치 않으면 돈을 내놓으라고 협박했겠네."

디지털 괴짜는 자신감을 되찾았다.

"꼰대 형사님이 이제야 어떻게 된 일인지 내막을 이해했나 봐요."

"로뮈알드, 넌 추악하기 그지없는 짓을 저질렀어." 마티아스가 혀를 차며 말했다.

"그 정도를 가지고 추악하다고 말할 수는 없잖아요. 추악한 일이 얼마나 많이 벌어지는 세상인데."

루이즈가 보다 못해 한마디 했다.

"구역질 나."

"그 일 때문에 사람이 죽어 나간 것도 아니잖아."

"아니, 그 일 때문에 스텔라 페트렌코가 죽었어."

로뮈알드는 눈을 동그랗게 뜨더니 책상다리를 하고 앉았다.

"그 여자는 발코니에서 추락해 사망했잖아요. 그 일과는 전혀 상관이 없어요."

"누군가가 뒤에서 스텔라를 밀쳤을 수도 있지, 안 그래?" 마티아스가 창밖으로 보이는 파리의 굴뚝들을 가리키며 말했다. "스텔라가 사망하던 날 평소와 다른 점이 없던가?"

"그런 정도는 이미 다른 형사들이 다 물어보고 갔어요."

"다른 형사들이라면 누구?"

"형사님이 더 잘 잘 알 텐데요? 세네갈 출신의 여자 형사가 사고가 벌어진 다음 날 돌아다니면서 이 건물에 사는 주민들을 모두 만났어요."

*파투마타 디옵, 사법 경찰 3팀 소속 경위.*

마티아스는 창문으로 다가가 담배에 불을 붙였다.

이 디지털 괴짜 녀석에게는 분명 뭔가 있어.

녀석은 인터넷과 컴퓨터 덕분에 집 안에 틀어박혀 지내면서도 세상과 전혀 단절되지 않고 살아가고 있었다. 녀석은 자신만의 작은 세상에 스스로 갇혀 있었다. 로뮈알드는 흑백 사진 필름처럼 그의 어린 시절을 떠올리게 했다.

마티아스는 어린 시절에 몽펠리에 파이야드 지역에 살았다. 수요일과 토요일이나 방학이 되면 그는 열네 살도 되지 않은 나이였지만 공사장에 가는 아버지를 따라나섰다. 돈을 몇 푼이라도 더 벌어 집에 가져다주기 위해 뜨거운 햇빛 아래에서 등골이 휘도록 막일을 했다. 어린 시절의 고통스러운 기억 때문에 그는 로뮈알드처럼 빈둥거리며 사는 게으름뱅이들을 혐오했다.

루이즈가 입을 열었다.

"네가 동영상을 보여주며 협박한 남자들 가운데 몇몇이 복수를 노리고 있었을 수도 있잖아."

"아니, 그럴 리 없어. 다들 지질한 촌놈들이었고, 복수를 노릴 만큼 우리는 그놈들에게 큰돈을 요구하지도 않았어. 1,500유로에서 2,000유로쯤 요구했고, 다들 순순히 주었거든."

"그 남자들 명단을 메일로 보내." 마티아스가 포스트잇에 메일 주소를 적어주며 명령조로 말했다. "넌 스텔라가 사망하던 날 저녁에 무얼 했지?"

로뮈알드는 아이패드의 케이스를 만지작거리며 한숨을 쉬었다.

"지난번에 다 말했다고 했잖아요."

"그래도 다시 한번 말해 봐. 백수건달 놈아."

"그날 TV로 축구를 봤어요. 벨기에와 체코의 경기였죠."

"그날은 그 시합보다 흥미진진한 경기가 많았을 텐데?"

"엄마가 벨기에 출신이라 난 국적이 둘이에요. 게다가 벨기에 팀은 막강하잖아요."

"벨기에 팀은 볼 점유율은 높지만 승리하는 경우는 거의 없어. 내 말이 맞지?"

로뮈알드가 버럭 짜증을 냈다.

"이긴 경기가 훨씬 많아요."

"축구 시합이 몇 시에 끝났지?" 마티아스가 다시 심문을 시작했다. "밤 10시 반이나 11시쯤에 끝났을 텐데 그 이후에는 뭘 했는지 말해 봐."

"난 헤드폰을 끼고 인터넷 게임을 했어요. 형사들과 소방대원들이 나타나 소란을 피우기 전까지는 게임에 열중했다는 뜻이죠."

마티아스는 발로 담배를 비벼 끄고 나서 꽁초를 창밖으로 던졌다. 나이에 비해 엉큼하고, 타인을 조종하는데 능한 이 녀석이 퍼즐의 중요한 조각이 되어줄 거라는 감이 왔다. 압착하지 않은 레몬을 계속 쥐어짜면 무엇이 나올지 상상하다가 문득 좋은 생각이 떠올랐다.

"혹시 이 여자가 누군지 알아?" 마티아스가 휴대폰 화면을 보여주며 물었다. 배터리가 바닥나기 일보 직전이었다.

"오, 역시 나쁘지 않은 얼굴이야." 로뮈알드가 화면을 얼핏 들여다보더니 너스레를 떨었다. "이 여자는 이름이 뭐죠?"

"안젤리크 샤르베, 넌 이미 본 적이 있을 텐데?"

"구급대가 코비드-19로 사망한 마르코 타파니를 태우러 왔을 때 그 여자가 거기 있었어요."

"그 화가 이름은 마르코 사바티니야." 루이즈가 이름을 고쳐주었다.

"그래, 맞아. 마르코 사바티니. 이 여자는 구급대원들 가운데 아주 못생긴 한 사람과 제법 오래도록 이야기를 나누었어요." *녀석은 언제나 묘한 뉘앙스를 풍기면서 말하는 버릇이 있었다.*

"그 여자가 구급대를 불렀나?"

"그럴 수도 있겠죠. 하지만 난 그 점에 대해 아는 게 없어요."

"그 후에도 그 여자를 다시 본 적이 있을 텐데?"

"정말 이상한 일이 있었어요. 왜냐하면 그날 밤 그 여자가 다시 돌아왔거든요."

"돌아오다니, 어디로?"

"화가의 아파트죠. 그 여자는 화가의 아파트 테라스에 앉아 마치 자기 집처럼 편안하게 술을 마시더군요."

마티아스는 설마 하는 의심이 들었다.

"네 말이 확실하지?"

"당연하죠. 난 분명 그 여자가 보드카를 병째 마시는 걸 봤어요."

"넌 왜 지난번에 형사들이 찾아왔을 때 그 이야기를 하지 않았지?"

"나랑 전혀 상관없는 일이니까요."

"안젤리크 샤르베가 어쩌면 마르코 사바티니의 여자 친구였을 수도 있겠네요." 루이즈가 끼어들었다.

"아니야. 단언컨대 그 화가에게 여자 친구는 없었어." 로뮈알드가 장담했다.

"넌 어떻게 그리 단호하게 장담할 수 있지?"

"마르코 사바티니는 동성애자였어요. 화가는 남자들을 여럿 작업실로 데려왔는데 그림을 보여주기 위한 목적이 전부는 아니었죠. 그가 여자를 데리고 온 적은 단 한 번도 없었어요. 내가 오래도록 엿본 대로라면 틀림없는 사실이죠."

마티아스와 루이즈는 의미심장한 눈길을 주고받았다. 베르나르 베네딕의 말과는 일치하지 않는 내용이었다. 이제 보니 화랑 주인은 무엇 하나 똑 부러지게 말해준 게 없었다. 이제 로뮈알드 대신 화랑 주인을 다시 심문해야 할 판이었다.

"형사님, 이제 나를 체포하게 되는 겁니까?" 디지털 괴짜가 비아냥거리는 투로 물었다.

마티아스는 가느다란 한숨을 내쉬었다.

"나에게는 너처럼 빈둥거리며 인생을 탕진하는 녀석에게 할애해줄 연민 따위는 없어. 네 엄마는 허구한 날 너 때문에 피눈물을 흘리는 것 같더라. 넌 엄마를 눈물짓게 한 것에 대해 깊이 반성해야 할 거야. 다 자란 녀석이 엄마를 보호해주기는커녕 야금야금 명줄을 갉아먹고 있으니까."

"오케이! 무슨 말인지 알아들었지만 여자들은 보호받기를 원하지 않는답니다. 20세기 출신의 진부한 형사님이 2022년에 오신 걸 환영합니다."

"머저리 같은 녀석! 제발 부탁이니까 앞으로 바보 같은 노릇을 당장 집어치워."

"당장 체포되는 게 아니라면 나는 앞으로 어떻게 되죠?"

"네 놈이 계속 엄마 속을 썩이면 내가 대갈통을 부숴버린 거야."

"이제 보니 오늘이 가기 전에 형사님이 파면당하겠네요."

마티아스의 이마가 괴짜의 이마에 살짝 부딪쳤다.

"미안하지만 난 여러 해 전부터 더는 형사가 아니야. 너 같은 백수들이나 내가 형사라 믿겠지. 수틀리면 나는 지금 이 자리에서 네 놈의 뼈를 박살낼 수도 있으니까 함부로 지껄이지 마."

"정말이지 무서워 죽겠네."

분위기가 심상치 않게 돌아가자 루이즈가 나섰다.

"자, 이제 그만 가요."

마티아스가 그 말을 무시하고 괴짜 녀석의 셔츠 앞섶을 움켜쥐었다.

"이 좀비 같은 녀석!" 로뮈알드를 바닥에 메다꽂으면서 마티아스가 고함을 질렀다.

## 12. 에투알 광장

한 인간의 진실은, 무엇보다도, 그가 감추는 것이다.

_앙드레 말로

### 1

**이른 오후**

3주 전부터 에투알 광장의 개선문은 은빛 거미줄처럼 생긴 천을 씌우고 빨간 줄로 고정시켜놓은 상태였다. 설치미술가 크리스토와 잔클로드 부부의 유작을 두고 파리 시민들의 반응은 극명하게 둘로 갈라졌지만 이 작품이 폭넓은 호기심을 자극하는 건 분명한 사실이었다.

루이즈는 프리들란드 대로에서 가속 페달을 밟으며 에투알 광장 쪽으로 진입했지만 광장 주변에서 회전하는 차량들 속으로 끼어들기란 그리 녹록하지 않았다. 에투알 광장 주변은 열두 개의 도로가 접목되는 곳으로 평소에도 교통량이 많고 매우 복잡해 파리에서 가장 운전하기 힘든 곳으로 알려져 있었다.

"조심해." 마티아스가 경고했다. "웬 머저리 녀석이 꽁무니에 바짝 붙었어."

루이즈는 에투알 광장을 지나야 할 때마다 매번 교수대에 오르듯 불안한 마음을 떨쳐버릴 수 없었다. 열두 개의 대로 이름을 순서대로 외우는 건 도저히 불가능했다. 바그람, 오슈, 포크, 마르소……. 나폴레옹 시대의 상징인 이 지역 대로들은 루이즈뿐만 아니라 수많은 파리 시민들의 머릿속에서 개선문을 훼손하는 노란조끼* 이미지로 채색되어 있었다. 그날의 기억은 여전히 파리 시민들의 뇌리에 남아 기분을 우울하게 만들지만 개선문은 다시 본래의 활기를 되찾았다. 겨울 햇살이 천으로 감싼 개선문의 표면에 부딪쳐 반사되면서 빛의 물결을 이루었다. 새로운 옷을 입은 개선문은 마치 살아 움직이는 생물체처럼 보였다.

"난폭 운전 중인 버스를 조심하면서 차선을 바꿔. 그나저나 베르나르 베네딕이 어디에 산다고 했지?"

*2018년 가을 마크롱 프랑스 내통령이 유류세 인싱을 발표하자 그게 반발하면서 시작된 시위. 당시 시위대가 노란색 조끼를 입어 붙은 이름이다

"클레베르 대로 16번지. 비서가 그렇게 말했는데, 어쩌면 그가 이미 공항으로 출발했을 수도 있어요."

"가속 페달을 세게 밟아."

"이미 최대한 끝까지 밟고 있어요."

마티아스는 조바심을 억누르지 못하고 길길이 날뛰고 있었다. 루이즈는 사고를 내지 않기 위해 정신을 집중했다. 이곳에서는 먼저 진입한 차가 나중에 끼어들려는 차에게 자리를 양보하는 미덕이 있었다. 루이즈는 갑자기 피로감이 밀려들어 몹시 당황했다. 몇 번이고 눈을 깜빡이다가 가까스로 정신을 수습했지만 상상을 초월하는 교통 혼잡에 현기증이 밀려왔다. 수많은 차선들과 신경질적인 경적 소리, 표지판이나 노면 표시 부재가 혼잡을 부채질하며 아수라장을 만들어냈다.

"조심해!"

어디서 나타났는지 스쿠터 한 대가 갑자기 진로를 막아섰다. 루이즈는 최대한 빨리 로터리를 빠져나가고 싶은 마음에 색색으로 칠해진 꽃집 트럭을 추월하려다가 도로 한가운데에 갇혀 오도 가도 못 하는 처지가 되었다. 사방에서 요란한 경적 소리가 길게 울려 퍼졌다. 마티아스가 차창을 열고 꽃집 트럭을 향해 위협적으로 주먹을 흔들었다.

루이즈는 분명 자신이 잘못했는데 열성적으로 지지해주는 사람이 옆에 있어 기분이 좋았다.

"그가 저기 있어요!"

"누구를 말하는 거야?"

루이즈가 운전하는 소형차는 마침내 에투알 광장의 험난한 교통지옥에서 벗어났다. 그들이 찾는 클레베르 대로 16번지는 페닌슐라 호텔의 거대한 유리 돛 맞은편에 있었다.

"저 사람이 바로 베르나르 베네딕이에요. 택시에 탄 사람!"

마티아스는 두 눈을 가늘게 뜨고 루이즈가 가리키는 방향으로 시선을 돌렸다. 웬 남자가 방금 '클럽 어페어'라고 적힌 택시에 올라탔고, 택시 기사가 짐 가방을 차 트렁크에 싣고 있었다. 루이즈는 택시가 출발하지 못하도록 차를 앞에서 막아서려고 속도를 냈다.

마티아스는 '경찰'이라는 약자가 표시된 오렌지색 완장을 팔에 차는 센스를 발휘했다. 오늘 아침에 집에서 물품 정리를 하다가 발견한 완장이었다. 경찰 완장은 언제나 기대 이상의 효과를 냈다. 군이 경찰 신분증을 제시할 필요가 없었다. 그저 지갑을 열어 흔들어 보인 다음 단호한 어조로 한마디만 하면 충분했다.

"경찰입니다. 차의 시동을 꺼주세요."

"왜 그러시죠?"

"우선 차 밖으로 나오세요, 베르나르 베네딕 씨."

"그러다가 비행기를 놓치면 어쩌죠?"

"질문에 신속하게 답해주시면 그럴 일은 없을 겁니다. *당신이 어떻게 대답할지에 달렸습니다.*"


## 2


근처 카페로 자리를 옮긴 화랑 주인은 몹시 초조한 듯 벌써 몇 번째 노틸러스 시계에 눈길을 주었다. 그의 맞은편에 앉은 마티아스와 루이즈는 5분 전부터 줄곧 그를 압박하고 있었다.

"변호사를 부르겠습니다."

"비행기를 놓쳐도 상관없다면 그렇게 하세요." 마티아스가 그를 회유했다. "게다가 산호세 직항 편은 그리 자주 있는 것 같지 않던데요."

"하루에 한 번뿐이죠." 베르나르 베네딕이 한숨을 푹 쉬며 순순히 인정했다.

"12월 말이면 코스타리카에서 휴가를 보내기 딱 좋은 시기죠. 건기가 시작되니까요."

"질문을 한다더니 왜 자꾸 엉뚱한 소리만 늘어놓는 거요?"

마티아스는 주머니에서 1만 유로가 든 봉투를 꺼내면서 첫 번째 질문을 했다.

"이 돈이 어디서 났는지 설명해줄 수 있을까요?"

화랑 주인은 잘못을 저지르다 딱 걸린 현행범처럼 침을 꿀꺽 삼키면서 몹시 당황한 표정을 지었다.

"내가 마르코 사바티니의 약혼녀에게 건네준 돈의 일부 같네요."

"무슨 대가로 돈을 주었죠?"

"그림 석 점 값으로 주었어요."

"그런데 왜 굳이 '일부'라고 하시죠?"

"마르코의 약혼녀는 화랑에 그림 석 점을 가져왔습니다. 난 그림 한 점당 1만 유로를 주겠다고 제안했죠."

"현금 거래를 하면 절세가 되니까 서로에게 좋은 방법이겠네요."

"당신은 강력반 소속입니까? 아니면 세무 조사관입니까?"

"질문은 내가 합니다. 그리고 목소리 좀 낮추세요."

화랑 주인은 눈을 돌리더니 햇빛을 받아 눈이 부신 맞은편 건물의 정면을 응시했다.

"마르코의 그림이라면 어마어마하게 긴 구매 고객 명단이 있죠." 화랑 주인이 다시 말을 이었다. "마르코가 사망한 이후 그림 가격이 세 배로 인상되었습니다. 그러니까 나로서는 마르코의 유작을 구입할 수 있는 기회를 마다할 이유가 없었죠."

"마르코의 그림이 사람들을 매혹시키는 이유는 뭡니까?"

"그림 수집가들은 양 떼 같아서 모든 사람들이 이미 좋아하는 그림을 선호합니다."

"다른 이유는 없습니까?"

"마르코는 늘 똑같아 보이는 초상화를 그렸는데 공포와 두려움의 감정을 표현하는 데 매우 뛰어난 작가였죠."

"당신이 보기에 마르코는 무엇을 두려워했던 것 같습니까?"

화랑 주인은 어깨를 으쓱했다.

"그걸 내가 어떻게 알겠습니까?"

"마르코가 그린 초상화들의 눈 말인데요. 동공도 홍채도 없이 텅 빈 눈이 은처럼 선명하던데요."

"은이 아니라 이리듐입니다." 화랑 주인이 마티아스의 말을 바로 잡았다. "텅 빈 눈 자체는 새로울 게 전혀 없는 시도입니다. 모딜리아니에서 숀 로렌츠에 이르기까지 많은 예술가들이 이미 구사했던 방식이니까요."

"마르코의 약혼녀가 혹시 이 여인입니까?"

마티아스는 화랑 주인에게 안젤리크 샤르베의 사진을 보여주려고 휴대폰을 꺼냈지만 배터리가 방전 상태라 링크드인에서 종이로 출력한 증명사진을 제시했다.

"네, 맞습니다." 화랑 주인은 금세 알아보았다. "이런 말을 해도 될지 모르겠지만 속내를 알 수 없는 여자였어요."

"혹시 이 여자가 지금 어디에 있는지 아십니까?"

화랑 주인이 눈을 동그랗게 떴다.

"그걸 내가 어떻게 압니까? 그날 딱 한 번 본 여자인데."

"안젤리크 샤르베는 마르코 사바티니와 약혼한 적이 없어요." 마티아스가 단정적으로 말했다.

화랑 주인은 또다시 어깨를 으쓱했고, 마티아스가 대못을 박았다.

"마르코 사바티니는 동성애자였으니까요. 당신도 이미 그 사실을 잘 알고 있었으리라 생각되는데요."

"지금은 2021년입니다." 화랑 주인이 마티아스를 시대착오적이라고 놀리는 투로 빈정거렸다. "사람들이 단 하나의 성 정체성을 가져야 한다는 고정관념을 버리세요."

베르나르 베네딕은 잔에 남아 있던 에스프레소를 단숨에 들이켰다. 마치 상대에게 더 이상 남은 총알이 없다는 걸 눈치챈 사람 같았다.

"우리의 인생에서 중요한 건 성 정체성 따위가 아닙니다. 어쨌거나 난 비행기를 타야 합니다. 원하신다면 베르시*의 직원들을 보내 세무조사를 하세요. 우리끼리 얘기지만 어쩐지 형사님은 굳이 그런 번거로운 절차를 원하지 않을 것 같다는 생각이 드는군요."

*프랑스의 경제 관련 부처들이 모여 있는 곳

**안젤리크**

# 3

루이즈는 차가워진 손을 녹일 겸 두 손으로 따뜻한 찻잔을 감싸 쥐었다. 피로감은 어느새 눈 녹듯이 사라졌다. 그 대신 지금껏 한 번도 경험하지 못한 짜릿한 긴장감이 온몸을 휘감았다. 불과 몇 시간 만에 수사에 서광이 비치기 시작했다. 색색의 루빅큐브처럼 여기저기 흩어져 있던 정보들이 얽히고설키다가 하나로 취합되면서 일관성 있는 그림을 형성해가고 있었다. 마티아스와 탁구공을 주고받듯 대화를 나누었고, 두 사람은 스텔라의 마지막 며칠을 그린 시나리오를 완성해가고 있었다.

휴가를 떠난 간호사 대신 일을 맡은 안젤리크 샤르베는 여름이 끝나갈 무렵 아이를 임신한 상태로 스텔라의 아파트를 방문하게 되었다. 8월 28일, 안젤리크는 코비드-19에 감염되는 바람에 쓰러져 신음하는 마르코 사바티니를 우연히 목도하게 되었다. 안젤리크는 구급대에 연락해 마르코가 병원에 실려 가도록 조치한 이후 화가의 작업실로 되돌아왔다. 거기 있던 그림 석 점을 몰래 훔친 그녀는 베르나르 베네딕에게 팔아넘겼다. 안젤리크는 화랑 주인 앞에서 줄곧 마르코의 약혼녀 행세를 했다. 그녀는 그림을 팔아 받은 돈의 일부를 스텔라에게 주었고, 나머지 돈을 챙겨 자취를 감추었다. 그 사이에 스텔라가 갑자기 아파트에서 추락사했다.

물론 아직은 구멍이 숭숭 뚫린 시나리오였지만 모든 수수께끼들이 안젤리크 샤르베라는 여인으로 수렴된다는 점은 확실했다. 안젤리크는 난해한 퍼즐을 완성하는 가장 중요한 조각이었다.

　"안젤리크가 꾸민 일이에요. 경찰에 이 사실을 알려 직접 수사에 나서도록 해야겠어요."

　몹시 흥분한 루이즈와 달리 마티아스의 반응은 뜨뜻미지근했다.

　"우리가 직접 안젤리크를 찾아내야 해."

　"그 여자는 이미 어디론가 도망쳤어요. 무슨 수로 찾아내죠?"

　"넌 경찰이 어떤 시스템으로 움직이는지 전혀 몰라서 하는 말이야. 형사들은 안젤리크를 찾기 위해 손가락 하나 까딱하지 않을 거야."

　"무슨 근거로 그런 말을 하죠?"

　"경찰은 연말연시 파티가 끝나고 나서야 보완 수사에 나설 거야. 아마 수사에 착수하기까지 몇 달이 걸릴지도 몰라. 여긴 프랑스야. 세상에서 최고로 관료주의적이고 카프카적인 나라이지."

　"형사님이 함께 경찰서에 가지 않겠다면 나 혼자라도 갈래요." 루이즈가 자리에서 벌떡 일어서며 호기롭게 말했다.

　마티아스는 답답하다는 듯 긴 한숨을 내쉬었다.

　"그래봐야 시간 낭비일 뿐이겠지만 내가 같이 가줄게. 그래야

네가 경찰서 민원실에서 무한정 기다려야 하는 수고를 덜 수 있을 테니까."

마티아스는 10유로짜리 지폐 한 장을 테이블에 내려놓고, 먼저 밖으로 나간 루이즈에게로 걸어갔다.

마치 금가루를 뿌리듯 한낮의 태양이 플라타너스 가지들 사이로 쏟아졌다. 마티아스는 잠시 그 자리에 멈춰 서서 얼굴을 향해 쏟아지는 햇살 쪽으로 고개를 돌리고 꼼짝도 하지 않았다. 햇빛을 흠뻑 받은 몸이 새로 태어난 듯 온전하게 기능해주길 바라면서.

"내가 운전할까?" 마티아스가 차를 가리키며 물었다.

"아뇨, 내가 할게요."

마티아스는 몸을 이리저리 비틀어 가며 어렵사리 좁은 조수석에 앉았다. 마치 장난감 차에 타는 것 같았다.

"14구 경찰서로 가." 마티아스가 잠시 생각에 잠겼다가 입을 열었다. "멘 대로 114번지야."

"GPS에 주소를 입력해 주실래요?" 루이즈가 시동을 걸면서 말했다.

마티아스는 즉시 GPS에 주소를 입력했다. 두 사람을 태운 소형차가 기우뚱거리며 마르소 대로를 지나는 동안 마티아스는 무슨 생각이 들었는지 한 가지 제안을 했다.

"내가 네 엄마 사건을 담당했던 파투마타 디옵 경위에게 전화를 걸어볼게. 그 여자 전화번호가 나에게 있거든.”

마티아스가 후배 형사와 통화하는 동안 루이즈는 혼자만의 생각에 잠겼다. 다시 피로감이 밀려오며 눈꺼풀에 무거운 바위를 올려놓은 듯 눈이 저절로 감겼다. 어제 크레이프를 한 조각 먹은 뒤로는 아무것도 먹지 않아서인지 방투 산을 오르느라 기진맥진한 산악 자전거 선수처럼 배고 고팠다. 마티아스는 주방에 두고 온 크루아상을 먹지 않은 게 후회되었다. 혹시 간식거리라도 있을까 해서 파카 주머니에 손을 집어넣은 루이즈는 카페에서 커피와 함께 준 스페퀼로스 비스킷 하나를 찾아냈다.

두 사람은 알마 다리를 이용해 센 강을 건넜다. 루이즈는 혼자서 골똘히 생각해 보았지만 두 사람이 그러모은 퍼즐 조각들이 매끄럽게 맞춰지지 않았다. 루이즈는 엄마의 죽음에 얽힌 진실을 찾고자 하는 이번 수사에 과연 어떤 의미를 부여할 수 있을지 의문이었다. 비밀을 모두 풀고 진실이 밝혀지면 마음이 편해질 수 있을지 자신할 수 없었다.

2021년을 떠나보내는 파리는 평소보다 훨씬 느리게 돌아가고 있었다. 코비드-19로 끔찍했던 2020년에 이어 2021년 역시 암울한 한 해로 기록될 것이다. 순진한 사람들은 이제야 세상이 예전과 똑같이 돌아가는 것에 만족을 표했다. 사실은 예전과 똑같다기보다 훨씬 더 못하게 돌아가고 있었다. 어디에서나 회의주의와

불확실성이 난무했다. 이미 오래전부터 미친 열차가 폭주하고 있었다. 사람들은 폭주 열차를 멈춰 세울 수단이 준비되어 있을 거라 믿었지만 사실이 아니었다. 승패는 이미 결정되었고, 인간은 패배했다. 지구는 점점 더 살기 힘든 별이 되어갈 것이고, 허술한 사회연계망은 민주주의를 후퇴시킬 것이다.

"운이 좋았어." 전화 통화를 마친 마티아스가 외쳤다. "파투마타 디옵 경위가 휴가를 떠나지 않았을 뿐만 아니라 오후 내내 경찰서에서 우리를 기다리고 있겠대."

루이즈는 여전히 자기만의 세계에 머물면서 미래에 대한 성찰과 두 사람이 진행하고 있는 수사 관련 퍼즐 조각들 사이에서 갈팡질팡하고 있었다. 그녀는 다소 산만하게 여러 가지 생각 사이를 오갔다. 이상하게도 두 사람이 수사를 통해 밝혀낸 사실들은 아직 미처 파악하지 못한 현실을 가리는 연기에 불과할 뿐이라는 생각을 떨쳐버릴 수 없었다.

"예나 지금이나 여긴 주차할 공간이 마땅찮은 곳이야." 두 사람을 태운 차가 몽파르나스 대로와 멘 대로가 만나는 길모퉁이에 이르렀을 때 마티아스가 투덜거렸다.

루이즈의 머릿속에서 곧 닥쳐올 위험에 대한 경고등이 켜졌다.

"셀 가에서 우회전하면 오른쪽에 막다른 골목이 나올 거야. 이 동네 경찰들은 습관처럼 거기에 차를 세우지."

루이즈는 방향지시등을 켜고 1백 미터쯤 더 달리다가 포석이 깔린 골목길로 들어섰다. 파리 14구의 전형적인 단독주택들이 늘어선 곳이었다. 루이즈는 차를 세우다가 무엇이 자신에게 경고 신호를 보냈는지 섬광처럼 깨달았다. 그녀가 기억하기로 마티아스의 휴대폰은 여전히 방전 상태였다. 휴대폰 배터리가 방전되었으니 마티아스는 경찰서에 전화를 걸 수 없는 상황이었다. 이유를 알 수 없지만 전직 형사는 분명 거짓말을 했다.

그렇다면 왜?

두 사람의 시선이 마주쳤다. 마티아스는 거짓말을 한 사실이 발각되었다는 걸 깨달았다.

루이즈는 옆에 앉아 있는 사람에 대해 제대로 아는 게 없다는 사실을 인정할수록 온몸으로 소름이 번져갔다.

"루이즈, 넌 왜 내 말을 듣지 않지?" 마티아스가 세차게 고개를 저으며 탄식했다.

루이즈는 차 문을 열고 도망쳐야 마땅한 상황인데 아무런 시도도 하지 않았다. 그녀는 자신이 처해 있는 상황이 지닌 비현실성에 압도되어 그 자리에서 꼼짝하지 않고 앉아 있었다.

마티아스가 안전벨트를 풀었다.

"너 때문에 우리가 어떤 곤경에 빠졌는지 돌아 봐. 난 너에게 분명히 말했어. 지나간 일은 잊으라고. 내 뒤를 졸졸 따라다니지 말라고 수없이 경고했는데 넌 말을 듣지 않았지."

미동도 하지 않고 앉아 있던 루이즈는 뭔지 모르지만 딱딱한 덩어리가 목을 타고 위로 솟구치는 느낌이 들었다. 이윽고 배 언저리가 불에 덴 듯 욱신거렸다.

"난 너에게 분명히 말했어. 난 위험인물이니까 조심하라고."

엄청나게 큰 마티아스의 손이 눈 깜짝할 사이에 루이즈의 멱살을 움켜쥐었다.

루이즈는 방어하기는커녕 그 자리에 잠자코 앉아 있었다.

"난 너를 죽일 거야. 선택의 여지가 없는 일이야. 다 너 때문이야." 마티아스가 안타까움이 묻어나는 투로 말했다.

# 13. 질서와 무질서

두 가지 위험이 끊임없이 세계를 위협한다. 바로 질서와 무질서라는 위험이다.

_폴 발레리

**1**

**18년 전**

**파리 북역 : 위험에 처한 여성을 구해낸 강력반 경찰**

2003년 10월 6일

《르 파리지앵》,《AFP》 공동 취재

*안젤리크*

지난 금요일 밤 10시경, 사복 차림의 마티아스 타유페르 반장은 파리 지하철 4호선에서 흉기로 공격당하고 있는 한 여성을 구하기 위해 뛰어들었다. 20대 청년 세 사람이 동역 방향으로 운행 중이던 열차에 올랐다. 청년들은 한 여성 승객의 목과 사타구니 부근에 칼을 들이대며 금품을 갈취하려고 위협했다. 근무를 마치고 귀가 중이던 강력반의 마티아스 타유페르 반장은 청년들에게 다가가 당장 범죄 행위를 중단하라고 경고했다. 세 명의 청년들 가운데 하나가 주먹으로 가슴을 가격하자 마티아스 타유페르 반장은 경찰 신분증을 내보이며 자신이 경찰이라는 사실을 고지했다. 결과적으로 그의 선택은 오히려 기름에 불을 붙이는 결과를 초래했다 세 명의 청년들 가운데 하나가 여성을 칼로 찌르려고 달려들었고, 마티아스 타유페르 반장은 여성을 보호하기 위해 온몸으로 둘 사이를 가로막았다. 청년이 무지막지한 힘으로 휘두른 칼이 경찰의 가슴과 양손, 양팔을 무차별적으로 찔렀다. 열차가 동역에 도착하자 청년들은 신속하게 밖으로 달아났다.

　마티아스 타유페르 반장은 칼에 찔린 상처가 깊었지만 몸에 소지하고 있던 총을 꺼내 들고 플랫폼을 따라가며 칼을 휘두른 청년을 향해 총알을 발사했다. 그가 쏜 총알은 청년의 척추를 관통했다. 나머지 청년들은 그대로 도주했다 마티아스 타유페르 반장은 현재 생탕투안 병원에서 입원 치료를 받고 있으며 생명에는 지장이 없는 것으로 보인다. 경찰의 총에 맞은 청년은 올해 나이 열일곱 살 미성년으로 이미 여러 건의 범죄를 저지른 당사자로 밝혀졌다. 청년은 척추에 총을 맞아 위중한 상태로 비샤 병원으로 이송되었다.

즉시 현장으로 출동한 경찰청장은 지하철 공사 측의 감시카메라 영상 판독과 내부 조사 결론이 나오기 전까지 아무런 논평도 하지 않겠다는 의사를 밝혔다. 열차에서 청년들에게 공격을 당한 여성인 알리스 베커는 자신을 구해준 경찰에게 감사를 표했다.

*"그 경찰이 내 목숨을 구해주었습니다. 그 사람 말고는 열차에서 아무도 나를 도와주지 않았어요. 그가 온몸으로 막아서며 나의 방패가 되어주었고, 나를 대신해 칼에 찔렸습니다. 나는 그에 대한 고마움을 영원히 잊지 못할 것이고, 그의 상처가 제발 심각하지 않기만을 바랍니다."*


2


지하철 4호선에서의 난투극 : 조사받는 경찰


**안젤리크**

2003년 10월 10일
《르 파리지앵》, 《AFP》 공동 취재


파리의 지하철에서 청년들에게 공격당하는 여성을 구해준 강력반 반장 마티아스 타유페르(10월 6일자 기사 참조)는 '미성년자에게 고의적으로 무기를 사용하는 폭력 행사를 저지른 혐의'로 입건되어 수사를 받고 있다. 그는 17세인 미성년자 엘리아스 압베스에게 고의로 총을 발사했다는 혐의를 받고 있다. 한편 엘리아스 압베스는 마티아스 타유페르 반장을 여러 차례 칼로 찔렀다. 파리 사법검찰은 마티아스 타유페르가 현재 입건 중이고, 그의 경찰 임무 수행이 당분간 정지되었다고 발표했다.

칼에 찔려 가슴과 양팔에 중상을 입은 마티아스 타유페르는 생탕투안 병원에 입원해 치료를 받느라 좀 더 일찍 조사를 받지 못했다. 감치 상태에 처한 그는 *"극도로 위험한 인물들이 선량한 시민들에게 피해를 입히는 상황을 방치할 수 없어 총을 발사했다."*고 해명했다.

마티아스 타유페르 반장의 변호사는 수사가 진행 중인 상황이라 입장 표명을 거부한 반면, 경찰 내부의 노동조합들은 동료 경찰의 입건을 두고 격렬한 반대 의사를 표명했다. 경찰 노조인 '알리앙스'와 'UNSA 폴리스'는 각각 이번 결정을 *'수치스럽고*

무책임하다.'고 논평했으며, '경찰에게 비난의 화살을 돌릴 경우 앞으로 시민들의 안전을 담보할 수 없다.'고 경고했다.

마티아스 타유페르 덕분에 피해를 입지 않은 알리스 베커는 이번 결정에 몹시 격분했다고 말했다. "나는 마티아스 타유페르 반장이 내 목숨을 구해준 것에 대한 감사의 표시로 그가 입원한 병원에 다녀왔습니다. 그분은 누가 뭐래도 나의 영웅입니다. 가치의 전복을 보여주는 사법검찰의 이번 결정은 참을 수 없을 만큼 나를 불쾌하게 만듭니다."

한편, 척추에 총상을 입고 병원에서 치료를 받고 있는 엘리아스 압베스의 가족은 상반된 반응을 보였다. "엘리아스는 사회에 전혀 위협이 되지 않는 청년임에도 아무런 정당성이 확보되지 않는 상황에서 경찰이 쏜 총을 맞았다."고 그의 변호를 맡은 쥘리아 카를르는 말했다. 카를르 변호사는 며칠 전부터 루아시앙브리를 들끓게 만든 경찰의 폭력 행위에 대해 따로 입장을 표명하지는 않았다. 엘리아스 압베스와 가족들이 거주하는 루아시앙브리 일대 주민들은 주말을 맞아 대대적인 시위를 벌일 예정인 한편 그들 가족을 돕기 위한 기금 모집을 시작했다.

*안젤리크*

# 14. 찢어진 마음 증후군

'사랑에 빠진' 이토록 진지한 표현, 너무도 드물게 경험하는 감정을 가리키는 이 말.
이러한 미친 짓은 행복이면서 동시에 위험이기도 하다.

**_퍼트리샤 하이스미스**

**1**

**경찰청 별관**

**2007년 2월 2일**

**부아소 박사:** 안녕하십니까? 마티아스 타유페르 반장님.

**마티아스 타유페르:** 안녕하십니까?

**부아소 박사:** 이쪽으로 앉으시죠. 혹시 내 역할이 뭔지 알고 계십니까?

**마티아스 타유페르:** *(책상의 반대편에 앉으며)* 그야 당신은 정신과 의

사니까.

**부아소 박사:** 나는 사실 박사보다는 정신과 의사로 불리는 걸 선호하는 편입니다. 반장님의 경찰 복귀와 관련한 행정 절차가 진행 중이라는 걸 알고 계시죠? 오늘 나에게 맡겨진 임무는 반장님이 강력반으로 복귀할 수 있을지 여부에 대한 전문가 소견을 제시하는 것입니다. 내 말이 무슨 뜻인지 이해하시겠습니까?

**마티아스 타유페르:** 네 그래요. 지금까지는 알아들을 만하네요.

**부아소 박사:** 난 반장님에게 거짓말을 하고 싶지는 않습니다. 내 의견은 그저 자문에 불과하니까. 나는 자문하는 사람이지 결정하는 사람은 아니라는 뜻입니다.

*마티아스는 손목시계를 보고 나서 입고 있던 가죽 재킷의 단추를 푼다. 단추를 풀기만 할 뿐 벗지는 않는다. 상황이 나빠지면 언제라도 자리에서 일어날 태세이다.*

**부아소 박사:** 반장님에 대한 서류를 주의 깊게 읽어보았습니다. 지금으로부터 3년도 더 지난 사건이더군요. 오늘 반장님이 그 사건을 바라보는 관점은 어떻습니까?

**마티아스 타유페르:** 내 관점이라고요? 흉악범이 휘두른 칼에 내 몸이 여섯 군데나 찔렸습니다. 원하신다면 상처를 보여드리죠. 박사님도 그 끔

찍한 상황을 목도했다면 무덤덤하게 지켜볼 수만은 없었을 겁니다.

**부아소 박사:** 반장님, 나에게는 공격적일 필요가 없습니다. 난 반장님을 도우려고 여기에 있는 사람이니까요.

**마티아스 타유페르:** 과연 그 말을 믿어도 될까요?

**부아소 박사:** *(만년필을 만지작거리며)* 난 반장님이 피해자를 어떤 시선으로 바라보는지 알고 싶습니다.

**마티아스 타유페르:** 피해자라고요? 열차에서 공격을 받은 알리스 베커를 말씀하시는 겁니까? 글쎄요, 잘 모르겠습니다. 그 여자에 대해서라면 이미 오래전부터 아무런 소식도 듣지 못했으니까요.

**부아소 박사:** 아뇨, 다른 피해자 말입니다.

**마티아스 타유페르:** 다른 피해자라면 바로 난데요.

**부아소 박사:** *(고개를 저으며)* 난 반장님이 총으로 쏜 그 청년을 말하는 겁니다.

**마티아스 타유페르:** 지금 장난하십니까?

**부아소 박사:** (서류에 코를 박고) 엘리아스 압베스, 사건 당시 열일곱 살 미성년자였던 그 청년 말입니다.

**마티아스 타유페르:** 그 나이에 벌써 전과기록이 내 팔 만큼이나 길었던 흉악범이었죠.

**부아소 박사:** 그 청년은 반장님이 쏜 총알을 맞았고, 척수에 심각한 상해를 입은 탓에 하반신마비 장애인이 되었습니다. 반장님 때문에 그 청

년은 평생 휠체어 신세를 지게 되었다는 뜻입니다.

**마티아스 타유페르:** *(양팔로 팔짱을 끼며)* 입장을 바꿔 놓고 생각해보시죠.

**부아소 박사:** 그 청년이 겪어야 할 고통에 대해 별다른 감정이 없습니까?

**마티아스 타유페르:** 나는 박사님처럼 그에게 연민을 느끼지는 않습니다. 그 사실은 분명해요.

**부아소 박사:** 내 말을 잘 들으세요. 경찰감찰국의 보고서를 꼼꼼하게 읽어봤는데 이 사건에서는 나를 곤혹스럽게 만드는 점이 더러 보이더군요.

**마티아스 타유페르:** 예를 들면 어떤 건가요?

**부아소 박사:** 우선 출발점부터 살펴봅시다. 그날은 금요일 저녁이었습니다. 반장님은 일주일 근무를 모두 마치고 집으로 돌아가는 길이었죠. 이미 밤 10시를 넘긴 시간이었고, 반장님은 타고 있던 열차 안에서 평범한 금품 갈취 장면을 목도하게 됩니다.

**마티아스 타유페르:** 평범한 금품 갈취 장면이라고요? 흉악범이 칼을 꺼내 들고 여성 승객을 위협하고 있는 상황이었습니다.

**부아소 박사:** 나중에야 밝혀졌지만 그 청년들은 휴대폰을 갈취하려고 했다더군요. 프랑스에서 그런 일은 해마다 1백만 건도 넘게 일어납니다. 반장님은 그 사건에 반드시 개입해야 한다는 의무감을 느꼈습니까?

**마티아스 타유페르:** 빌어먹을! 그게 내 일이니까요.

*안젤리크*

**부아소 박사:** 정확하게 말하자면 근무 시간은 아니었죠.

**마티아스 타유페르:** 경찰은 범법 행위를 목도하는 순간 자연적으로 근무 시간이 됩니다. 나에게 무슨 대답을 원하십니까? 경찰 신분인 내가 선량한 여성이 흉악범들에게 당하고 있도록 그냥 내버려 두었어야 마땅하다는 뜻입니까?

**부아소 박사:** 반장님이 끼어들지 않았다면 그 청년은 오늘날 휠체어를 타고 다녀야 하는 신세가 되지 않았겠죠.

**마티아스 타유페르:** *(자리에서 일어나기 위해 의자를 뒤로 밀치며)* 당신이 뭘 안다고 함부로 떠들어요? 이쯤에서 멈추는 게 좋을 것 같습니다.

**부아소 박사:** 내가 보기에 반장님은 영웅 행세를 하고 싶었던 것 같습니다만.

**마티아스 타유페르:** 박사님은 자신이 무슨 말을 하는지도 모르고 함부로 내뱉는 사람이군요. 감시카메라 영상이나 제대로 보고 와서 말씀하시죠.

**부아소 박사:** 아, 그 영상이라면 나도 봤습니다. 반장님은 그러지 않아도 되는 상황인데 굳이 끼어들어 알리스 베커 대신 칼을 맞았어요. 그건 인정합니다. 그런 다음…….

**마티아스 타유페르:** 그런 다음엔?

**부아소 박사:** 열차가 동역에 도착하자마자 세 명의 청년들은 재빨리 열차를 벗어났죠. 그러니까 일단 위험한 상황은 종료된 겁니다. 그런데도

반장님은 상처를 입은 몸으로 열차 밖으로 따라 나와 청년들에게 총을 쏘았습니다.

**마티아스 타유페르:** 그래서요?

**부아소 박사:** 그 장면은 매우 인상적입니다. 그렇게 생각하지 않으십니까? 반장님은 중상을 입어 피투성이가 된 몸으로 바닥을 기어가다가 힘겹게 일어나 청년의 등에 총을 쏘는 괴력을 발휘하더란 말이죠.

**마티아스 타유페르:** 박사님은 수치심이라는 걸 모르는 시대에 태어났나 봐요.

**부아소 박사:** *(집요하게)* 그날은 금요일 저녁이었고, 플랫폼에는 시민들이 많았는데 반장님은 총을 쏘는 위험을 자초했습니다. 그날 동역은 주말을 맞아 여행을 떠나는 사람들로 붐비고 있었습니다. 반장님이 쏜 총알이 지나가던 시민을 맞힐 수도 있는 상황이었습니다. 하마터면 대형 유혈 사태로 번질 수도 있는 사건이었죠.

*마티아스는 한숨을 쉬고 나서 마음을 가라앉히려 애쓰다가 창밖을 바라보며 하늘 한 조각, 한 줄기 햇살 등 시선을 집중할 무엇인가를 찾아 두리번거린다.*

**부아소 박사:** 내 속마음을 솔직하게 말씀드리죠. 나에게는 열다섯 살이 된 딸이 하나 있습니다. 그 아이는 금요일만 되면 늘 지하철을 타

고 자기 엄마네로 갑니다. 어쩌면 내 딸아이가 그날 열차에 탔을 수도 있을 겁니다. 난 내 딸아이가 그런 상황에서 반장님 같은 경찰을 만나게 되는 걸 바라지 않습니다.

**마티아스 타유페르:** 난 흉악범이 여자 승객에게 피해를 입히지 못하도록 최선을 다해 막았습니다. 난 단 한 명의 승객도 다치게 하지 않았고, 목숨을 잃게 하지도 않았습니다. 나에게 사과하길 기대하지 마십시오. 다시 그런 상황에 놓이게 되더라도 똑같이 행동할 테니까.

**부아소 박사:** *(조금 더 높은 어조로 말하는 과정에서 남서 지역 출신 억양이 살짝 드러난다)* 공직자가 감히 그런 말을 하다니 부끄러운 줄 아세요.

**마티아스 타유페르:** 엘리아스 압베스, 박사님이 굳이 미성년자라고 부르는 그자는…….

**부아소 박사:** 정말로 미성년자니까 그렇게 부를 수밖에요. 제장! 겨우 열일곱 살이었어요.

**마티아스 타유페르:** 그자는 단지 미성년자가 아니라 흉악범이었습니다. 녀석의 전과기록을 살펴봤다면 잘 아실 겁니다. 다행스럽게도 박사님 아닌 다른 사람들은 그 기록을 잘 살펴보았더군요.

**부아소 박사:** 하찮은 좀도둑에게 총을 쏠 필요는 없었어요.

**마티아스 타유페르:** 엘리아스 압베스는 하찮은 좀도둑이 결코 아니었어요. 그 사건이 있기 6개월 전에 루아시앙브리의 르나르디에르에서 한 여

자의 성기에 단도를 꽂아 넣은 놈입니다. 박사님의 눈에는 하찮은 좀도둑이나 미성년자인 그 녀석이 저지른 짓입니다.

**부아소 박사:** 하지만 총을 발사하는 순간에 반장님이 그 청년의 범죄 사실을 익히 알고 있었던 건 아니잖습니까?

**마티아스 타유페르:** 난 그놈이 내 눈앞에서 여성 승객에게 공격을 가하는 모습을 목도했고, 무기를 소지하고 도주한 사실을 알고 있었고, 매우 위험한 상황이 벌어질 수도 있다는 걸 알고 있었습니다.

**부아소 박사:** 과연 그 정도 잘못만으로 인간의 죽음을 결정하기에 충분합니까?

**마티아스 타유페르:** 지금 나에게 일부러 엿을 먹이려는 겁니까?


## 2


**부아소 박사:** *(만년필로 마티아스를 가리키며)* 마지막으로 한 번 더 묻겠습니다. 잔꾀 부릴 생각 말고 솔직하게 대답하시는 게 좋을 겁니다. 반장님은 왜 엘리아스 압베스에게 총을 발사했습니까?

**마티아스 타유페르:** 그 질문에는 이미 충분히 대답했습니다. 박사님은 나에게 어떤 대답을 기대하십니까?

**부아소 박사:** 반장님은 자신이 저지른 잘못에 대해 조금이나마 후회

*안젤리크*

하며 반성하고 있다는 걸 보여주길 바랍니다. 그래야만 반장님은 앞으로 나아갈 수 있습니다.

**마티아스 타유페르:** 이봐, 헛소리 말고 꺼지시지.

**부아소 박사:** 내가 반장님을 대신해 왜 그 청년을 향해 총을 쏘았는지 이유를 말해볼까요? 반장님은 자기애라는 원죄에 갇혀 총을 쏘았습니다. 반장님은 자기 자신을 도시를 지배하는 정의의 심판자로 여기고 있었으니 까요. 이를테면 파리를 지키는 찰스 브론슨인 셈이었죠. 반장님은 스스로 자신의 권능에 취한 경찰, 자신을 신으로 여기는 경찰이었습니다. 마티아스 타유페르 반장님.

**마티아스 타유페르:** 이제 끝났나요? 박사님이 하고 싶은 말을 다 하셨습니까?

**부아소 박사:** 그럴 리가요? 아직 안 끝났습니다. 난 알리스 베커에 대해서도 이야기하고 싶습니다. 언론 기사를 보니 반장님이 알리스 베커와 부적절한 관계를 맺었다고도 합디다만.

**마티아스 타유페르:** 나를 폄훼하기 위해 사이비 블로거가 엘리아스 압베스 후원위원회와 그 단체를 대변하는 변호사가 속닥거리는 소리를 듣고 쓴 그 기사 말인가요?

**부아소 박사:** 그 블로거가 사이비인 줄은 미처 몰랐습니다. 다만 기사의 내용만큼은 분명한 사실이었습니다. 아닌가요?

**마티아스 타유페르:** 알리스 베커는 사건이 있은 뒤 병원에 입원한 나

를 찾아와 고맙다는 인사를 전했습니다. 우리는 서로 마음이 통했고, 4, 5주 정도의 짧은 기간 동안 서로에 대해 좋은 감정을 가지고 만났습니다.

**부아소 박사:** 반장님은 자신의 우월한 지위를 이용해 피해자를 유혹한 겁니다.

**마티아스 타유페르:** 박사님은 내가 얼굴에 주먹 한 방을 날려주길 원하십니까? 알리스 베커는 그날 받은 충격 때문에 트라우마가 생겨 나만큼이나 심신이 복잡하고 괴로운 상태였습니다.

**부아소 박사:** 그러니까 반장님은 구제 불능 상태였군요. 지나친 감이 있는 말입니다만.

**마티아스 타유페르:** 정신과 의사라더니 다 부질없네요. 박사님은 내 말이 무얼 의미하는지 전혀 모르시니 말입니다. 그래요, 난 구제 불능 상태였습니다. 복부에 칼을 맞은 상처 때문에 내 몸에서 시작된 병증이 드러났거든요.

**부아소 박사:** 무슨 뜻이죠?

**마티아스 타유페르:** 자상을 입은 나는 병원으로 이송되었고, 흉부 X선 단층 촬영을 했습니다. 그 결과 심낭에는 피가 보이지 않는데 심장은 부어오른 상태로 나타났습니다. 내가 심근병증을 앓고 있고, 죽는 날까지 고생하게 될 거라는 사실을 알게 된 겁니다.

**부아소 박사:** 결국 반장님이 엘리아스 압베스를 만나지 않았더라면 그 병을 앓고 있다는 사실을 쉽게 알아차리지 못했겠네요.

*안젤리크*

**마티아스 타유페르:** 그런 식으로 배배 꼬아서 말하면 재미있습니까?

**부아소 박사:** 난 그저 사실 확인을 했을 뿐입니다. 미리 말씀드리지만 내 보고서는 반장님에게 결코 우호적이지 않을 겁니다.

**마티아스 타유페르:** 그 말이 진담이라는 걸 잘 압니다.

*마티아스는 방을 나서려고 자리에서 일어선다.*

**마티아스 타유페르:** 아, 한 가지 잊은 게 있네요. 그 아이 이름이 뭐죠?

**부아소 박사:** 누구 말입니까?

**마티아스 타유페르:** 박사님의 딸.

**부아소 박사:** 콩스탕스. 그런데 그건 왜 묻죠?

**마티아스 타유페르:** 만약 열차에서 공격을 당한 여자가 콩스탕스였다면 아마도 현장에서 나 같은 놈을 만나게 된 걸 매우 다행스럽게 여겼을 거라 믿습니다. 보고서를 작성하실 때 그 점에 대해 다시 한번 깊이 성찰해보길 바랍니다.

## 3
**정신과 의사 진료실**
**앙리 베르그송 광장, 파리 8구**

**2021년 11월 6일**

**안 바르톨레티 박사:** 안녕하십니까? 마티아스 타유페르 씨.

*아직 서른 살도 안 되어 보이는 매우 젊은 여의사다.*

**마티아스 타유페르:** 안녕하십니까?

**안 바르톨레티 박사:** 자리에 앉으시죠.

*마티아스는 의자에 털썩 주저앉는다.*
*몸이 기진맥진하고 신열이 있는 데다 눈은 몹시 충혈된 상태이다. 마티아스는 마치 세상의 모든 짐을 양어깨에 짊어진 사람처럼 보인다.*

**안 바르톨레티 박사:** *(화면을 응시하며)* 지난달, 그리고 지지난달에도 약속을 해놓고 오지 않으셨네요.

**마티아스 타유페르:** 어쩌다 보니 그렇게 되었습니다. 죄송합니다.

**안 바르톨레티 박사:** 그런데 오늘은 어쩐 일로 오셨나요?

**마티아스 타유페르:** 더는 나에게 선택할 여지가 없다는 생각이 들었습니다. 여기 오거나 고꾸라지거나.

**안 바르톨레티 박사:** 의료적인 도움을 청하기까지 왜 그토록 오랜 시간

안젤리크

이 걸렸을까요?

**마티아스 타유페르:** 정신과 의사와 관련해 좋지 않은 경험들이 있었다고 해둡시다.

**안 바르톨레티 박사:** 정신과 의사를 몇 명이나 만나 보셨나요?

**마티아스 타유페르:** 두세 명 정도 만나 봤습니다.

**안 바르톨레티 박사:** 잘 알겠습니다. 안타깝게도 우리 업계에는 멍청한 동료들이 많기 하죠.

**마티아스 타유페르:** 우리 업계도 마찬가지입니다.


*긴 침묵. 마티아스는 두 손으로 얼굴을 감싸 쥐고 요란스럽게 숨을 몰아쉰다.*


**안 바르톨레티 박사:** 말씀해보세요. 뭐가 문제입니까?

**마티아스 타유페르:** 많이 아파요. 아침부터 밤까지 내내 그래요.

**안 바르톨레티 박사:** 아프다니, 어디가요?

**마티아스 타유페르:** 여기저기, 온몸이 다 아파요.


*마티아스가 자리에서 벌떡 일어나더니 점퍼의 지퍼를 올린다.*


**마티아스 타유페르:** 아무리 생각해도 안 될 것 같아요. 난 할 수 없어

요. 이 자리에 앉아 내가 살아온 이야기를 당신에게 들려주는 짓은 못 하겠어요. 아직 준비가 안 되었나 봐요.

**안 바르톨레티 박사:** 방금 전 나에게 다른 선택의 여지가 없다고 말했잖아요. '여기 오거나 고꾸라지거나.'라고요. 그러니까 분명 준비가 된 겁니다. 지금 하거나 영원히 하지 않거나.

**마티아스 타유페르:** 아뇨, 난 이 자리에서 담담하게 내 이야기를 들려줄 자신이 없습니다. 내가 고비를 넘길 수 있게 약이나 처방해 주십시오. 마냥 잠을 자게 해주고, 과거의 일들을 잊어버리게 해주는 약이 필요해요. 내 인생의 스위치를 끄게 해주는 약이 필요합니다. 내가 원하는 건 그게 전부입니다. 스위치를 꺼버리고 어둠 속에서 꼼짝 않고 지내고 싶습니다. 아무것도 하지 않고요.

**안 바르톨레티 박사:** 약이라면 얼마든지 처방해줄 수 있습니다. 하지만 5분 정도는 나랑 솔직하게 이야기를 나눌 수 있잖아요, 안 그런가요?

**마티아스 타유페르:** 아뇨, 이 자리에서는 아닙니다. 여기 있으면 난 숨이 막힐 것 같아요.

*안 바르톨레티는 자리에서 일어나 창가로 간다. 창 아래 마르셀파뇰 스퀘어에 햇빛이 쏟아진다. 열흘 만에 보는 햇살이 마치 악수하자고 손을 내미는 것처럼 반갑다.*

**안젤리크**

**안 바르톨레티 박사:** 우리 이럴 게 아니라 저 아래 공원으로 갈까요? 모처럼 날씨도 무척이나 좋으니까요.


**4**

**마르셀파놀 스퀘어**

**라보르드 가 12번지**


코크제로 캔을 양손으로 감싸 쥔 마티아스는 시 당국의 철거 작업에도 용케 살아남은 몇 안 되는 다비우드 벤치의 팔걸이에 걸터앉는다. 밖으로 나오자 마음이 조금이나마 진정되는 느낌이 든다. 선선한 공기를 마시자 들끓는 내면이 잠잠해지는 것 같다. 마티아스는 플라타너스와 마로니에 가지들 사이를 뚫고 내리쬐는 햇빛을 음미한다. 어렸을 때 학교 운동장에서 보았던 나무들이다.

마티아스가 이야기를 시작한다.


**마티아스 타유페르:** 내가 전혀 예상하지 못했던 순간에 닥친 일이었습니다. 이미 말했듯이 나는 굴곡 많은 삶을 살았습니다. 지금으로부터 5년 전, 지하철 4호선 사건이 있고 난 후 기나긴 투쟁 끝에 강력계에 복귀했는데 심장에 큰 이상이 생겼습니다.

**안 바르톨레티 박사:** 죽지 않으려면 너무 늦기 전에 심장이식 수술을 받아야 했겠군요.

**마티아스 타유페르:** 난 특이 혈액형이라 이식해줄 심장을 찾는 게 그리 쉬운 일이 아니었는데 운이 좋게도 빨리 구했습니다. 심장이식 수술 후 몇 달 동안 정말 끔찍한 시간을 보내야 했습니다. 건강 문제 때문에 강력반 동료들은 나를 수사에서 제외시켰고, 나는 일을 하지 못하느니 차라리 옷을 벗는 게 낫겠다고 생각했죠. 즉흥적으로 덜컥 경찰을 떠나기로 결정했는데 그 결과는 예상보다 훨씬 참혹했습니다. 경찰 옷을 벗자마자 이 사회에서 내 자리를 모두 잃은 것 같은 기분이 들었습니다.

*마티아스는 잠시 말을 멈추고 담배에 불을 붙인다. 정신과 의사는 그를 말리려다가 단념한다.*

**마티아스 타유페르:** 경찰서를 나온 이후 그야말로 식물인간처럼 살았습니다. 어제가 오늘 같은 날들이 하염없이 이어졌죠. 나는 모든 의욕을 잃었습니다. 어찌나 막막하던지 가끔 책을 읽거나 그림 전시회와 음악 연주회를 찾아다녔죠. 파리생제르맹 팀의 축구 시합을 보러 가기도 하고요. 마흔두 살에 퇴직자가 되어 파리의 문화생활을 즐긴다는 게 나에게는 전혀 어울리지 않는 일이었죠.

**안 바르톨레티 박사:** 바로 그럴 때 인생의 여자를 만났군요.

*안젤리크*

**마티아스 타유페르:** 네, 그랑 팔레에서 열린 피아 행사장에서였죠. 그 여자 이름은 레나 하다드였습니다. 그 무렵 레나는 서른여덟 살이었죠. 미국의 레바논 가정에서 태어난 레나는 샌프란시스코의 어느 화랑에서 일했는데 마침 현대 미술시장에 참가하기 위해 파리에 왔다가 나를 만나게 되었습니다.

**안 바르톨레티 박사:** 첫눈에 사랑에 빠지셨나요?

**마티아스 타유페르:** 그런 일은 난생 처음이었습니다. 모든 게 새로운 경험이었죠. 나는 레나와 함께 있는 나 자신을 사랑했습니다. 레나를 만나면서 마치 꽃이나 식물 모종을 심기라도 하듯 내가 다시 소생하기 시작했습니다. 그때 난 사랑하는 누군가를 만나게 되면 삶은 그 전과는 완전히 다른 맛과 밀도를 지니게 된다는 걸 깨닫게 되었죠. 돌이켜보건대 누군가를 사랑하게 되면 살면서 감내해야 했던 온갖 고통과 모욕의 순간들이 다 희미한 기억으로 변하더군요.

**안 바르톨레티 박사:** 그 사랑은 상호적이었나요?

**마티아스 타유페르:** 처음에는 그랬죠. 우리는 파리에서 석 달 동안 함께 살았습니다. 레나는 첫날부터 나에게 자신은 결혼한 몸이지만 남편과 다 끝난 사이라고 고백했습니다.

**안 바르톨레티 박사:** 그 뒤로는 어떻게 되었습니까?

**마티아스 타유페르:** 어느 날 레나가 별안간 더는 이런 식으로 계속 살 수는 없다고 하더군요. 그날이 2017년 12월 28일이었습니다. 레나는 아침

에 눈을 뜨더니 아직도 남편을 사랑한다고 말하더군요. 그때껏 나에게나 남편에게 정직하지 못했다면서요.

**안 바르톨레티 박사:** 레나가 그런 말을 할 때까지 당신은 아무런 낌새를 채지 못했나요? 이미 그 전부터 뭔가 조짐이 있었을 텐데요?

**마티아스 타유페르:** 내가 지나치게 순진한 건 분명하지만 맹세코 레나는 그런 낌새를 보인 적이 없습니다. 그날, 레나는 샌프란시스코로 돌아가겠다며 항공권을 구입했습니다. 나는 완전히 넋이 빠진 상태로 루아시 공항까지 레나를 데려다 주었습니다. 샌프란시스코 행 비행기에 오르기 직전 레나는 나에게 한 가지 부탁을 했어요. 내가 생각하기에는 전혀 일관성 없는 부탁이었습니다.

**안 바르톨레티 박사:** *(손톱을 물어뜯으며)* 그게 뭔데요?

**마티아스 타유페르:** 서로 약속을 하자고 했습니다. 일 년 후 우리가 제일 좋아하던 이탈리안 레스토랑에서 만나자는 것이었어요. 그 대신 일 년 동안 전화 통화, 메일, 메신저를 주고받지 말고, 그 외에도 아무런 연락을 하지 말자고 하더군요.


*마티아스는 잠시 말을 끊더니 은빛으로 변한 단풍나무 아래의 잔디밭에서 시끄럽게 조잘대는 한 쌍의 티티새 쪽으로 시선을 돌린다.*


**마티아스 타유페르:** 레나와의 이별은 나를 암담한 슬픔 속으로 밀어 넣

었습니다. 나는 다시 내 자신을 잃게 되었습니다. 난생 처음으로 내가 편안한 마음으로 받아들일 수 있었던 내 이미지를 투영해주던 레나의 시선을 잃게 되었으니까요.

**안 바르톨레티 박사:** 레나와의 약속은 어떻게 되었나요?

**마티아스 타유페르:** 일 년이 지났을 때 나는 속는 셈 치고 약속 장소에 나갔습니다. 2018년 12월 28일이었고, 레나는 〈넘버6〉 식당의 우리가 늘 앉던 자리에서 나를 기다리고 있었습니다. 난 다시 희망을 갖게 되었죠. 우리는 이틀 동안 함께 지냈고, 레나는 앞으로 죽을 때까지 매년 12월 28일에 나를 만나러 오겠다고 다짐하고 나서 미국으로 떠났습니다.

**안 바르톨레티 박사:** 몹시 힘들었겠지만 그 여성은 당신과의 소통 창구를 완전히 닫아버린 건 아니었네요. 아주 미미하지만 그럼에도 분명 존재하는 통로 하나를 남겨둔 셈이니까요.

**마티아스 타유페르:** 2019년 12월에 나는 도저히 〈넘버6〉 식당에 갈 기력이 없었어요. 나는 더 이상 그런 상황을 견딜 수 없었고, 앞으로 약속 장소에 나가지 않겠다는 내용의 편지를 써서 레나에게 전해 달라며 식당 지배인에게 맡겨두었습니다.

**안 바르톨레티 박사:** 그 약속을 지켰습니까?

**마티아스 타유페르:** 작년에는 코비드-19 때문에 식당에 가고 말고 할 선택의 여지가 없었습니다. 방역 당국의 통행금지 조치로 식당 문을 닫은 상태였으니까요.

**안 바르톨레티 박사:** 그렇다면 올해는?

**마티아스 타유페르:** 정말이지 더는 그런 상황을 지속하고 싶지 않습니다. 내 머리를 갈라 레나와의 기억을 송두리째 끄집어내고 싶을 지경입니다.

**안 바르톨레티 박사:** 제발 부탁이니 그런 짓은 하지 마세요. 굉장히 아플 테니까요.

*의사의 말에 마티아스는 너무나 기가 막힌 나머지 싱긋 미소를 지었다. 그때 가까운 교회당에서 오후 4시를 알리는 종소리가 울려 퍼졌다. 그 때문에 졸졸 흐르는 샘물 소리가 묻혀버린다.*

**안 바르톨레티 박사:** 이보세요, 마티아스. 당신은 지금 유사 이래 인류와 함께 지속되어온 사랑 게임을 하는 중입니다. 그 사랑 게임은 당신에게 모든 걸 줄 수도 있고, 반대로 모든 걸 빼앗아 갈 수도 있어요. 누군가를 사랑하기로 결정하는 순간부터 우리는 매우 위험한 상황에 노출되니까요.

**마티아스 타유페르:** 박사님은 나에게 사랑이 위험천만한 불장난이라 말해주고 나서 1백 유로를 청구할 작정입니까?

**안 바르톨레티 박사:** 아뇨, 난 당신에게 사랑에는 다른 무엇인가가 있다는 걸 말해주고 2백 유로를 청구할 생각입니다.

*안젤리크*

**마티아스 타유페르:** 다른 무엇이라면?

**안 바르톨레티 박사:** 사랑에는 당신을 갉아먹는 다른 무엇인가가 있습니다. 당신이 굳이 말하고 싶어 하지 않지만 현재 상태를 설명해줄 수 있는 그 무엇이 있죠.

**마티아스 타유페르:** 이봐요, 당신이 뭘 안다고 그런 말을 하죠? 오늘은 이만하는 게 좋겠네요.

## 15. 빨간 외투의 사나이

그는 가면을 쓰고 큼지막한 빨간 외투를 입은 남자를 대동하고 돌아왔다.
윈터 경과 세 명의 기사는 눈길을 주고받아가며 남자가 누군지 궁금해했다.
그들 가운데 아무도 다른 이들에게 남자에 대해 말하지 않았는데
모두 실제로 그 남자가 누구인지 몰랐기 때문이다.

_알렉상드르 뒤마

### 1

겨우 정신을 차린 루이즈는 자신이 머리끝부터 발끝까지 꽁꽁 묶인 상태로 마티아스의 집 거실에 놓인 철제의자에 앉아 있다는 걸 깨달았다. 집은 난방이 되지 않는 상태였고, 창문을 통해 겨울 햇살이 비쳐 들고 있었지만 실내 공기는 무척이나 차가웠다. 루이즈가 몽롱한 상태로 있다가 완전히 정신을 차리기까지 몇 분 정도 시간이 더 필요했다. 심장이 제멋대로 쿵쾅거렸고, 뒷머리가 깨질

듯이 아팠다. 입 안 깊숙이 박아 넣은 재갈 때문에 비명을 지르거나 숨을 편히 쉴 수 없었다.

*이건 악몽이야.*

루이즈는 손과 발이 케이블 타이로 묶여 있는 상태라 옴짝달싹할 수 없었다. 새삼 얼마나 심각한 상황인지 깨닫자 심장이 한층 더 빠르게 뛰기 시작했다. 온몸이 떨리면서 눈물이 흘러나왔고, 관자놀이 언저리가 간헐적으로 툭툭 뛰는 게 느껴졌다.

마티아스는 도대체 어떤 사람일까? 나는 지금 얼마나 난감한 상황에 처한 걸까? 아직은 목숨이 붙어 있지만 그는 언제까지 나를 살려둘까?

루이즈는 몸을 돌려보려고 했지만 손발이 묶여 있어 도저히 불가능했다. 그때 발자국 소리가 들려오면서 마티아스의 둔중한 실루엣이 눈앞에 나타났다. 그는 오른손에 권총을 들고 있었다.

루이즈가 지금껏 알고 지낸 사람 같지 않았다. 헝클어진 머리에 총기라고는 보이지 않는 흐릿한 눈, 석고상처럼 굳은 얼굴이 그녀의 눈앞에 있었다.

루이즈는 그의 눈길을 붙잡아보려고 애썼지만 전직 형사는 마치 이방인처럼 낯설게 굴었다. 마티아스가 반자동 권총의 탄창을 딸깍 소리가 나게 고정시키더니 루이즈의 이마에 총구를 들이댔다. 루이즈는 순간적으로 공포에 질려 숨이 멎을 것 같았다.

그녀의 머리는 이미 상황을 객관적으로 정리하기에 부족했다. 고함이라도 지르고 싶었지만 소리가 목에 걸렸는지 전혀 흘러나오지 않았다.

이런 식으로 죽을 수는 없어. 나에게 왜 이러는지 아무런 설명도 듣지 못하고, 나에게 닥친 일에 대해 아무것도 이해하지 못하고, 내가 왜 여기에 있는지조차 알지 못하고 죽을 수는 없어.


## 2


마티아스는 손가락을 반자동 권총의 방아쇠에 올려놓은 상태로 어쩔 줄을 몰라 했다.

*빌어먹을!*

루이즈를 처음 본 순간부터 그는 이 당돌한 여자아이가 골칫덩이가 되리라는 걸 직감했다. 루이즈가 처음 입을 연 순간부터 그는 안정감을 잃고 기우뚱거렸다. 루이즈의 눈빛에서 발견한 영리하고 단호한 모습과 그가 묻는 말에 또박또박 대답하는 순발력 때문이었다.

마티아스는 매사 신중해야 한다는 자체적인 규율을 정해놓고도 루이즈가 자신의 삶에 끼어들 여지를 남긴 걸 납득할 수 없었다.

나는 왜 루이즈 앞에서 그토록 쉽게 경계심을 풀어헤쳤을까?

*아마도 루이즈가 나에게 다른 선택의 여지를 주지 않았기 때문일 거야.*

마티아스는 다시 한번 루이즈의 두 눈을 똑바로 응시했다. 루이즈의 눈에 두려움과 공포가 깃들어 있었다. 이해할 수 없는 일에 대한 안타까움도 느껴졌다.

마티아스는 시그자우어를 내리고 루이즈의 입에 물린 재갈을 빼냈다.

*아직 시간을 조금 더 끌어야 해.*

*최후의 순간을 최대한 늦추는 게 좋아.*

*비겁한 자들이 주로 쓰는 방법이긴 하지만……*

마티아스가 예상했던 대로 루이즈가 악을 쓰기 시작했다.

"네 마음이 풀릴 때까지 힘껏 소리를 질러 봐. 네 마음속에 뭉쳐 있는 응어리가 다 풀릴 때까지 소리를 질러보는 거야."

마티아스는 오히려 루이즈를 부추겼다.

"이 집은 이중창으로 되어 있어서 아무리 소리를 질러도 밖에서는 도저히 들을 수 없어."

루이즈의 고함 소리가 잦아들면서 잠시 불안한 침묵이 이어졌다.

"나에게 왜 이러는 거예요?"

"나를 제발 좀 가만 내버려두라고 몇 번이나 말했잖아."

마티아스가 짐승처럼 울부짖었다.

"난 그다지 좋은 사람이 아니라고 몇 번이나 강조했잖아."

마티아스는 점점 더 공격적이 되어 가는 목소리로 울부짖으면서 루이즈가 묶여 있는 의자 앞 좁은 공간을 부지런히 오갔다.

"나랑 같이 있으면 위험에 처하게 될 거라고 말했지?"

전직 형사는 고함을 지르며 느닷없이 주먹으로 테이블을 내리쳤다.

"뭐라고 대답 좀 해봐. 내가 분명 너에게 그런 말을 한 적이 있지?"

"네, 분명 그렇게 말했어요." 루이즈가 마지못해 대답했다. "하지만……."

"하지만 뭐? 내가 이미 경고했다시피 하지만 같은 말은 필요 없어."

루이즈는 목이 바짝 타들어갔고, 재갈을 빼냈음에도 왠지 계속 숨이 막혔다. 목을 타고 흘러내린 땀방울이 등줄기를 적셨다.

"난 엄마를 죽인 살인자를 찾아내고 싶었을 뿐이에요. 엄마가 어떻게 죽었는지 진실을 알고 싶었거든요."

"그 입을 닥쳐."

"당신은 도대체 누구죠?"

안젤리크

루이즈는 상대가 언제라도 폭발할 수 있는 사람이라는 걸 느끼고 있었다. 따라서 운신의 폭이 좁았다. 마티아스가 평정심을 되찾도록 유도해야 하고, 우선 숨을 제대로 쉴 수 있어야 했다. 루이즈는 차분히 그런 과정을 거치면서 앞으로 나아갈 방도를 모색하기로 했다.

"대체 무슨 일이 있었죠? 왜 나에게 이런 짓을 하는지 설명해 봐요."

"설명할 말이 없어."

"그 대답이 옳지 않다는 건 당신이 더 잘 알잖아요. 나는 머리에 총을 맞아야 할 만큼 당신에게 잘못한 적이 없어요."

"넌 호기심이 너무 많은 게 문제야."

"합당한 대답이 아니잖아요. 난 진실을 알고 싶어요."

"넌 나에게 아무것도 요구하지 마. 넌 그저 부모의 보살핌을 받으며 시험공부나 하고 있어야 할 열일곱 살짜리 여자아이일 뿐이니까."

"당장 나를 풀어줘요. 숨쉬기가 힘들어요."

"조용히 해!"

"당신은 지금 총을 갖고 있으니까 힘이 세다고 생각하죠?"

"총이 도움이 되는 건 사실이지."

루이즈는 끝까지 마음에 품고 있던 히든카드를 내밀었다.

"나를 풀어주면 당신이 레나 하다드라고 믿고 있는 여자에 대해 내가 알아낸 사실들을 알려줄게요."

*레나 하다드?*

잠시 침묵이 이어졌다. 마티아스는 뭔가 잘못 들었을 거라 생각하며 미간을 찌푸렸다. 뜬금없이 레바논 여자 이야기가 나올 시점이 아니었으니까. 마티아스는 어떻게 된 영문인지 따져보느라 한동안 말이 없었다.

"넌 분명 그 여자가 식당에 나타나지 않았다고 말했어."

"거짓말을 했어요. 형사님도 나에게 거짓말을 했듯이."

"설마 내가 너의 알량한 장난에 넘어갈 거라고 믿는 건 아니지?"

"결코 장난이 아니거든요. 레나 하다드는 그 여자의 진짜 이름이 아니었어요. 그녀는 미국 여자도 아니고, 샌프란시스코에 살지도 않아요. 형사님은 이런 기초적인 사실조차 모르고 있었잖아요. 그러니까 유능한 형사는 아니었을지도 모르겠네요. 강력반에서 밀려난 것도 그리 놀라운 일이 아니고요."

마티아스는 귀에서 윙 소리가 났고, 배에서 불길이 활활 타오르는 것 같은 열기 속에서 시큼한 트림이 올라오는 걸 느꼈다.

"네가 레나에 대해 뭘 알아냈는지 어서 이야기해 봐."

"나를 풀어주기 전에는 어림없어요."

타인으로부터 지시받는 걸 끔찍이 싫어하는 마티아스는 다시 루이즈를 향해 총구를 겨누었다.

"내가 똑같은 말을 두 번 하게 하지 마."

이번에는 루이즈도 물러서지 않고 도끼눈으로 그를 쏘아보았다.

"설마 형사님이 총을 쏠 거라고 믿게 하려는 건 아니죠?"

루이즈의 도발적인 말에 마티아스는 분노가 치밀었지만 스스로 화를 가라앉히려고 애쓰며 씩씩거렸다.

"총을 쏠 마음이 형사님에게 있었다면 진작 쐈겠죠."

"어서 레나에 대해 아는 걸 털어놓으라니까!" 마티아스가 총구로 루이즈의 이마를 찍어 누르며 버럭 소리를 질렀다.

루이즈가 태연자약한 태도를 유지하자 마티아스는 모든 에너지가 몸 밖으로 빠져나가는 듯했다. 루이즈의 말이 옳았다. 그에게는 여자아이를 죽일 마음이 없었다. 그는 그저 세상 모든 일이 지겨울 따름이었다. 별안간 분노가 잦아들면서 그는 루이즈를 묶고 있는 끈을 풀어주었다.

"이제 말해 봐."

"그 전에 형사님이 먼저 대답해줘요. 왜 내가 경찰서에 가는 걸 막았죠?" 루이즈가 욱신거리는 손목을 문지르며 물었다.

"넌 어떤 위험에 노출되고 있는지에 대해 아무런 생각이 없어."

루이즈는 땀으로 달라붙은 머리카락 몇 올을 뒤로 넘겼다.

"2분 전만 해도 형사님은 내 머리에 총을 쏘려고 했어요. 난 내가 그때보다 더 고약하고 위험한 상황에 처하게 되리라 생각하지 않아요."

"언젠가 넌 누군가를 붙잡고 제발 머리에 총을 한 발 쏘아달라고 애원하게 될지도 몰라."

마티아스는 풀이 죽은 상태로 총을 내려놓았다.

*이 아이는 알고 싶어 해. 그렇다면……*

마티아스는 어디서부터 진실을 말해줘야 할지 감이 잡히지 않았다.


3


날이 저물기 시작했다. 밀랍을 먹인 쪽마루 바닥에 반사된 저녁노을이 황금빛을 뿌리면서 거실 분위기를 한층 더 황홀하게 만들었다. 마티아스는 오래된 위시본 의자에 앉았다. 등이 편안한 의자에 앉은 그는 자신의 비밀 이야기를 털어놓기 시작했다.

"몇 해 전, 심장이식 수술을 받은 나는 강력반에서 쫓겨나 한직으로 물러나게 되었고, 결국 옷을 벗게 되었어. 그때 내 나이 마흔두 살에 불과했지만 몸은 이미 너덜너덜한 만신창이 상태였지. 어느 날 갑자기 백수가 되었지만 나에게는 부양해야 할 가족이나 사회적 관계가 전혀 없었어."

마티아스는 말하기가 매우 힘들었지만 일단 둑이 무너지자 과묵한 그에게도 말이 강력한 해방구 역할을 해주었다.

"그 무렵, 난 레나 하다드와 만나고 있었는데 열정적인 우리의 관계가 끝나면서 나는 무얼 어찌해야 할지 모르는 딱한 처지가 되고 말았지. 견디기 힘든 아픔이었어. 난 사람이 살면서 그토록 깊은 고독의 심연을 만나게 되리라고는 단 한 번도 상상해본 적이 없었으니까."

티투스가 슬며시 거실에 나타나더니 착 가라앉은 분위기에도 아랑곳하지 않고 마티아스와 루이즈 사이를 오가며 몸을 쓰다듬어 달라고 보채기라도 하듯 낑낑거렸다.

"내가 고독의 심연 속에서 헤매고 있을 때 로슈포르에서 군 생활을 할 때 상사였던 사람이 연락을 해왔어. 이름이 앙리 푈팽이란 사람인데, 군대에서는 흔히 그를 '빨간 외투의 사나이'라고 불렀지."

"빨간 외투의 사나이?"

"원래는 《삼총사》에 나오는 등장인물을 가리키는 말이지."

그 말을 듣고 잊고 있던 기억을 떠올린 루이즈는 별안간 감전이라도 된 듯 온몸이 찌릿했다.

"콩코르드 광장에 갔을 때 형사님이 빨간 파카를 입은 남자와 이야기를 나누는 모습을 봤어요."

"그 사람이 바로 앙리 푈팽이야. 그도 나처럼 군대를 떠났는데 내 경력이며 걸어온 길을 죄다 꿰고 있는 데다 나를 믿는 사람이라 나에게 이리듐이라는 그룹에 대해 들려주었어."

루이즈는 두 손으로 물이 담긴 잔을 쥐고 베르나르 브네가 만든 나선계단 형태의 브론즈 조각 가까이에 잠자코 앉아 있었다.

"지금 내가 들려주는 이야기에는 바로크 시대의 전통이 개입되어 있는데 넌 아마 눈치채지 못했을 거야." 마티아스가 차분하게 이야기를 이어갔다. "이를테면 도시의 전설이나 음모론자들이 인터넷 게시판 같은 곳에서 꾸며내는 이야기 같은 것들 말이야."

"이리듐 그룹이란 무엇이죠?"

"유럽과 미국의 1백여 개 집안이 모여서 결성한 그룹인데, 1990년대 초에 더는 그들이 직면한 예민한 문제들을 법원을 통해 해결할 수 없다는 걸 깨달았어. 따라서 예민한 문제들이 돌출될 경우 법원을 거치지 않고 그들이 직접 심판자로 나서서 해결하기로 결정했지."

"그런 결정을 내린 직접적인 동기가 있었을 텐데요?"

"이리듐 그룹 구성원의 일부 사람들이 보기에 좌파 이념과 문화에 경도된 오늘날의 사법 시스템이 지나치게 관용적이고 비효율적이라는 느낌이 들었던 거야."

무슨 소린지 도무지 알아듣지 못한 루이즈가 몇 번이나 눈을 깜박거렸다. 마티아스의 이야기는 궤도를 이탈해 배가 산으로 향하듯 엄마의 죽음과는 전혀 상관없는 곳으로 달려가고 있었다. 루이즈가 알아듣지 못하거나 말거나 마티아스는 이야기를 계속했다.

"공적인 사법 시스템을 탈피하길 희망하는 사람들은 명예 법정을 운용하기로 했어. 명예 법정이라는 말을 듣는 순간 혹시 뭔가 떠오르는 게 없었니?"

루이즈는 기억을 되살려보려 눈두덩을 문질러봤지만 아무것도 생각나지 않았다.

"글쎄요, 별로……."

마티아스는 셔츠 주머니에서 라이터와 담뱃갑을 꺼내 한 개비 피워 물었다.

"프랑스에서 명예 법정은 앙리 4세 때인 17세기 초에 처음 창설되었는데 귀족들 사이에 너무 많은 희생자들을 양산하는 결투를 차단하기 위해 생겨난 제도였지."

마티아스가 인상을 잔뜩 찌푸리며 뭉게구름 같은 담배연기를 뿜어냈다. 마치 입에서 불을 때는 것처럼 보였다.

"17세기의 명예 법정은 원래 귀족들 사이에서 *명예 관련* 문제가 걸린 분쟁을 해결하기 위해 창설된 거야."

"그 당시에는 판사가 없었을 텐데 누가 판결을 내렸죠?"

"프랑스의 원수들이 판사들을 대신했어. 그러니까 군대에서 가장 계급이 높은 사람들이었고, 모두 귀족 가문 출신이었지."

잠시 생각에 잠겼던 루이즈가 자신이 짐작한 내용을 말했다.

"그러니까 1백여 개 가문 사람들이 회합을 통해 수립한 원칙에 따라 명예 법정을 운용하게 되었다는 거예요? 그들이 만약 명예가 훼손되었다고 여겨질 경우 명예 법정을 열 수 있다는 뜻이에요?"

"내 말을 제대로 이해했네."

마티아스는 가늘게 실눈을 떴다. 늦은 오후의 햇살이 무척이나 매혹적이었다.

"명예 법정은 신속하게 판결을 내리고, 항소는 불가능해. 판결 내용은 즉시 효력이 발생하지."

"판결 내용에 대한 집행은 누가 하는데요? 설마 '빨간 외투의 사나이'가 하지는 않죠?"

"앙리 필팽은 이리듐 그룹의 집행자가 맞아. 그가 직접 판결 내용을 집행할 때도 있지만 대부분 자신이 가장 신뢰하는 극소수 부하들에게 그 일을 맡기지."

"그렇다면 형사님도 극소수 집행자들 가운데 한 명이겠군요? 그렇다면 형사님은 살인자인 거예요?"

살인자라는 말에 마티아스의 얼굴이 보일 듯 말 듯 가늘게 경련을 일으켰다.

"내가 몇 건의 계약을 수락한 건 사실이야." 마티아스가 지금은 후회된다는 태도로 그 사실을 인정했다. "그 당시에 난 도덕이나 윤리가 어떻게 되든 상관없다는 식의 비관적 인식이 팽배해 있었기 때문이지. 다른 한편으로는 큰돈을 손에 넣을 수 있기에 수락했어. 매번 원칙은 똑같았어. 매번 누군가의 이름과 성 그리고 사진 한 장을 건네받는 거야. 그다음은 스스로 알아서 해야 하지. 일주일 안에 조사를 마치고, 타깃을 처치하도록 약속되어 있었어. 모든 결정이 한 번의 만남을 통해 구두로 이루어졌지. 온전히 옛날 방식 그대로였어. 아무런 서류, 전화, 메일을 남기지 않았지. 집행자는 처형하는 이유도 알지 못하고, 중간에 끼어 있는 매개자들도 알지 못해."

"그날, 콩코르드에서 만난 빨간 파카의 사나이가 형사님에게 누군가를 제거하라고 말했나요?"

마티아스가 고개를 끄덕였다.

"나를?"

"아니."

"그러면 누구?"

"안젤리크 샤르베."

"이유가 뭔데요?"

마티아스는 입을 삐죽 내밀었다.

"나도 많이 생각해봤어. 사바티니 가는 명예 법정을 만든 1백여 개 집안들 가운데 하나야. 안젤리크가 어떤 식으로든 사바티니 가 사람들을 속인 게 분명해. 네 엄마는 안젤리크의 계획을 눈치채고 협박을 가해 돈을 뜯어내려다가 살해당했을 가능성이 커."

루이즈는 한참 동안 아무 말도 하지 않았다.

참담한 광경이 루이즈의 머릿속에서 그려졌다. 엄마를 들어 올려 난간 너머로 떨어뜨리는 안젤리크의 모습이 눈에 선했다.

루이즈는 엄마의 죽음에 깃들어 있는 악마적 폭력성이 느껴졌다.

"형사님이 안젤리크 샤르베를 찾을 수 있도록 도울게요." 루이즈가 단호하게 말했다.

"내가 그 여자를 찾아내면 먼저 죽일지도 몰라요."

의자에서 벌떡 일어난 루이즈는 마치 대단한 결심을 한 사람처럼 보였다. 마티아스가 흥분한 루이즈를 진정시켰다.

"넌 내가 들려준 이야기를 잊어야 해. 너나 내가 감당하기에는 지나치게 덩어리가 큰 문제니까."

마티아스는 이리저리 고개를 돌려 시야에서 사라져버린 루이즈의 행방을 찾아보았다. 다시 시야에 들어온 루이즈의 손에 베르나르 브네의 브론즈 조각상이 들려 있었다.

**안젤리크**

마티아스는 언뜻 번개처럼 빠른 속도로 얼굴을 향해 날아오는 브론즈 조각상을 본 듯했다. 하지만 피하거나 손으로 얼굴을 가릴 틈이 없었다.

# 16. 암흑 속에 잠긴 영혼

우리에게는 늘 함께 지내는 동반자가 있으니 바로 자기 자신이다.
그러므로 그가 상냥한 동반자가 되도록 다루어야 한다.
자기 자신을 경멸하는 사람은 절대로 행복해질 수 없다.

**_장 지오노**


1


*빌어먹을!*

마티아스는 마치 군대의 신병처럼 보기 좋게 당했다. 얼굴에 브론즈 조각상을 맞은 그는 하마터면 한쪽 눈을 실명할 뻔했다. 비록 그런 정도의 위기는 아니었다 하더라도 그는 쓰러져 정신을 차리지 못했다. 루이즈는 그가 정신을 잃고 헤매는 사이 그를 의자에 결박하고 사라져버렸다.


**안젤리크**

마티아스는 분노를 이기지 못하고 고함을 질러대다가 결박을 풀기 위해 안간힘을 다했다. 이제 판세는 완벽하게 역전되었다. 마티아스의 눈썹 근처에서 피가 줄줄 흘러내렸고, 핏자국이 마르면서 딱지처럼 얼굴에 달라붙었다.

바깥은 캄캄했지만 겨울에는 어둠만으로 시간을 가늠하기에 충분하지 않았다. 멀리서 티투스가 짖어대는 소리가 들려왔다. 루이즈가 티투스를 위층에 가둔 듯했다. 마티아스는 닥치는 대로 부숴버리고 싶은 욕망이 솟구쳤다. 그는 애써 흥분을 가라앉히며 올바른 상황 판단을 위해 정신을 집중했다. 이보다 더 고약해질 수는 없는 최악의 상황이었다.

루이즈는 지금 어디에 있을까? 그 아이는 무슨 꿍꿍이속으로 나를 묶어두었을까? 경찰에 신고하기 위해? 자기 손으로 직접 안젤리크 샤르베를 죽여 엄마의 복수를 완수하려고?

마티아스는 이중으로 실패했다. 명예 법정의 존재가 만천하에 드러날 위기에 처했다. 일이 잘 풀린다고 해도 여생을 감옥에서 마치게 될 공산이 컸다.

*반드시* 무엇이든 시도해볼 필요가 있었다. 그가 결박을 풀기 위해 몸을 뒤채는 바람에 의자가 옆으로 쓰러졌다. 어깨가 으스러질 듯이 아팠다. 그는 이를 악물고 마룻바닥을 기어보려고 했지만 얼마 가지 못하고 멈춰 섰다.

단념해서는 안 돼. 인간의 정신은 도저히 불가능한 상황에서 창의성을 발휘하니까.

마티아스는 눈을 질끈 감았다. 이 모든 소란 법석의 와중에도 한 가지 생각만큼은 그의 뇌리에 뚜렷이 박혀 있었다.

레나가 약속 장소에 나타났어.

마티아스는 도저히 그 사실을 믿을 수 없었다. 어쩌면 루이즈가 그를 골탕 먹이려고 지어낸 거짓말일 수도 있었다. 레나와의 사랑은 계속해서 그를 괴롭혔다. 명확한 해답이 없는 질문들이 머릿속에서 맴돌았다.

내가 뭘 놓친 걸까? 레나는 나를 잊지 않았고, 우리 사이는 아직 결정적인 마침표가 찍힌 게 아니야.

지금은 그것만이 그를 위안해주는 유일한 버팀목이었다.

그때 별안간 허벅지 근처에서 냉기가 느껴졌다. 오줌을 지린 것이었다. 그는 수치심에 휩싸여 어린아이처럼 징징 울어댔다.

난 이제 내가 싼 똥오줌 속에 퍼질러 앉아 죽게 될지도 몰라.

마티아스는 벌써 《르파리지앵》지에 실릴 석 줄짜리 부고가 눈에 보이는 듯했다.


몽수리 스퀘어
자택에서 결박당한 상태로



*안젤리크*

## 죽음을 맞은 전직 형사

신문에 실린 이 단신은 사회연계망서비스에서 조롱조의 리트윗을 퍼뜨리게 될 거야. *젠장맞을!* 이렇게 끝낼 수는 없어.

마티아스는 전직 에투알 무용수의 죽음을 생각했다. 처음부터 스텔라에게서는 일종의 동종의식이 느껴진 게 사실이었다. 낙담과 좌절로 점철된 삶, 상처로 만신창이가 된 몸, 가라앉는 배를 다시 위로 끌어올리지 못하는 무력감, 늘 희망과는 반대쪽으로 떨어지는 동전, 순탄하게 풀리지 않고 늘 얽히고 꼬이는 삶, 극복하기 힘든 시련 속으로 치닫는 삶, 대체로 그런 부분들이 흡사했다.

마티아스는 자신의 운명이 딱하게 여겨졌고, 소리 죽여 울고 나자 그나마 마음이 후련했다. 눈물이 불안과 공포, 분노 게이지를 몇 단계 아래로 하향 조정했다. 눈물은 1백 퍼센트 천연 원료로 된 렉소밀이었다.

마티아스는 유리창을 통해 밤이 깊어가는 모습을 지켜보았다. 지금 시간이 밤 9시인지 새벽 3시인지 알 수 없었다.

도대체 얼마나 오랫동안 이렇게 묶여 있었을까? 20분? 한 시간? 그보다 더 오래?

마티아스는 그를 향해 쏜살같이 달려오는 티투스를 보면서 다시 희망을 품었다.

"내 착한 강아지! 내 착한 강아지!"

티투스는 용케 감옥에서 탈출한 게 분명했다. 녀석은 몹시 흥분한 나머지 맹렬한 기세로 짖어댔다. 이웃 사람이 들었다면 필시 달려와 무슨 일이 벌어졌는지 알아보았을 듯했다.

시간만 하염없이 흘러갈 뿐 아무 일도 일어나지 않았다. 테라스와 정원은 길에 면해 있지 않아 그의 집은 이웃이 없었다. 실낱같은 희망은 생성될 때처럼 빠른 속도로 사라졌다. 시간은 계속 흘러갔고, 마티아스의 생각은 표류를 거듭하다가 예리함을 잃어버렸다. 문득 귓전을 자극하는 소리가 들려왔다. 정원의 의자가 계속 끽끽대는 소리를 내며 그의 정신을 자극했다. 이제 보니 손전등 하나가 마치 빗자루로 쓸 듯 테라스를 좌우로 훑고 있었다.

마티아스가 소리쳤다. "여기 사람이 있어요. 도와주세요."

누군가 자신의 목소리를 듣고 구조해주길 기대했지만 손전등 불빛은 이내 시야에서 사라졌다.

*빌어먹을!*

"거기 누구 없어요? 도와주세요!" 마티아스는 다시 필사적으로 소리쳤다.

창문에 그림자 하나가 나타났다. 후드 달린 파카 차림의 남자였다. 머리를 온통 뒤덮은 후드가 남자의 얼굴을 가려주고 있었다.

마티아스는 눈을 가늘게 떠보았지만 방문객의 얼굴 윤곽을 또렷이 알아보기 힘들었다.

남자는 손전등으로 거실 내부를 비추었다. 손전등 불빛이 전직 형사의 얼굴 위에서 멈춰 섰다. 남자가 정원에 놓인 의자 하나를 들어 올리더니 창문을 향해 던졌다. 세 번째 시도 끝에 유리창이 산산조각 났다.

마티아스는 가까이 다가오는 남자의 실루엣을 불안한 마음으로 지켜보았다.

*친구일까, 적일까?*

마티아스는 비로소 낯선 방문객의 얼굴을 알아보았다. 로뮈알드 르블랑이었다.


## 2


"네가 왜 이 집에 왔는지 설명해 봐. 넌 내가 납득할 수 있는 근거를 제시해야 할 거야."

새벽 2시가 지난 시각이었다. 디지털 괴짜 로뮈알드가 나타나 마티아스를 풀어준 지 10분쯤 지난 시점이었다. 옷을 갈아입은 마티아스와 로뮈알드는 주방의 카운터 앞에 나란히 앉았다. 마티아스가 커피를 준비하는 동안 로뮈알드는 면봉과 알코올로 전직 형사의 눈썹 근처 상처를 소독해주었다.

"우선 고맙다는 인사부터 해야 순서 아닙니까?"

"일단 앞뒤 상황을 알고 나서 인사해도 늦지 않아. 난 너처럼 빈둥거리며 노는 녀석들을 믿지 않거든."

"난 아무리 급해도 바지에 실례하는 경우는 없거든요."

"네 엄마가 그러던데 넌 가끔 플라스틱 병에 오줌을 싼다면서? 너도 그다지 멋지지는 않네."

"엄마가 한 말을 믿지 말아요. 다 뻥이니까."

"면봉 조심해라. 하마터면 눈을 찌를 뻔했잖아."

마티아스는 이제야 안도감을 느끼며 기운을 추슬렀다. 조금 전까지만 해도 한껏 절망해 있었다. 우선 디지털 괴짜가 어쩌다가 이 일에 끼어들게 되었는지 그 이유를 알아내야 했다. 그런 다음 루이즈를 찾아 나설 작정이었다.

"네 녀석이 어떻게 이 집에 오게 되었는지 말해. 난 네가 포근한 침대에서 한 발짝도 움직이지 않는 게으름뱅이로 알고 있었거든."

로뮈알드는 어떻게 설명해야 할지 모르겠다는 듯 말을 더듬었다.

"그러니까 그 여자아이가……." 녀석은 얼굴이 붉으락푸르락 해지면서 말문을 열었다.

"여자아이라면?"

"형사님과 함께 나를 심문하러 왔던 금발 말입니다. 이름이 루이즈 콜랑주라고 했던가요? 스텔라 페트렌코의 딸."

"그 아이가 뭘 어쨌는데?"

로뮈알드가 전직 형사의 숱 많은 눈썹 위에 커다란 반창고를 붙였다.

"루이즈가 엄마를 보러 올 때부터 난 그 아이를 눈여겨 봐두었어요. 그러다가 그 아이에게 완전히 반하게 되었죠."

전직 형사의 입에서 한숨이 새어 나왔다. 마티아스는 이 여드름 투성이 녀석을 위해 사랑의 다리를 놓아주고 싶은 마음이 전혀 없었다.

"그래서 어쨌다는 거야? 지금 네가 여기에 와 있는 것과 그 아이가 무슨 상관이 있지? 계속 변죽만 울려대지 말고 핵심을 털어놓으란 말이야."

"오케이! 이제 알았으니까 더는 소리를 지르지 마세요. 오늘 아침, 형사님이 돌아가기 직전에 내 에어팟 한쪽을 그 아이 배낭에 슬쩍 집어넣고, 다른 하나는 그 아이 파카 주머니에 몰래 넣어두었어요."

"에어팟이라니?"

"무선 이어폰을 말하는 거예요."

"왜 그런 짓을 했는데?"

"루이즈의 위치를 파악하고 싶었어요."

마티아스는 그제야 감을 잡았다. 블루투스 이어폰 내부에 작은 위치 추적기가 부착되어 있어 분실할 경우 쉽게 찾을 수 있게 되어 있었다.

"넌 무슨 꿍꿍이속으로 그런 짓을 했는데? 도대체 네 머리에는 무엇이 들어 있기에 그런 짓을 하느냐고? 상대의 동의를 구하지 않고 그런 짓을 하는 건 불법이야."

"내가 에어팟을 넣어둔 덕분에 형사님을 풀어줄 수 있게 되었잖아요. 내가 구해주지 않았다면 형사님은 여전히 오줌 싼 바지를 입고 지린내를 풍기고 있었을 텐데요."

마티아스는 녀석의 머리를 주방 싱크대 상판에 대고 눌러 납작콩을 만들어버릴까 생각하다가 마지막 순간에 이성을 되찾아 점잖게 타일렀다.

"너도 살아가는데 필요한 최소한의 원칙을 갖고 있을 거야. 이를테면 무슨 일이 있어도 반드시 지키는 행동 수칙 같은 것 말이야."

디지털 괴짜는 그의 말을 듣고 있지 않았다. 녀석은 배낭에서 노트북을 꺼내 휴대폰과 연결하더니 애플의 위치 추적 애플리케이션을 열었다.

"루이즈의 위치 추적을 하다가 난 그 아이가 이 집에 살 거라고 추정했어요."

"여긴 내 집이야." 마티아스가 괴짜의 잘못된 추측을 바로잡아 주었다.

"조금 뒤 에어팟이 각기 다른 방향에서 잡히더군요. 하나는 여기에 그대로 있는데, 다른 하나는 움직이기 시작했어요."

마티아스는 잔뜩 인상을 찌푸렸다. 뭔가 짚이는 게 있어 소파 쪽으로 고개를 돌린 그는 이내 해답을 찾아냈다. 루이즈가 몹시 서두르다가 파카를 두고 가버린 것이다. 의자에서 일어나 파카를 집어 든 마티아스는 오른쪽 주머니에서 에어팟을 찾아냈다.

"루이즈는 어디로 갔지?"

"내 생각에 루이즈는 여행 중인 것 같아요." 로뮈알드가 대답했다.

"여행 중이라니?"

"마지막으로 그 아이의 위치를 확인했을 때 오를리 공항이었거든요."

"나도 좀 볼 수 있게 해줘."

파리 남부 교외 지역을 나타내는 지도 위에 작은 원으로 표시된 부분이 눈에 들어왔다. 디지털 괴짜가 줌을 클릭하자 복잡하게 얽힌 오를리 공항의 터미널 네 개가 나타났다. 지도를 조금 더 확대하자 작은 원은 공항 언저리, 정확하게 말해 메르퀴르 호텔 인근에 찍혀 있었다.

마티야스는 일단 안심했다. 오를리 공항에서 한밤중에 뜨는 비행기는 한 대도 없었기 때문이다. 루이즈는 당장 출발할 생각이었겠지만 코비드-19가 야기한 공중 보건 위기 탓에 비행 횟수가 현저하게 줄어들었고, 국제선을 타는 과정이 여간 복잡해진 게 아니었다. 루이즈가 공항 근처 호텔에 방을 잡은 건 다음 날 출발하는 항공권을 구입했다는 뜻이었다.

*대체 어디로 가려는 걸까?*


## 3


잠시 생각에 잠겨 있던 디지털 괴짜가 입을 열었다.

"형사님은 이름이 뭐예요?" 로뮈알드가 뜬금없이 물었다.

"마티아스 타유페르."

"타유페르는 어디에서 온 성인데요?"

"내 아버지 고향인 이제르의 작은 산골 마을."

"형사님은 왜 의자에 묶여 있었죠?"

마티아스는 말도 안 되는 바가지 머리에 풋내가 풀풀 나는 로뮈알드를 물끄러미 바라보았다.

"너와 상관없는 일이고, 설명하자면 길어."

"형사 일을 그만두었으면 지금은 무슨 일을 하죠?"

"유감이지만 너의 질문에 대한 답변을 해줄 수 없어. 내가 하는 일이 뭔지 알게 되면 네 목숨이 위태로워질 수도 있으니까."

"혹시 조수가 필요하지 않으세요?"

"내 조수가 되고 싶어?"

"형사님이 하는 일이 뭔지 모르지만 내가 도움이 될 거예요. 가령 형사님이 많이 바쁠 때는 식사 준비를 해줄 수도 있겠죠. 마침 배가 출출하네요. 오믈렛에 핫초코 한 잔 마시면 딱 좋겠어요."

"식사 준비는 내가 할 테니까 넌 그 대신 컴퓨터로 검색을 해줘."

마티아스는 신기술에 익숙하지 않아 불편한 적이 많았다. 그는 책을 좋아하는 반면 컴퓨터나 기계 조작에는 서툴렀다.

"엄마는 나를 천재적인 해커라고 생각하는데 터무니없죠."

디지털 괴짜의 겸손한 고백이 마티아스를 무장 해제시켰다. 마티아스는 녀석이 자신의 실력을 과소평가하고 있다는 생각이 들었다. 그는 지금껏 루이즈와 함께 수사에 착수해 찾아낸 사실들을 요약해 녀석에게 들려주었다. 간호사 안젤리크 샤르베의 행방을 추적하고 있고, 그녀가 스텔라와 마르코를 살해한 것으로 보이는 몇 가지 근거를 찾아냈다는 것도 이야기해 주었다. 마티아스는 말을 하는 동안 계란 몇 개를 깨뜨려 그릇에 담고 포크로 휘저었다.

"안젤리크는 석 달 전 황급히 파리를 떴어. 인터넷상에서 그 여자에 대해 언급하고 있는 정보를 모조리 찾아줘."

마티아스는 계란을 프라이팬에 붓고 나서 식빵 두 쪽을 그 위에 얹었다. 그는 계란이 익기를 기다리며 냉장고에서 맥주 한 병을 꺼냈다.

"그 여자는 남자 친구가 있나요?" 로뮈알드가 컴퓨터 화면에서 고개를 들면서 물었다.

"안젤리크의 남자 친구? 나야 알 수 없지. 네가 찾아보면 되겠네."

"안젤리크가 아니라 루이즈요."

"넌 쓸데없는 일에 신경 쓰지 말고 내가 부탁한 일에 주의를 집중해. 내가 널 조수로 써주길 바란다면 적어도 3분 이상 한 가지 일에 몰입할 수 있는 집중력 정도는 갖추어야 할 거야."

마티아스는 계란, 치즈, 햄을 식빵에 얹고 나서 맥주병을 땄다. 그는 얼음처럼 차가운 맥주를 좋아해 냉장고 온도를 늘 0도 수준으로 유지했다. 시원한 맥주 한 모금이 마법처럼 위안을 안겨주었다. 머리가 쭈뼛해지도록 차가운 느낌이 그의 몸을 부르르 떨게 했다.

*이런 젠장! 에그 샌드위치.*

마티아스는 인덕션에서 프라이팬을 내려놓은 다음 샌드위치를 접시에 담았다.

**안젤리크**

"맛있게 먹어." 그는 디지털 괴짜 앞에 샌드위치를 담은 접시를 내려놓으며 말했다.

"먹음직스러워 보이네요. 잘 먹겠습니다."

"핫초코를 마실 거야?"

"형사님처럼 맥주를 마실게요. 형사님도 드시지 그래요?"

"난 별로 먹고 싶은 생각이 없어. 나중에 출출해지면 그때 먹을 게."

"기운이 없어 보여요."

"오늘 아침부터 이미 녹초 상태였어. 아주 힘든 하루를 보냈거든. 그나저나 뭔가 찾아낸 게 있어?"

"내 생각에 루이즈는 이탈리아에 가려는 것 같아요."

"그렇게 생각하는 이유는?"

"인터넷상에 있는 안젤리크 샤르베의 흔적은 극히 제한적이었어요. 최근에 올라온 관련 정보 가운데 이런 내용이 있더군요."

로뮈알드는 맥북 화면을 마티아스 쪽으로 돌리면서 덧붙였다.

"난 루이즈가 이 보도 자료를 검색하고, 베네치아 행 항공권을 끊었을 거라고 확신해요."

마티아스가 컴퓨터 화면 가까이 얼굴을 들이대고 보도 자료를 읽기 시작했다.

〈아쿠아알타〉 재단
프랑스인 안젤리크 샤르베를
특별 자문으로 임명


지난 12월 9일 아쿠아알타 재단의 이사회가 열렸다. 이 회합에서 리산드로와 비앙카 부부의 제안대로 안젤리크 샤르베가 재단 이사장의 특별 자문으로 위촉되었다. 안젤리크 샤르베는 베네치아에 있는 전시 공간인 샤바티니 컬렉션 운영을 맡을 예정이다.

비앙카 샤바티니 이사장은 성명을 통해 이 선택에 대해 "이사회는 안젤리크 샤르베가 보여준 열정과 용기에 깊은 감명을 받았고, 주어진 일을 충실하게 해낼 것으로 믿는다."라고 말하며 이번 결정에 만족을 표했다. 1984년에 설립된 아쿠아알타 재단은 이탈리아에서 가장 왕성한 활동을 벌이는 재단이다. 아쿠아알타 재단은 예술과 교육의 발전, 여성의 자율성 고취와 관련된 프로젝트를 적극적으로 후원해왔다. 이탈리아 근현대 미술에 걸친 가장 중요한 컬렉션을 소장하고 있는 것으로도 널리 알려져 있다. 안젤리크 샤르베는 오는 1월 3일부터 업무를 시작할 예정이다. 그녀의 기획으로 열리는 첫 번째 전시회는 〈죽은 자들의 군대와 대면 중인 청년〉이라는 제목으로 열리는 마르코

*안젤리크*

사바티니의 유고전이 될 것이라고 한다.


로뮈알드가 검색 결과에 대한 추가 설명에 나섰다.

"사바티니 집안은 베네치아에 팔라조 베지아노라는 대저택을 소유하고 있어요."

마티아스는 눈두덩을 계속 비볐다. 디지털 괴짜는 분명 가치 있는 정보를 찾아냈다. 그는 자리에서 일어나 현관의 소지품 보관함에 넣어두었던 지갑을 챙겼다.

"오를리 공항에서 출발하는 베네치아 행 항공권을 예약해줘."

그가 로뮈알드에게 신용카드를 건네며 말했다. "가장 빨리 출발하는 항공편으로."

로뮈알드는 빛의 속도로 항공권 구입에 나섰다.

"7시 15분에 출발하는 이지젯이 있는데 이미 만원이네요."

"그다음 비행기는?"

"8시 35분에 출발하는 비행기인데 아직 몇 자리 남았어요."

"오케이, 그걸로 하지. 가급적 편안한 자리로 해줘."

이윽고 팬데믹과 관련해 온라인상에서 이동 경로 기록을 작성하기 위한 기나긴 문답 과정이 이어졌다. 출발 전 48시간 이내에 받은 PCR 검사 결과도 필요했다.

디지털 괴짜가 PCR 검사 서류는 간단하게 위조할 수 있으니까

자기만 믿으라고 장담했다.

"내가 잘못 본 건지 모르지만 형사님의 안색이 몹시 안 좋아 보여요."

"난 괜찮아."

"안젤리크 샤르베는 아쿠아알타 재단 서버에 메일 주소를 갖고 있네요. 시간이 좀 걸리겠지만 비밀번호를 알아내볼게요."

"내가 베네치아에 다녀오는 동안 가끔 이 집에 들러 티투스 녀석의 먹이를 챙겨줄 수 있지?"

"그럼요, 너무 걱정하지 말아요."

디지털 괴짜가 검색을 계속하는 동안 마티아스는 잠시 일인용 소파에 누워 두 다리를 낮은 테이블에 올려놓았다. 일시적인 피로감과는 확연히 달랐다. 근육이 뻣뻣해지고, 으슬으슬한 한기가 발끝에서 허벅지, 두 팔, 등줄기까지 번져갔다. 몸에서 열이 나려는 징조였다.

*엎친 데 덮친 격이로군.*

몸에서 열이 나면 원래 며칠 동안 집에서 죽은 듯이 지내야 하는데 그럴 형편이 아니었다. 한기도 점점 더 심해졌다. 마티아스는 아래위 턱이 부딪치는 걸 방지하기 위해 입을 앙다물고 담요를 배와 가슴에 둘렀다. 맥박이 점점 더 빨리 뛰었고, 두 손이 얼음장처럼 차가웠다. 10분이나 15분쯤 눈을 붙이기로 했다. 그런 다음 돌리프란을 복용할 생각이었다.

안젤리크

주세페 로시 공증사무소

마젠타 가 24번지

토리노 10128

이탈리아

안젤리크 샤르베

팔라조 베지아노

티에폴로 가 1364번지

베네치아 VE 30125

이탈리아

토리노, 2021년 12월 9일

친애하는 부인

나는 이 서신을 통해 오늘 토리노 가정법원에서 부인이 요구한 태아에 대한 친자관계 성립이 용인되었음을 알려드립니다.

이 확인은 세 명의 증인을 비롯해 법원에 제출된 민법 23조 b항의 취지에 부합하는 사실들을 소명하는 제반 서류들에 대한 신뢰를 토대로 이루어졌습니다.

　그 결과, 나는 이 서신에 배치되는 사실을 입증하는 증거가 나올 때까지 태아에 대한 친자관계 성립을 입증하는 공중 서류를 첨부합니다. 이 서류는 아이의 출생증명서 말미에 첨부될 것입니다.

　바라건대 부인에 대한 존경심을 믿어주시고, 보충 설명을 원하신다면 언제든 연락해 주십시오.

주세페 로시

# 17. 레나 칼릴

우리 각자는 자기 안에, 이기든 지든,
자신의 개인적인 정의감에 따라 혼자 떠맡아야 하는 자기만의 전쟁을 품고 있다.
_저지 코진스키

## 1

### 12월 30일 목요일

강렬한 맘바 리듬의 알람이 울리는 동안 마티아스는 뭔가 오류가 났다고 생각했다. 전혀 잠든 느낌이 없었는데 시계는 벌써 새벽 6시 반을 가리키고 있었다. 그는 몸을 일으키려다가 고열에 시달리는 몸 상태를 고려해 한참 동안 뜸을 들였다. 관절들은 삐걱댔고, 몸은 덜덜 떨렸고, 두통과 근육통까지 밀려들었다  극심한 현기증이 나는 가운데 가까스로 욕실까지 걸어갔지만 끝내 샤워를 포기했다. 구급상자를 열어 해열제 돌리프란1000, 속 쓰림을 다스리기 위한 에소메프라졸, 막힌 코를 뚫기 위한 혈관확장제, 심장이식 수술을 받은 환자들에게 필수적인 상비약을 모두 챙겼다. 욕실을 나와 옷을 갈아입은 그는 택시를 불렀다.

로뮈알드는 어느새 돌아가고 없었다. 일당백이라고 해도 무방할 만큼 일을 한 녀석은 검색 결과물들을 깔끔하게 출력해 눈에 잘 보이는 곳에 정리해둔 상태였다. 항공권, 전날 날짜가 새겨진 PCR 검사 확인서, 이탈리아 공증인이 안젤리크에게 보낸 편지 등이었다.

마티아스는 약들과 서류들을 가죽 가방에 챙겨 넣은 다음 소파에 앉아 택시를 기다렸다. 눈을 감고 얼음을 잔뜩 채워 넣은 목욕용 장갑을 이마에 댄 상태였다. 티투스 녀석이 그의 무릎 위로 냉큼 올라앉았다.

택시가 도착했고, 마티아스는 추적추적 내리는 겨울비를 맞으며 차에 올랐다. 그는 목적지에 도착할 때까지 몸을 웅크린 상태로 미동도 하지 않았다. 몸에 빗장이 채워지고, 머리는 굳어버린 상태였다. 연료 탱크에 연료가 한 방울도 남아 있지 않은 격이었다.

오를리 공항은 관광객들을 끌어들이는 대도시의 여러 공항들 가운데 여건이 최악이라고 해도 과언이 아니었다. 파리 시내로 들어서기도 전부터 파리를 증오하게 만드는 공항으로 유명했다. 코비드-19 때문인지 이번만큼은 끝없이 이어지는 줄, 직원들의 될 대로 돼라 식 무신경, 일부 여행객들의 공격적인 행동 등이 나름 근거가 있어 보였다.

마티아스는 보안 검색에 30분 이상을 허비하고 나서야 뒤늦게 탑승 게이트로 들어섰다. 놀랍게도 비행기에 빈자리가 많았다. 팬데믹 때문에 강화된 여행 규칙으로 미처 서류를 구비하지 못한 일부 여행객들의 탑승이 거부된 탓이었다.

마티아스는 항공기의 좁은 복도를 통해 열여덟 번째 줄까지 걸어갔다. 그는 퇴직자로 보이는 노부인에게 다가가 자신의 자리인 앞쪽 창가 좌석을 가리키며 자리를 바꿔 달라고 부탁했다. 노부인은 반색한 얼굴로 얼른 자리를 옮겼다. 그는 노부인이 앉아 있던 샌드위치 자리에 앉았다. 루이즈가 앉은 바로 옆자리였다. 그가 자리에 앉는 순간 선잠이 들었다가 깬 루이즈가 화들짝 놀라며 눈을 동그랗게 떴다.

루이즈는 창백한 얼굴, 헝클어진 머리, 눈 밑 다크서클, 초점 잃는 눈동자로 보아 그보다 상태가 더 안 좋아 보였다.

"넌 나에게 너무 심한 짓을 했어." 그가 집게손가락으로 눈썹 근처에 붙인 반창고를 가리키며 투덜거렸다.

"에어버스 320기로 승객 여러분들을 모시게 되어 매우 기쁩니다. 이제 탑승이 마무리되었습니다. 우리 비행기는 곧 베네치아 마르코폴로 공항을 향해 이륙할 것입니다."

"그렇지만 난 너를 원망하지 않아. 난 네가 바보짓을 할까봐 걱정돼 새벽에 일어나 공항으로 달려와 비행기에 탑승했어."

"우리 비행기는 목적지에 도착하기까지 1시간 35분 정도 비행할 예정입니다. 앉아 계신 자리 바로 앞에 안전 수칙이 비치되어 있습니다."

"아마 우리가 막 재미난 대화를 시작했을 때 하필이면 대화가 중단되었을 거야. 지금부터 이야기를 나눌 시간이 제법 많으니까 잠시 중단했던 이야기를 계속 나누어보자고."


2


비행기는 이제 구름 위를 날고 있었다. 인간들이 살아가는 곳보다 3만 피트나 더 높은 곳으로 올라오자 비로소 숨쉬기가 편해졌

안젤리크

다. 자연광과 출발 전에 복용한 파라세타몰의 약효가 더해지자 마티아스는 조금 기운이 났다. 루이즈의 상태도 출발 전보다 훨씬 좋아 보였다. 커피 한 잔에 마들렌 한 개를 먹은 루이즈는 가벼운 마음으로 이야기를 시작했다.

"형사님이 말한 대로 난 화요일 저녁에 퓌르스탕베르 광장에 있는 이탈리안 레스토랑에 갔어요."

"〈넘버6〉."

"집에 가서 드레시한 원피스를 챙겨 입느라 조금 늦게 도착했죠. 옷을 갖춰 입어야 아이 취급을 받지 않을 테니까요. 내가 도착했을 때 레나는 없었고, 나는 바에 자리를 잡고 앉았어요. 5분쯤 후에 그 여자가 식당으로 들어서더군요. 난 즉시 그 여자의 얼굴을 알아봤어요. 형사님이 묘사한 그대로였으니까요. 지중해 출신, 40대, 짙은 갈색 머리, 가무잡잡한 피부, 연한 빛깔 눈동자."

마티아스는 모든 감각을 열어놓고 루이즈의 이야기를 들었다. 모든 걸 기대하면서. 아니, 아무것도 기대하지 않으면서.

"레나가 카운터의 바 쪽으로 다가오더니 레나 칼릴이라는 이름으로 예약을 했다고 말했어요. 하다드가 아니라 칼릴. 형사님이 내게 알려준 이름이 아니라서 당황했어요."

"자, 변죽을 울리지 말고 얼른 요점을 말해 봐." 마티아스가 재촉했다.

"레나는 내 옆자리에 앉았고, 나의 존재에 대해 딱히 의심하지 않는 눈치였어요. 레나의 두 눈은 휴대폰과 식당 문을 밀고 들어오는 손님들 사이를 바쁘게 오갔죠. 나는 그렇게 20여 분 동안 막연히 기다렸어요. 레나가 일어나 화장실에 간 틈을 타 형사님에게 전화했죠."

"그다음은?"

"레나가 화장실에서 돌아와 자리에 앉더니 마티니를 한 잔 더 주문했어요. 난 그 순간을 이용해……."

"무슨 짓을 했는데?"

"난 내가 마신 페리에 생수 값으로 10유로짜리 지폐 한 장을 카운터에 내려놓으면서 거기에 놓여 있던 레나의 휴대폰을 슬쩍해 밖으로 나왔어요."

"왜 휴대폰을 훔쳤지?"

"그야 당연히 레나에 대해 제대로 알아보기 위해서였죠. 난 식당에서 아주 먼 곳까지 가진 않았어요. 부시 가에 있는 바로 들어가 자리를 잡았죠. 휴대폰은 잠금장치를 풀 필요조차 없었어요. 난 휴대폰에 저장된 사진들을 보고, 메일과 메모들을 봤죠. 레나의 휴대폰에는 그야말로 그 여자의 일생이 모두 담겨 있었어요. 몇 번의 정보 검색 끝에 난 레나의 역사를 재구성할 수 있었죠. 형사님이 들려준 내용과는 큰 차이가 있더군요."

안젤리크

"난 너에게 레나에 대해 이야기한 적이 없어."

"아, 그런가요? 그렇다면 레나가 형사님에게 들려준 이야기와 달랐다고 해두죠."

루이즈는 배낭에서 휴대폰을 꺼내 화면을 깨끗이 닦더니 레나의 휴대폰에서 옮긴 사진들을 화면에 띄우고 설명을 시작했다.

"이 사진은 2010년에 찍었어요. 그 무렵 레나 칼릴은 서른 살의 수의사로 베이루트에서 남편 시몽 베르제와 함께 살았어요. 시몽은 비아리츠 출신으로 프랑스-레바논 학교 교사였죠. 시몽은 레나가 에라스무스 교환 학생 프로그램의 일환으로 레바논에 왔을 때 처음 만났어요."

긴장이 최고조에 달한 마티아스는 힘껏 좌석 팔걸이를 쥐었다.

"두 사람은 2011년에 결혼해 2013년에 첫 아이를 낳았죠. 바티스트란 이름을 가진 남자아이였어요. 2015년에는 딸 안나가 태어났고요. 그들 부부에게는 더없이 좋은 날들이었고, 결혼 생활은 순탄했죠."

마티아스는 안경을 고쳐 쓰면서 화면을 가득 채우고 있는 레나의 행복한 시절 사진들을 들여다보았다. 그 사진은 위산이 분비될 때처럼 그의 위를 화끈거리게 만들었다. 지난 시절에 대한 기억과 회한은 그에게 독약이나 마찬가지였지만 레나와 관련한 이야기라서 마냥 고상한 영혼을 가진 사람인 양 무덤덤할 수 없었다.

"2016년 여름에 예기치 않은 비극이 일어났어요." 루이즈가 차분하게 이야기를 계속했다. "시몽이 바스크 해안에서 가족들과 휴가를 즐기던 중 사망한 거예요. 시몽은 아이들과 헤엄을 치며 놀다가 제트스키에 부딪혔고, 병원으로 이송 도중 사망했어요."

마티아스는 양미간을 찌푸렸다. 아무런 예고도 없이 별안간 찾아온 죽음이 얼마나 끔찍한 상황을 야기하게 되었을지 머릿속에서 생생하게 그려졌다.

"레나는 졸지에 아빠를 잃은 두 아이와 함께 남겨졌어요."

어느 날 갑자기 아빠를 잃어버리게 된 부당함이라니? 그런데 왜 레나는 남편의 죽음에 대해 이야기하지 않았을까? 남편이 죽었는데 왜 레나는 남편 이야기를 꺼내며 관계를 정리하자고 했을까?

"몇 달이 지나도록 레나는 슬픔에서 벗어나지 못했어요. 휴직을 한 레나는 아이들을 데리고 엄마가 사는 친정으로 갔지만 거기에서도 계속 우울을 벗어던지지 못했죠."

마티아스는 갑자기 심장이 조여 오는 것 같은 통증을 느꼈다. 그는 서둘러 호흡을 가다듬으며 소매 부리로 이마에 맺힌 식은땀을 닦았다. 초반에는 호기심이 컸지만 차츰 진실을 알게 되면서 불안감이 고조되었다. 진실을 알게 된다는 건 이제 더 이상 목적이 아니라 그를 지금껏 지탱해주던 허약한 삶의 토대를 송두리째 무너뜨리는 위험요인이 될 수도 있었다.

*안젤리크*

"결국 레나는 정신과 병원에 입원했어요. 처음에는 베이루트에서, 그러다가 파리로 옮겨왔죠."

마티아스는 루이즈가 자신이 앉은 좌석 아래에 폭탄이라도 설치한 것처럼 기분이 찜찜했다. 방금 전 루이즈가 한 이야기에서 그가 미처 알아듣지 못하고 지나친 부분이 있다는 느낌이었다. 반드시 알아야 할 뭔가가 있었는데 그게 무엇인지 떠오르지 않았다.

루이즈는 그의 기분과 상관없이 이야기를 이어 나갔다.

"하루는 레나가 온라인 검색을 하다가 《니스 마탱》지에 실린 기사를 읽게 되었어요. 형사님의 심장이식 관련 기사였어요."

마티아스는 어렴풋이 그 기사를 기억했다. 심장이식 수술을 받은 후 3주 동안 그는 방스 근처에 있는 전문 회복 센터에서 치료를 받았다. 그 무렵 사기가 바닥난 그는 모든 일에 진저리를 냈다. 그때 웬 기자가 지역신문에서 해마다 장기기증을 활성화하기 위해 벌이는 행사에 참여해달라고 제안했다.

루이즈는 구겨진 《니스 마탱》지 기사를 그에게 내밀었다. 아침에 신문사 웹사이트에서 기사를 찾아내 출력해두었던 것이다. 마티아스는 제목과 리드를 훑었다.


**증언**
**마티아스 타유페르**

## 심장이식 수술 덕분에 다시 뛰는 심장

"나는 내게 주어진 행운을 또렷하게 인식합니다." 지난달 새
로운 심장을 이식받은 뒤 메종데심에서 요양치료 중인 경찰 간
부는 자신 있게 말했다.

"기자는 이 기사에서 형사님이 오래전부터 심장이식 수술을 기
다려왔다고 했어요."
마티아스의 얼굴이 굳어졌다.
"그렇긴 하지."
"기자는 그 이유도 설명했죠. 형사님은 희귀 혈액형인 벨 마이너
스(Vel⁻)형이라고요. 난 그 혈액형이 가진 문제에 대해 잘 알고 있
어요. 의대 2학년 때 공부한 적 있거든요. 벨 마이너스형은 매우
드물죠. 아마 프랑스 전체 인구를 통틀어 4백 명이 넘지 않을 거
예요. 벨 마이너스형인 환자에게 벨 플러스형 혈액을 수혈할 경우
심각한 문제가 발생하게 되지요. 벨 플러스형 혈액을 공격하는 항
체가 형성되어 수혈된 혈액을 모두 파괴시켜 버리니까요."
"네 말이 맞아. 그런데 그게 뭘 어쨌다는 거야?" 마티아스가 멋
쩍은 듯 구시렁거렸다. 그는 산소 공급이 완전히 차단되어 곧 실
신할 사람처럼 보였다.

루이즈가 최후의 일격을 가했다.

"시몽 베르제, 그러니까 레나의 남편은 형사님처럼 벨 마이너스형이었어요. 시몽은 희귀 혈액형인 사람들 중에서 가장 적극적인 헌혈자 명단에 올라 있었죠. 시몽이 사고를 당한 날짜와 형사님이 이식 수술을 받은 날짜를 놓고 보면 의심의 여지가 없어요. 형사님의 심장은 시몽의 것이었어요."

레나는 남편의 심장을 이식받은 수혜자를 찾아내고야 말겠다는 일념에 불탔다. 잊고 있던 하나의 이미지가 마티아스의 기억 공간 밑바닥에서 솟아올랐다. 레나는 함께 나란히 누워 있을 때면 그의 가슴에 머리를 기대길 좋아했다. 레나는 아마도 영원히 그 자세로 있는 게 가능했을 것이다. 사랑하는 남편 시몽 베르제의 심장박동 소리를 듣고 있었으므로.

마티아스는 완전히 넋이 나가버렸다. 모욕감을 느꼈을 뿐만 아니라 분노, 증오, 굴욕감, 복수심 따위 극단적 감정의 폭탄을 맞았다. 구차한 그의 삶에서 유일한 예외였던 레나와의 사랑이 사기극에 지나지 않았다는 사실이 밝혀진 셈이었다. 그의 인생에서 유일하게 행복했던 시간들이 기만에 불과했다.

마티아스는 두 주먹을 불끈 쥐고 뭐든 때려 부수고 싶은 심정이었다. 그런 다음 미련 없이 죽어버리고 싶었다.

레나가 사랑한 남자는 그가 아니었다. 그는 레나와 시몽의 재회를 성사시켜주는 매개자 역할을 했을 뿐이었다.

"난 레나가 진심으로 형사님과 사랑에 빠졌다고 생각해요." 루이즈가 끓어오르는 그의 분노를 진정시키고자 말했다. "그렇지만 형사님이 드러내보일 반응이 두려워 감히 진실을 말하지 못했을 거예요."

마티아스에게는 이제 그 어떤 말도 위로가 되지 않았다. 그의 머릿속은 펄펄 끓는 용암으로 변해 있었다. 이 혼돈의 소용돌이 속에서 또 다른 이미지 하나가 머릿속에서 솟아올랐다. 시몽 베르제를 두 번 죽이기 위해 심장을 찌르는 단도의 이미지.

마티아스는 질식하지 않으려고 쓰고 있던 마스크를 벗고 물을 한 모금 마셨다. 입 안에서 쇠의 맛이 느껴졌다. 찝찔하고 비릿한 맛.

피의 맛.

# 18. 집 안에 숨어든 두 명의 살인자

돌아올 수 있는 한 너는 아직 정말로 여행을 한 것이 아니다.

_로제 뮈니에

## 1

### 12월 30일 목요일
### 베네치아

반질거리게 니스 칠을 한 목재 리바 요트가 자테레 선착장에 닿았다. 요트를 운전한 사바티니 가문의 경호원은 안젤리크 샤르베가 바닷가를 따라가며 이어지는 보행자 도로에 무사히 내릴 수 있도록 도와주었다.

안젤리크는 요즘 절정의 행복을 맛보고 있었다. 오늘은 새로운 인생이 열리는 각별한 날이었다. 아쿠아알타 재단의 특별 자문 신분으로 마르코 사바티니 회고전을 언론에 처음 소개하는 인터뷰가 있는 날이었다. 《보그》지 기자와의 약속 장소는 비앙카가 직접 골라주었다. 푼타 델라 도가나에서 몇 걸음만 가면 되는 가까운 레스토랑이었다. 사바티니라는 이름은 모든 문을 열어주는 마법의 주술이었다. 안젤리크는 지난 석 달 동안 황홀한 경험을 하고 있었다. 의상 구입, 보석 구입, 여행, 직업적 구상 등이 원하는 대로 이루어졌다.

안젤리크는 이제 자신의 욕망을 채우는 데 더는 한계가 있을 수 없을 거라고 확신했다. 그녀는 주데카를 따라 포석 깔린 길을 걸으며 마치 자신이 1960년대식 그림엽서의 주인공이 된 것 같은 기분이 들었다. 건물들의 창가에 놓인 꽃이 핀 화분들, 대운하의 수면에서 반사되는 금빛 햇살, 도시 전체를 휘감고 있는 차분한 분위기가 마음에 들었다. 코비드-19가 다른 건 몰라도 여행사들이 크루즈 유람선에 관광객들을 가득 태우고 와 선착장에 풀어놓는 경우가 사라진 건 바람직했다. 팬데믹이 도시 전체를 질식 상태로 몰아가는 관광객들로부터 베네치아를 깨끗이 정화시키는 데 한몫하고 있다는 걸 인정해야 했다. 안젤리크는 베네치아의 전통 가면을 파는 상점의 진열장 유리에 비친 자신의 경쾌하고 활기찬 모습을 발견하는 순간 마음이 흡족했다. 금발로 염색한 짧은 머리, 검정색 원피스, 크림색 캐시미어 코트, 앙증맞은 카퓌신 백이 차례로 눈에 들어왔다. 레아 세이두가 루이비통 광고에서 들고 있던 바로 그 핸드백이었다.

안젤리크는 최근에 받은 초음파 검사 때 빠른 속도로 뛰는 태아의 심장박동, 점점 또렷해지는 얼굴 윤곽, 20센티미터로 자란 몸집을 확인하면서 커다란 심적 동요를 맛보았다. 출산 예정일이 점점 다가오고 있었다. 비앙카와 리산드로는 임신 관련 문제라면 어디든 동행했고 모든 지원을 아끼지 않았다. 배려심 많은 안젤리크는 두 사람에게 일찌감치 태어날 아기의 이름을 지을 선택권을 양도했다.

안젤리크는 매 순간 다시 태어나는 느낌이었다. 그토록 원했던 삶이었다. 이제 그녀의 삶은 귀족적이고, 우아하고, 섬세한 베네치아의 이미지와 더할 나위 없이 잘 어울렸다.

베네치아 라 세레니시마!

안젤리크는 비로소 자신이 있어야 할 자리를 찾았다. 새로운 삶은 오직 그녀 스스로 쟁취했다. 그녀의 작은 두 손과 뛰어난 두뇌를 영리하게 활용해 이룬 결실이었다. 사람들이 미쳤다고 손가락질하던 철부지 아가씨가 이룬 놀라운 성과였다.

레스토랑 지배인은 안젤리크를 사바티니 집안의 일원으로 예우

하며 각별히 친절하게 맞았다. 식사 시간 내내 기자는 그녀에 대한 찬사를 늘어놓느라 여념이 없었다. 안젤리크의 업무, 외모, 유머 감각, 심지어 신고 있는 구두도 찬사의 대상이 되었다. 사람들의 태도가 사회적 위치에 따라 얼마나 빠른 속도로 바뀌는지 알 수 있었다. 매혹적인 동시에 실망스러운 일이 아닐 수 없었다. 대다수 사람들이 진정한 의미에서의 소견이나 확신 없이 살아간다는 의미이니까. 사람들은 그저 무리를 따라 몰려다니고, 바람이 부는 방향으로 이동하고, 아웃사이더로 몰려 소외당할까봐 두려워 남들이 하는 대로 따라 하고 있을 뿐이었다. 아무런 소신이나 개성도 없이 늘 충성 서약이나 하면서 굽실거리며 살아가는 존재들.

안젤리크는 기자가 먼저 돌아가고 난 뒤에도 레스토랑 테라스에서 잠시 더 머물렀다. 그녀는 주데카 운하를 바라보면서 리스트레토를 한 잔 더 마셨다. 베네치아 남부의 웅대한 파노라마를 감상할 수 있는 장소였다. 필로티 위에 놓인 테이블과 의자들이 마치 물 위에 떠 있는 것 같았다. 어찌나 물이 지척에 있는지 그 자리에 잠시만 앉아 있어도 멀미가 날 지경이었다. 손을 이마에 올려 차양을 만들자 레덴토레 교회의 돔과 종탑이 시야에 들어왔다. 눈부신 하늘을 향해 당당하게 솟아 있는 교회 건물의 형체가 도드라져 보였다. 안젤리크는 레덴토레 교회의 역사를 최근에야 알았는데 16세기 후반 베네치아 주민 다수가 페스트로 목숨을 잃게 되었

*안젤리크*

을 당시 축조된 건축물이었다. 페스트가 도시를 휩쓸어버리자 원로원과 총독은 전염병을 몰아내달라고 신에게 간청하며 교회를 봉헌했다. 교회 건축 사업은 말하자면 창조주를 위한 봉헌의 피날레였다.

안젤리크는 선글라스를 쓰고 있었지만 흰 대리석으로 이루어진 건물을 보자 눈이 부셨다. 갑자기 몸이 좋지 않았다. 진한 커피 향이 구토를 일으켰다. 간밤에 잠을 잘 자지 못해 피로감이 쌓인 듯했다. 배 속에 들어있는 녀석이 쉬지 않고 발길질을 해대는 바람에 새벽 3시에 잠이 깨었다가 다시 잠을 이루는 데 실패했다. 걱정과 불안이 엄습해와 좀처럼 잠이 오지 않았고, 결국 뜬눈으로 밤을 지새웠다. 어렵사리 쟁취한 새로운 삶의 토대가 영원히 지속되지 못할 수도 있다는 불안감이 잠을 설치게 했다.

안젤리크는 손바닥으로 눈두덩을 눌렀다. 아랫배가 거북했다. 마치 자궁 속에서 연꽃이 피어나듯 불쾌한 느낌이 들었다. 아기가 당장이라도 나오려는 듯 가슴이 팽팽하게 부풀었다.

경호원의 에스코트를 받으며 레스토랑을 나온 안젤리크는 아쿠아라마 호까지 걸어갔다. 길가의 상점 쇼윈도 앞에서 두 시간 전 마음에 쏙 들었던 자신의 이미지를 다시 발견하고 싶었지만 이미 사라져버린 뒤였다. 대신 고래처럼 퉁퉁하고 두루뭉술한 몸매에 갈 곳을 잃고 방황하는 여인 하나가 서 있었다.

안젤리크는 요트에 오르고 나서야 비로소 안도감이 들었고, 사바티니 저택으로 가는 여정이 복잡한 머리를 말끔히 씻어주기를 바랐다.

*신선한 공기가 필요해, 당장!*

안젤리크는 자테레 선착장을 떠나면서 왠지 자꾸만 마음을 불안하게 하는 레덴토레 교회의 거대한 건축물에 눈길이 갔다. 건물의 유래가 머릿속에 떠올랐다. 페스트가 휩쓸고 지나간 시대의 위정자들과 종교인들은 창조주에게 건축물을 봉헌해 전염병을 물리치고자 했다.


2


날씨도 오전과는 확연하게 달랐다. 소금기를 머금은 바람에 휩싸인 도시는 암울하고 적대적인 이미지로 다가왔다. 검은 구름이 낮게 깔린 하늘은 오렌지빛 반사광을 품고 있었다. 요트가 대운하의 물결을 가르며 달려가는 동안 오렌지빛 반사광이 점점 더 선명해졌다. 모래를 가득 품은 시로코 바람 탓이었다. 사하라에서 북상한 시로코는 베네치아를 세상의 종말 속으로 끌어들이고 있었다. 정면에서 불어오는 강풍을 맞은 요트가 기우뚱거렸다. 숄을 몸에 두르고 요트 뒤편 장의자에 앉아 있던 안젤리크는 속이 울렁거려 경호원에게 속도를 줄여달라고 요청했다.

보조 육교를 놓고, 부두를 높여 기후 변화로 수위가 높아진 상황 속에서도 통행이 가능하도록 하기 위해 바삐 움직이는 베네치아 사람들이 눈에 들어왔다. 가을에 흠뻑 내린 비로 수량이 늘어났다. 저지대나 고위험 지대에 사는 주민들은 만일의 사태에 대비해 힘을 합해야 하고, 문이나 창문으로 물이 스며들지 않도록 금속판을 높여야 한다는 당국의 문자메시지가 발송되었다. 사이렌이 네 번 울려 퍼지면서 높이 140센티미터의 파도가 치기 시작했다는 소식을 알려주었다.

지구의 온도 상승과 관련한 베네치아의 기상 이변이 안젤리크를 특별히 심란하게 만들지는 않았다. 베네치아에서 가장 낮은 지역인 산마르코 광장과 인접한 도로는 해마다 범람했다. 그 지역 상인들은 불평을 늘어놓았고, 기자들은 현장을 찾아 당국의 미흡한 대처를 질타했고, 관광객들은 장화를 신고 알베르 롱드르*라도 된 양 셀피를 찍어 인스타그램에 올렸다.

아쿠아라마 호는 이내 그라시 대저택, 카레조니코를 지나 리알토로 가는 직선 코스로 접어들었다. 요트는 다리에서 3백 미터 떨어진 사바티니 가의 거처인 베지아노 대저택과 이어지는 사설 부

*Albert Londres 프랑스의 저명한 기자이자 작가

교에 닿았다. 베지아노 대저택은 16세기에 지어졌고, 다양한 빛깔의 대리석으로 이루어진 파사드가 인상적인 건축물이었다. 파사드에는 잘 드러나지 않지만 두 개의 오벨리스크가 세워져 있었다. 고딕에서 르네상스 양식으로 넘어가는 시기에 지은 4층 건물로 이중창을 구비한 현관, 각층 마다 다섯 개의 창문이 터키석 색으로 칠한 기둥 사이를 꽉 채우고 있었다. 어느 모로 보나 사바티니 가문이 드러내고 싶어 하는 이미지, 즉 견고하고 우아하고 미래로 나아가기 위해 과거의 전통에 뿌리 내리고 있는 가문의 성격과도 잘 어울리는 건축물이었다.

리산드로는 최근에 여러 세기 동안 베네치아의 어느 귀족 가문이 독점적으로 소유해온 이 저택을 구입했다. 시의 지원으로 싱가포르의 부호인 경쟁자를 따돌리고 저택을 구입하는데 성공했다. 리산드로는 저택을 구입한 즉시 대대적인 복원 공사에 들어갔지만 코비드-19로 일시 중단된 상태였다.

안젤리크는 요트에서 내리자마자 저택 안으로 들어갔다. 로비는 천장 한가운데에 자리한 채광창을 통해 들어오는 자연광 말고는 다른 조명이 없이 어둠에 잠겨 있었다. 문득 건물이 지나치게 크고 냉랭하다는 느낌이 들었다.

집사장과 메이드 책임자는 어디 있지?

비앙카와 리산드로는 이틀 전부터 집을 비우고 외유 중이었다.

**안젤리크**

안젤리크는 내일 돌로미티 산맥의 샬레에 가서 두 사람과 합류해 함께 새해맞이 신년하례회를 열 예정이었다.

왜 집에서 나를 맞아주는 사람이 아무도 없을까?

안젤리크는 로비의 전등 스위치를 눌렀지만 불이 들어오지 않았고, 엘리베이터도 작동하지 않았다. 이 오래된 저택에서는 제대로 작동하는 게 아무것도 없었다. 안젤리크는 밖으로 나가 경호원을 부를까 하다가 그가 아쿠아라마 호에 기름을 넣으러 갔다는 사실을 기억해냈다. 결국 엘리베이터를 포기하고 꼭대기 층까지 걸어 올라갔다. 대대적인 복원 공사가 진행되다가 중단돼 현재 꼭대기 층만이 유일하게 사용할 수 있는 공간이었다. 공사를 중단한 곳은 흰 광목이나 보호막으로 덮여 있었고, 사다리와 조명기기 같은 공구들이 곳곳에 놓여 있어 어수선한 상태였다.

안젤리크는 가파른 계단을 오르자니 무척이나 힘들었다. 공주 방처럼 꾸민 침실에 다다른 그녀는 방문을 닫고 외투와 하이힐을 벗어 아무렇게나 집어던졌다. 로맨틱한 벽화가 그려진 천장, 테라조 자재로 마무리한 바닥, 대형 거울과 금박 몰딩 등 베네치아 저택의 전형적인 방식으로 꾸민 방이었다. 반달 모양 채광 환기창을 통해 대운하가 눈에 들어왔다. 안젤리크는 몸을 숙여 물의 도시를 굽어보았다. 비가 주룩주룩 내리고 있었다. 먹갈색 필터 속에 담긴 베네치아는 비현실적이면서 공포를 자아내는 풍경을 펼쳐보였다.

안젤리크는 입고 있던 옷을 벗고, 잠옷으로 갈아입은 뒤 캐시미어 카디건을 걸쳤다. 방은 냉장고 안처럼 추웠다.

왜 난방장치를 꺼버렸을까?

주철로 된 라디에이터의 꼭지를 끝까지 돌려보았지만 꿈쩍도 하지 않았다. 몸이 덜덜 떨리고 열이 높았다.

혹시 그 망할 놈의 바이러스에 감염된 건 아니겠지?

안젤리크는 침대에 누워 풍성하게 부풀어 오른 이불 속으로 파고들었다. 정체불명의 독이 몸 안에서 괴저를 일으켜 야금야금 썩어들어 가는 느낌이었다. 그녀는 한참 동안 이불을 뒤집어쓴 상태로 누워있다가 자기도 모르는 사이에 깜빡 잠이 들었다.

한참 동안 자다가 다시 눈을 떴지만 심란한 마음은 그대로였다. 저녁 7시였고, 방 안은 칠흑처럼 어두웠다. 바람 때문에 덜 닫힌 창문이 활짝 열리면서 요란한 소리를 내는 바람에 잠에서 깬 듯했다. 이제껏 겪어보지 못한 돌풍이 몰아치고 있었고, 집을 통째로 날려 보낼 수 있을 만큼 위력적이었다.

안젤리크는 일어나서 활짝 열린 창을 닫고 나서 빗물이 실개천처럼 흐르는 유리창을 통해 밖을 내다보았다. 집중호우로 몸을 축축하게 적신 베네치아의 자태가 눈에 들어왔다. 먹물처럼 시커먼 대운하의 물이 사납게 일렁거렸다. 그보다 더 마음을 불안하게 만드는 건 계속 불어나고 있는 물이었다. 집중호우는 분명 벌써 몇 시간째 이어지고 있는 게 확실했다.

안젤리크는 협탁 위에 놓인 은제 샹들리에의 초에 불을 붙였다. 바람에 흔들리는 촛불의 빛이 방 안으로 퍼져나가면서 온갖 그림자들이 형태를 잡아갔다. 엘렌을 덮치는 노스페라투[*], 세멜레를 향해 떨어지는 제우스의 불, 그녀를 찾아온 악마의 그림자가 차례로 연상되었다.

안젤리크는 문 뒤에 서 있는 남자를 발견하고는 비명을 질렀다. 그녀는 있는 힘을 다해 침입자를 향해 샹들리에를 던지고 쏜살같이 도망쳤다. 남자로부터 멀어지기 위해 달리는 동안 한 가지 의문이 뇌리를 스쳤다.

누가 나의 비밀을 알아차리고 누설했을까?


### 3


그 여자 이름은 안젤리크 샤르베였다. 코랑탱 르리에브르는 그녀가 앙팡 테리블 홀을 가로지르는 모습을 처음 보았을 때부터 일반적인 여자들과는 확연히 다른 부류라는 걸 한눈에 알아보았다.

---

[*]Nosferatu 1922년 작 독일 표현주의 공포 영화로 노스페라투는 흡혈귀, 엘렌은 여성 등장인물이다

8월의 어느 화요일 저녁이었다. 하루 종일 비가 내린 탓에 센 강 제마프 기슭의 바는 평소보다 한산했다. 안젤리크는 녹색 코듀로이 재킷, 파란색과 흰색이 어우러진 줄무늬 셔츠, 청바지 차림에 정사각형 모양의 굽이 달린 슬링백 힐을 신고 있었다.

"헬로!"

안젤리크를 향해 손짓을 보내 위치를 알리는 순간 코랑탱은 주춤 뒤로 물러서는 여자의 동작을 놓치지 않았다. 코랑탱은 틴더에 올려놓은 자신의 프로필 사진이 실물과 많은 차이가 난다는 걸 알고 있었다. 안젤리크의 얼굴은 단단히 굳어 있었다.

코랑탱은 그녀가 잠시 사람을 잘못 보았다고 말하고 자신을 그 자리에 내버려두고 사라질 거라고 확신했다. 하지만 안젤리크는 자리에 앉았고, 레몬 드롭을 주문했다.

안젤리크는 어떻게 그리 짧은 순간에 그토록 굴욕적인 느낌이 들게 할 수 있었을까?

안젤리크는 말로 설명하기 힘들지만 굉장히 독특한 분위기를 풍겼다. 시류와는 완전히 동떨어진 스타일이었다. 보드카 덕분인지 시무룩한 표정으로 앉아 있던 안젤리크는 점차 대화에 동참했다.

코랑탱은 여자를 웃게 하려고, 자신의 장점을 부각시키려고, 프리랜서 기자 일을 그럴싸하게 포장하려고 갖은 노력을 다했다. 안젤리크는 잠시 그의 말에 귀를 기울이는 것 같더니 이내 흥미를 잃고 시큰둥해했다. 안젤리크는 보드카를 연거푸 두 잔이나 마셨다. 그 자리에 앉아 있었지만 안젤리크의 마음은 이미 다른 곳에 가 있는 듯했다. 코랑탱은 술기운이 돌면서 손발이 뻣뻣해지고, 정신은 아득히 먼 어딘가를 둥둥 떠다녔다. 그는 자신이 안젤리크의 마음을 사로잡지 못했고, 그녀가 다른 무엇인가를 열망한다는 걸 분명하게 느낄 수 있었다.

코랑탱이 적극적인 애정 공세를 펼치지 않았음에도 안젤리크는 외젠 바를랭 가에 있는 그의 집에 가자는 제안에 순순히 따랐다. 술을 많이 마시긴 했어도 취할 정도는 아니었다. 코랑탱은 그날 저녁 일을 여러 각도에서 되새겨 보았지만 자신이 결코 여자의 약점을 이용해 허튼수작을 부리지는 않았다는 결론에 도달했다.

안젤리크는 정신이 명료했고, 분명 동의했다. 다음 날 이른 새벽에 안젤리크는 그의 가슴에 커다란 공허감을 아로새기고 아파트에서 사라졌다. 말로 형언하기 힘든 공허감이었다.

코랑탱은 그날 하루 온종일 침대에 누워 안젤리크만 생각했다. 그녀를 다시 만나보려고 시도해봤지만 그가 보낸 어떤 메시지에도 응답하지 않았다. 그는 자존심 따위는 접어두고 계속 연락을 취했고, 다시 한번 기회를 달라는 뜻을 담은 편지도 보냈다.

안젤리크는 9월의 어느 일요일 저녁에 그에게 전화를 했다.

"제발 나를 따라다니며 괴롭히지 말아줘." 전화를 받자마자 안젤리크가 한 말이었다. "만약 계속 귀찮게 할 경우 스토커로 고소할 거야."

안젤리크는 뒤이어 남자에 대해서라면 신물이 나고, 남자들이 죄다 자신의 인생에서 꺼져주기를 바란다고 했다. 그녀의 인생에서 싸구려 티셔츠나 입고, 좌파 논리나 지루하게 늘어놓는 남자 따위는 필요 없다고 했다. 자지도 작고, 벌써부터 탈모 증세를 보이는 머저리 같은 남자들에게 시간을 내줄 용의가 전혀 없다고도 했다.

코랑탱은 굴욕적인 느낌 속에서 전화를 끊었다. 난생 처음 자신이 형편없는 낙오자가 된 느낌이 들었다. 그는 다시는 떠올리기도 싫은 기억과 거리를 두면서 가을을 별문제 없이 흘려보냈다. 12월이 되고 찬 바람이 불면서 다시 안젤리크가 생각났다. 몸에 찰싹 달라붙는 녹색 재킷, 클림트의 그림에 나오는 여인처럼 짙은 빛깔 머리카락을 날리면서 바로 들어서던 그녀의 모습이 눈에 선하게 떠올랐다.

안젤리크는 사실 그의 머릿속을 떠난 적이 없었다. 그녀가 아무리 경멸해도 그는 안젤리크를 사랑했다. 그의 모든 존재를 집어삼키는 사랑, 병든 정념이 그를 지배했다.

코랑탱은 사회연계망서비스 덕분에 여기저기서 긁어모은 정보들을 바탕으로 안젤리크의 신상을 추적했다. 어느 날, 그는 어렵

사리 확보한 안젤리크의 집 주소를 들고 올네수부아로 갔다. 그녀의 집은 이미 텅 비어 있었다. 그는 호기심을 억누르지 못하고 덧문과 안쪽 유리창을 부수고 집 안으로 들어갔다. 언젠가 대가를 치러야 한다는 걸 알고 있었지만 병든 정념에 사로잡힌 그는 이성적인 판단을 내릴 형편이 못 되었다. 반드시 안젤리크 샤르베라는 여자의 신비를 밝혀내고 싶었다. 아파트를 샅샅이 뒤지던 그는 두 줄이 선명한 임신 테스터를 발견했다. 그와 안젤리크가 하룻밤을 보낸 후 3주가 지났을 무렵 구입한 임신 테스터라는 사실을 확인해주는 약국 영수증도 찾아냈다.

코랑탱은 두 줄이 선명한 임신 테스터가 의미하는 게 무엇인지 잘 알지 못하면서도 몹시 흥분했다. 분노에 사로잡힌 그는 통제력을 잃었다. 안젤리크의 휴대폰 번호는 이미 다른 사람이 사용하고 있었고, 사회연계망서비스의 흔적 또한 모조리 지워진 탓에 아무도 그 여자가 어디에 사는지 알지 못했다. 명색이 기자인 코랑탱은 심층 조사에 나섰다. 조사에 대해서라면 자신 있었고, 프리랜서 기자로 일하며 기사를 써서 언론사에 판매하는 형편이라 활용할 시간도 충분했다. 결국 아쿠아알타 재단의 특별 자문 임명 기사 덕분에 그는 이탈리아에 있는 안젤리크의 흔적을 찾아냈다.

코랑탱이 보기에 안젤리크의 삶은 파란만장하고 기상천외했다. 안젤리크의 인생이 이토록 예기치 않은 방향으로 풀리기까지 도대체 무슨 일이 있었는지 알고 싶었다. 어머니에게 돈을 빌린 코랑탱은 12월 18일에 베네치아 행 비행기에 올랐다. 그는 사바티니 집안과 연관 있는 곳들 주변을 어슬렁거리며 탐문했다. 마침내 그는 베지아노 대저택을 나서는 안젤리크를 볼 수 있었다. 그는 안젤리크의 이름을 부르며 이야기를 나누고 싶다고 했지만 경호원들의 제지를 받았다.

이탈리아에서도 푸대접을 당하자 정신이 나간 코랑탱의 분노는 하늘 높은 줄 모르고 치솟았다. 그가 인터넷에서 찾아낸 자료들 중에는 이탈리아 판《보그》지에 실린 기사도 있었다. '엔지니어'의 부인 비앙카 사바티니가 베네치아의 각종 맛집들을 추천한 기사였다. 비앙카는 특히 베네치아를 방문할 때마다 파스티체리아 레가초니를 찾아 커피를 마신다며 그곳에 대한 남다른 애착을 보였다.

코랑탱은 12월 20일 아침 파스티체리아 레가초니의 카운터에 앉아 더블 에스프레소와 달콤한 과자를 시켜 먹고 있는 비앙카를 발견했다. 그는 그녀에게 다가가 자신을 소개하고 나서 반드시 알려줘야 할 중요한 정보가 있다고 단도직입적으로 말했다.

"정보라니? 어떤 정보인가요?" 비앙카가 회의적인 태도로 물었다.

"안젤리크 샤르베에 관한 정보입니다."

비앙카는 호기심을 보이면서도 경계하는 표정으로 코랑탱을 바라보았다.

코랑탱은 그동안 심층 조사를 해온 내용들을 모두 털어놓았다.


4


마티아스는 팔을 들어 올려 날아오는 은제 샹들리에를 막았다. 하마터면 큰일 날 뻔했던 위기의 순간을 넘긴 그는 재빨리 계단을 내려가는 안젤리크를 추격했다. 그는 늘 그래왔듯이 현장에서 해결해볼 심산으로 무기를 준비해오지 않았다. 열에 들떠 기진맥진해진 그는 달린다기보다는 걷는다고 해야 어울리는 속도로 안젤리크를 추격했다. 그가 생각하기에 자신이 아직 몸을 지탱하고 있는 것만으로도 기적 같았다. 주사위는 던져졌고, 끝까지 가야만 했다.

안젤리크는 3층에서 마티아스를 대저택의 미로 속으로 따돌릴 궁리를 하며 도주하고 있었다. 마티아스는 예전에 무도회장으로 사용하던 방과 서재 그리고 줄지어 늘어선 여러 개의 살롱을 가로질렀다. 어디에나 프레스코 벽화들과 무라노 유리로 제작한 샹들리에에, 대리석 조각상, 실크 천을 드리운 벽, 밀랍 냄새를 풍기는 목재 몰딩들이 눈에 들어왔다. 건축 복원 공사에 쓰이는 건축 자재들이 폴리에틸렌 보호막들로 가려져 있었다. 높은 천장에 매달린 전깃줄, 사다리, 석공의 작업대 같은 것들이 곳곳에 있어 이동하는 데 몹시 걸리적거렸다.

창문이나 스테인드글라스를 지날 때마다 대운하를 강타한 폭풍우가 시야를 가득 채웠다. 마치 열린 창을 통해 성난 날씨가 그대로 집을 향해 밀려들어오는 듯했다. 해열제도 고열을 식혀주기에는 역부족이었다. 마티아스의 머릿속에서 벽화 속 인물들이 제멋대로 살아서 움직였다. 큐피드와 사티로스, 밀랍 먹인 가운과 독수리 모양 마스크를 착용한 의사들이 몽롱한 의식 속에서 눈앞으로 다가왔다.

비록 안젤리크의 모습은 시야에서 사라졌을지라도 마티아스는 본능적인 감각에 의존해 그녀의 흔적을 따라갔다. 2층으로 내려와 육교를 통해 작은 정원을 가로지르자 달팽이 모양 계단이 그를 대저택의 중심부로 이끌었다.

안젤리크는 분명 여기를 지나갔어.

마티아스는 어둠 속에서 계단을 내려가 아치 형태의 방으로 들어섰다. 오렌지 나무의 꽃향기가 공기 중에 스며들어 있었다. 두 눈을 가늘게 뜨자 거대한 굴뚝, 주철 팬, 여러 개의 화구가 달린 화덕, 오래된 구리 냄비 세트가 눈에 들어왔다.

*예전 주방이로군.*

거센 폭풍우가 몰아치는 바람에 환기창이 부서지면서 밀려들어온 물이 도기 타일 바닥을 물바다로 만든 상태였다. 마티아스는 발목까지 차오는 물속을 걷다가 하마터면 들보에 부딪칠 뻔했다.

그때 번개가 치면서 석조 벽에 얼룩말 무늬가 생기더니 안젤리크가 눈앞에 모습을 드러냈다. 주방용 칼을 손에 쥔 안젤리크가 괴성을 지르며 마티아스에게로 돌진했다. 그를 칼로 찔러 죽이기로 작정한 듯했다. 마티아스는 그녀가 이미 사람을 살해한 적이 있고, 이번에도 주저하지 않고 살인을 저지를 수 있다는 걸 잘 알고 있었다.

안젤리크가 찌른 칼이 마티아스의 어깨를 파고들었다. 마티아스는 자신의 몸을 보호하려는 그 어떤 시도도 하지 않고 마치 운명인 양 안젤리크의 공격을 그대로 받아들였다. 칼에 찔리고 나자 오히려 마음이 후련해지는 느낌이 들었다. 온갖 고뇌로부터 마음을 깨끗이 정화시켜주는 느낌이었다. 거듭 공격을 받는다면 생명을 유지할 수 없을 것이다.

안젤리크가 칼을 빼내더니 다시 고쳐 잡았다. 마티아스는 이미 모든 걸 포기했다. 이렇게 끝장이 나게 되어 행복할 지경이었다. 사실 그는 이런 결말을 맞이하기 위해 여기까지 왔는지도 모른다. 이번 수사는 그가 죽어야 끝나는 미로 찾기일지도.

안젤리크가 두 번째로 찌른 칼이 복부를 파고들었지만 마티아스는 아무런 반응을 보이지 않았다. 그저 의식이 희미해지며 눈이 감기려는 걸 감지했을 뿐이었다. 처음부터 그가 원한 건 단 하나 였다. 이 미궁에서 벗어나 해방을 맛보고 싶었다.

*마침내 죽음이 찾아오기를!*

살이 찢어지고, 곪은 종기가 터지고, 뜨거운 피가 몸 밖으로 흘 러나왔다. 마침내 썩은 몸으로부터 벗어날 기회였다. 마티아스의 몸은 이미 오래전에 망가졌다. 그는 어떻게 지금까지 버텨왔는지 신기할 따름이었다. 그가 세상에서 사라져도 아무도 애석해하거 나 그리워하지 않을 것이다. 어쩌면 마티아스를 몹시 따르던 티투 스 녀석만은 그를 그리워할지도 모른다.

마티아스는 희미한 불빛 속에서 광기로 일그러진 안젤리크의 얼 굴과 헝클어진 머리카락, 고르곤을 닮은 눈을 볼 수 있었다. 그는 자신도 이 살인마 여자보다 나을 게 없다고 생각했다. 그들의 운 명은 이상할 만큼 평행선을 그려왔다. 그도 사람을 죽였고, 자신 의 그림자와 결탁했다.

안젤리크는 최후의 일격을 가하기 위해 팔을 치켜들었다.

마티아스는 18년 전 파리 지하철에서 그를 찌르던 칼을 다시 보 았다. 엘리아스 압베스는 인정사정 볼 것 없이 칼을 찔러댔다. 그 는 알리스 베커를 보호하기 위해 자신의 몸을 방패로 활용했다. 그의 머릿속에서 그때의 장면이 마치 복사한 듯 현재의 장면과 포개졌다. 당시의 엘리아스 압베스가 현재의 안젤리크 샤르베로 대체되었을 뿐 상황은 비슷했다. 다만 이번에는 그가 보호해줄 사람이 없다는 점이 달랐다. 지하철 특유의 역한 기름 냄새, 그를 에워싼 건달들의 웃음소리, 절대로 끼어들지 않던 열차의 양 떼 같은 승객들, 그를 무자비하게 찔러대던 엘리아스 압베스의 칼, 알리스 베커가 살해당하는 걸 막아줄 마지막 보루였던 그의 몸, 그때의 일들이 슬라이드 쇼처럼 연속적으로 뇌리를 스쳐갔다.

마티아스가 가장 잘 해낼 수 있는 역할이었다. 궁지에 몰린 복서, 일방적으로 얻어터지다가 반격에 나서는 맷집 좋은 복서가 그에게는 잘 어울렸다. 변변치 않은 사람들, 딱히 재주도 없을 뿐더러 운도 지지리 따라주지 않는 사람들이 가진 장점이 있었다. 누가 뭐라고 하든 묵묵히 견뎌내는 인내심, 용기와 구별되지 않는 집요한 끈기가 바로 그런 사람들이 가진 미덕이었다.

안젤리크가 세 번째로 칼을 들어 찌르려고 할 때 마티아스의 몸이 휘청거리더니 머리부터 바닥에 닿았다. 계속 불어난 물에 쓰러진 그의 몸이 물속에 잠겼다. 그의 몸은 더 이상 움직이지 않았다.

마티아스가 영원한 암흑 속으로 사라지기 전 마지막으로 그의 폐부로 신선한 산소가 밀려들더니 흥미로운 기억 하나를 떠오르게 했다. 칼에 찔리면서도 알리스 베커의 시선을 붙잡으려고 몸을 돌렸던 그 짧은 순간의 기억. 두 사람의 눈길이 교차했고, 그는 목숨이 걸린 절체절명의 순간이었지만 여자를 안심시키기 위한 표정을 지으려고 애썼다. 그가 보호해줄 테니 이제 염려 말라고, 조금만 더 버티면 놈들이 도망치리라는 걸 알려주려고 기를 썼다.

마티아스는 당시의 그 장면을 정확하게 기억하고 있었다. 알리스 베커의 표정도 뚜렷이 기억했다. 황금빛으로 에워싸인 홍채, 턱에 생기던 보조개, 공포로 얼룩진 상황 속에서도 얼굴에서 배어나던 온화한 표정…….

그건 루이즈 콜랑주의 눈이고 보조개고 얼굴이었다.


## 5


안젤리크는 공격 대상이 물이 흐르는 바닥으로 쓰러지자마자 칼을 던져버리고 황급히 도망쳤다. 그녀는 어서 생지옥에서 벗어나려고 계단을 성큼성큼 뛰어올라갔다. 온몸이 떨리고, 심장이 격하게 쿵쾅거렸지만 방금 전 거둔 승리 덕분에 아직은 실낱같은 희망이 남아 있었다.

안젤리크는 갑자기 아랫배가 단단해지자 일단 목숨을 구하고 봐야겠다는 일념으로 서둘러 자기 방으로 올라갔다. 청바지에 헐렁

한 스웨터로 갈아입고, 운동화를 신은 그녀는 몇 가지 물건들을 가방에 쑤셔 넣고, 현금이 들어있는 지갑을 챙겼다. 주머니에 여권을 챙겨 넣는 것도 잊지 않았다.

*어디로 간담?*

어디로 가야 할지 알 수 없었지만 이탈리아를 떠야 한다는 것만은 분명했다.

*최대한 빨리!*

안젤리크는 주위를 살피면서 신중하게 계단을 내려간 다음 여전히 인적이 없는 현관 로비를 가로질러 대저택을 빠져나왔다. 그녀는 위기일발의 상황 속에서도 언제나 침착한 태도를 유지할 수 있었다. 야생적인 그녀의 뇌는 위험을, 위기를, 전투를 사랑했다.

집 밖으로 나오는 순간 세찬 폭풍우가 온몸을 때렸다. 날씨는 점점 더 사나워졌다. 바람, 비, 모래를 머금은 황토색 구름이 하늘에 낮게 드리워져 있었다.

안젤리크는 억수처럼 쏟아지는 빗속으로 몇 걸음 내딛었다. 밖에서 나다니는 사람은 없었다. 리바 요트는 닻을 내린 상태로 배다리에 묶여 대운하의 물살을 따라 흔들렸다. 안젤리크는 요트를 운전할 수 있을지 가늠할 수 없었지만 필요할 경우 충분히 도전해볼 가치가 있다고 판단했다. 그녀는 소금기를 머금은 돌풍을 정면으로 맞아가며 요트 쪽으로 걸어갔다.

선착장은 물기와 물안개로 축축하게 젖어 있었다. 불과 3미터 앞도 보이지 않았지만 안젤리크는 왠지 누군가 주변에서 자신의 일거수일투족을 주시하고 있다는 느낌을 떨쳐버릴 수 없었다.

혹시 방금 전 내가 칼로 찌른 그 남자? 아니면 사바티니 집안의 경호원?

베지아노 대저택이 짙은 안개 속에서 자취를 감춰버렸다.

"두 번째 기회를……."

안개를 뚫고 신음에 가까운 목소리가 들려왔다.

"당신은 왜 나에게 두 번째 기회를 주지 않았지?" 조금 전보다 훨씬 단호해진 목소리가 들려왔다.

안개 속에서 어떤 남자의 실루엣이 서서히 드러났다. 녹색 비옷을 입은 남자. 안젤리크는 남자의 머리를 가린 비닐 후드와 빗방울이 흘러내리는 안경 때문에 잠시 그가 누군지 알아보지 못했다. 그러다가 이내 남자가 누구인지 알아차리고 경악을 금치 못했다.

*코랑탱… 코랑탱 르리에브르.*

코랑탱은 여전히 비굴한 모습으로 한때 열렬히 사랑했고, 지금도 잊지 못하는 여자 앞에 서 있었다. 그는 두 손에 카누의 노를 들고 있었다. 파이를 자르는 칼처럼 납작하게 잘 다듬어진 노의 끄트머리에 빨간 줄과 흰 줄이 그려져 있었다.

코랑탱은 성격이 우유부단해 늘 주어진 임무를 확실하게 처리하지 못했다. 안젤리크는 우울한 하루를 보내고, 술집에서 그를 처음 만난 날 어떤 인물인지 한눈에 알아보았다. 그가 손에 위협적인 무기를 들고 있다고 해도 전혀 두렵지 않았다. 이 머저리 같은 자식은 언제든지 적당히 구워삶을 자신이 있었으니까.

안젤리크가 상대를 다독이려고 입을 여는 순간 코랑탱이 노를 들어 올려 정신착란자만이 발휘할 수 있는 괴력으로 그녀를 내리쳤다.

안젤리크는 큰 충격을 받았지만 아직 도망칠 수 있다고 생각했다. 코랑탱은 두 번째로 노를 휘둘렀고, 그녀는 대운하의 검은 물 속으로 추락해 거대한 암흑의 심연 속으로 가라앉았다.

IV

단상

베네치아를 강타한 역대급 밀물

## 베네치아를 강타한 역대급 밀물

2021년 12월 31일
《아젠치아 나치오날레 스탐파 아소치아타》

목요일에 높이가 무려 1.91미터에 달하는 전대미문의 밀물이 베네치아를 덮쳤다. 거기에 시로코 돌풍까지 가세하면서 산마르코 광장과 저지대는 거센 물살에 휩쓸렸다. 베네치아의 4분의

*안젤리크*

3 이상이 침수 피해를 입은 것으로 추정된다. 지난 1966년 11월 4일 베네치아에 큰 피해를 입힌 만조에 이어 두 번째로 높은 만조로 기록되었다. 베네치아를 강타한 이상 기후 현상은 교통을 마비시키는 한편 도시 전체를 혼돈의 상황으로 몰아넣으며 어마어마한 피해를 양산했다. 엄청난 높이로 밀려든 밀물이 카페와 식당들의 테라스를 초토화시키고, 대운하 변에 자리 잡은 호텔들을 침수시켰다. 산마르코 대성당의 지하 납골당과 입구도 물바다가 되었고, 도시 곳곳에서 화재의 조짐이 나타났지만 3백여 차례나 출동한 소방관들의 분투 덕분에 큰 피해 없이 진압되었다. 이번 만조 사태로 3명의 사망자가 발생했다. 도르소두로 구역에서 빵집을 경영하는 44세의 제빵사는 오븐에 들어찬 물을 빼내려고 양수기를 사용하려다가 감전사했다. 팔레스트리나 섬에 위치한 양로원에도 물이 범람했다. 진흙탕이 된 파도가 열려 있던 1층 출입구를 통해 양로원 안으로 밀려들었다. 20명 남짓한 노인들은 직원들의 도움으로 무사히 구출되었으나 83세의 할머니 한 명이 목숨을 잃었다. 아쿠아알타 재단의 특별 자문으로 위촉되어 일하던 프랑스 국적의 안젤리크 샤르베도 베지아노 대저택 주변에서 사고로 사망했다. 아직 자세한 사고 경위는 밝혀지지 않고 있다.

재산상의 피해 액수가 수백억 유로로 추정되는 가운데 베네치아 시의회 의장에게 비상사태 공포를 검토하라는 압력이 빗발치고 있다.

이례적인 만조 사태 다음 날인 금요일에는 물결의 높이가 현저하게 낮아졌지만 아직도 호수와 대운하에는 닻이 끊어진 수백 척의 어선과 곤돌라들이 표류 중이다. 폭풍도 정점을 지나 소강상태를 보이고 있지만 조위관측센터는 향후 또다시 이상 현상이 발생할 가능성을 배제하지 않고 있다.

베네치아 시민들 사이에서 이미 예견된 피해라는 의견이 지배적으로 확산되어 나가면서 분노가 고조되고 있다. 베네치아는 최근 몇 년 동안 거의 정기적으로 만조 피해를 입고 있는데, 점점 더 발생 빈도가 잦고, 강도도 세지고 있는 형편이다. 베네치아를 갑작스러운 수면 상승으로부터 보호할 수 있는 부유 제방 건립 사업은 현재 20년째 진행 중이며, 조만간 가동이 가능할 것으로 보인다. 그 어느 때보다 피해가 컸던 만조 사태를 겪으면서 부유 제방에 대한 아쉬움이 이번만큼 컸던 적은 없다.

*안젤리크*

## 폭풍이 지나고 난 뒤

2021년 12월 31일 금요일
성 조반니 파올로 종합병원
베네치아 공립병원

　폭풍은 지나갔고, 바람은 잦아들었고, 평온한 겨울 햇살이 잠잠한 호수에 내려앉았다. 지극히 평화로운 하늘을 보자면 어제 베네치아를 훑고 간 대재앙을 도저히 상상할 수 없을 지경이었다. 병원 유리창 너머로 젖은 집기들을 닦고, 쓸 만한 물건들을 내다 말리고 수리하느라 바삐 움직이는 주민들과 상인들, 식당업자들이 두런거리며 일하는 소리가 들려왔다.

물이 빠지는 속도가 매우 느린 편이었다. 전문가들의 의견에 따르자면 도시 전체가 피해를 복구하기까지 제법 오랜 시간이 소요될 것이라고 한다. 시민들은 한동안 큰 불편과 고통을 감수해야 할 것이다. 오직 고무장화를 파는 상인들만이 관광객들을 상대로 호황을 누리고 있다. 일부 관광객들이 도시 전체가 아수라장이 된 와중에도 고무장화를 팔며 희희낙락하는 상인들의 사진을 올려 비웃음을 자아내기도 했다.

마티아스는 경추와 아랫배에 붕대를 감고, 팔에 수액 주사를 꽂은 상태로 눈을 떴다. 그는 자신이 지금 어디에 와 있는지 알지 못했다. 하늘과 땅의 경계선 같은데, 어쨌든 지옥이 아니라 아름다운 색상으로 가득 찬 연옥이어서 다행이라고 생각했다. 황금빛 햇살이 방 전체를 휘감고 있었고, 금발의 천사가 머리맡을 지켜주고 있었다.

마티아스의 호흡은 여전히 고르지 않았다. 영문을 몰라 어리둥절해하던 그의 눈이 루이즈의 눈과 허공에서 마주쳤다. 턱의 보조개, 초롱초롱한 눈빛, 경계심을 늦추지 않는 동공.

모든 일이 닷새 전 파리의 어느 병원에서 시작되었고, 베네치아의 병원에서 끝을 맺게 되었다. 마티아스가 입을 열고 또박또박

**안젤리크**

끊어 말했다.

"루이즈, 넌 나를 보기 좋게 속였어."

루이즈는 그에게로 몸을 숙였고, 그가 더 큰 소리로 말했다.

"넌 우연히 퐁피두 병원에 온 게 아니었어. 처음부터 내가 누군지 알고 있었던 거야."

루이즈는 순순히 고개를 끄덕였다.

"작년에 외할머니, 그러니까 생모의 엄마인 마르가리타 베커를 만나러 로테르담에 갔을 때 어떻게 된 일인지 자초지종을 들었어요."

"알리스는 단 한 번도 내 아이를 임신했다는 말을 하지 않았어." 마티아스가 단언했다.

"나도 알아요."

"난 2003년 이후로 알리스의 소식을 전혀 듣지 못했거든."

"생모는 몇 년 전 숨졌어요. 내가 생모 이야기를 다 들려줄게요."

마티아스는 한 손을 가슴에 얹었다.

"이번에는 네가 들려주는 이야기를 무사히 들어 넘길 수 없을 것 같아."

루이즈가 어깨를 으쓱했다.

"앓는 소리 좀 그만 하세요. 오늘은 컨디션이 최고로 좋아 보이니까."

"정말이야? 설마!"

마티아스가 말도 안 된다는 반응을 보였다.

"이제 칼에 두세 번 찔리는 정도는 익숙하잖아요."

# 명예 법정


## 2021년 12월 23일 목요일

비앙카 사바티니는 베네치아에 올 때면 늘 그랬듯이 아침마다 파스티체리아 레가초니로 커피를 마시러 갔다. 카페 주인 잔루이지는 항상 비앙카를 위해 카운터 끝자리 두 개를 비워두었다. 비앙카는 한 시간쯤 그 자리에 앉아 커피를 마시며 집이나 회사에서 벌어진 문제들을 생각하며 해결책을 모색했다.

모두 리산드로를 우두머리로 생각했시만 ㅗ서 소문일 따름이있다. 처음부터 실세는 비앙카였다. 아쿠아알타 재단의 중요한 결정이 있을 때마다 비앙카가 나서서 처리했다. 결정을 내리기 힘든 경우에는 특히 그랬다. 비앙카는 손가락 하나 떨지 않고 냉철한 판단을 내릴 수 있는 사람이었다.

그날 아침, 빨간 파카를 입은 남자가 카페 문을 열고 들어와 비앙카 옆에 앉았다.

앙리 푈팽, 그러니까 빨간 외투의 사나이는 이른 아침에 비앙카의 부름을 받았다. 명예 법정에 올릴 사건이 있다고 했다. 비앙카는 봉투 하나를 그의 앞으로 밀었다. 그녀가 직접 꼼꼼하게 작성한 서류에는 안젤리크 샤르베가 저지른 죄가 조목조목 정리되어 있었다.

"이제껏 우리 집안이 이토록 참담하게 농락당한 적은 없었습니다." 비앙카가 간담이 서늘해지도록 냉랭한 말투로 입을 열었다.

앙리 푈팽은 호기심을 누르지 못하고 서류의 처음 몇 쪽을 훑어보았다. 무덤에서 꺼낸 마르코 사바티니의 부검 결과 보고서였다. 노란색 형광펜으로 밑줄을 그은 단어들이 눈에 들어왔다. '염화칼슘 주입', '심근 연축', '명백한 독살 행위'.

"그 몹쓸 년이 있을 곳은 이 땅이 아닙니다." 비앙카가 말을 이었다. "그 여자는 배신자와 살인자들이 가는 아홉 번째 지옥에 떨어져야 마땅해요."

*안젤리크*

"최대한 신속하게 판결이 내려질 겁니다."

앙리 푈팽이 장담하고 나서 자리에서 일어서려고 하자 비앙카가 그의 소매를 잡았다.

"당신에게 부탁할 사건이 하나 더 있어요."

비앙카는 가방에서 두 번째 서류를 꺼냈다.

"배신자라면 딱 질색인데 밀고자라면 더욱 혐오스럽죠." 비앙카가 두꺼운 종이봉투를 빨간 외투의 사나이에게 내밀며 말했다.

앙리 푈팽이 봉투에 감겨 있던 고무줄을 제거했다. 봉투에는 사진 한 장과 이름이 들어 있었다. 머리가 벗겨지기 시작하고, 턱수염이 듬성듬성 자란 30대 남자로 '지구를 구해야 한다. 유일하게 맥주가 존재하는 곳이므로.'라고 적힌 티셔츠를 입고 있었다.

# 기자의 죽음

## 전동 스쿠터를 타던 중 사고로 사망한 기자

2022년 1월 2일
《르 파리지앵》

올해 나이 34세의 코랑탱 르리에브르 기자가 파리 10구의 제마프 기슭에서 전동 스쿠터를 타던 도중 자동차에 치여 사망했다. 뺑소니 사고를 내고 도주한 차는 검정색 BMW X4로 목격

*안젤리크*

자들에 따르면 **빨간 파카**를 입은 남자가 운전대를 잡고 있었다고 한다.

코랑탱 르리에브르 기자는 구급대가 도착했을 때 이미 숨을 거둔 상태였다. 이번 사고의 경위를 정확하게 판단하기 위한 조사는 STJA(사고의 사법처리 담당국)에 일임되었다. 최근 몇 달 사이 전동 스쿠터 사고가 급증하는 추세를 보이고 있다. 많은 시민들이 전동 스쿠터 대여 문제로 발생하는 몰상식한 언동들과 공권력의 무관심으로 빚어진 사고에 대한 피로감을 호소하고 있다. 시민들은 당국이 최소한의 질서 준수를 보장해야 하는 본연의 임무를 포기했다며 불만을 토로한다. 한편 시청 측에서는 전동 스쿠터의 속도 제한 규정을 만들거나 정해진 수자 사리를 마련하는 노력을 기울이기는커녕 마냥 손을 놓고 있다가 사고가 발생하자 스쿠터 대여 업자들에게 책임을 전가하느라 여념이 없다.

목신의 피리

파리

북역

2003년 10월

　금요일 저녁 지하철 플랫폼은 포르트도를레앙 행 4번 선을 타려는 사람들로 북적거린다. 스물아홉 살의 마티아스는 일을 마치고 몽루즈의 집으로 돌아가는 길이다. 마티아스는 파트너와 함께 바르베스에서 말리인들 사이에서 벌어진 살인 사건과 관련

*안젤리크*

해 알리바이를 확인하느라 저녁 시간을 다 보냈다. 그는 승객들 사이를 헤집어가며 플랫폼으로 향한다. 손목시계는 저녁 9시 45분을 가리키고 있다. 그는 시간이 가는 줄도 모르고 일했다. 그는 항상 근무 시간에서 개인 시간으로의 이동이 쉽지 않다. 그에게는 아주 독특한 면이 있었는데, 세상과 일정한 거리를 두면서 일종의 멜랑콜리를 품고 살았다. 오늘 저녁, 왠지 모르겠지만 그의 얼굴에서 우울하고 고독한 느낌이 평소보다 더 많이 묻어난다.

마티아스는 오렌지색 플라스틱 의자에 앉아 열차가 오기를 기다리면서 점퍼 주머니에서 책을 한 권 꺼낸다. 가브리엘 마르케스가 쓴 《콜레라 시대의 사랑》이다. 책을 몇 줄 읽어 내려가넌 그는 이내 고개를 든다. 지하철 역사에 울려 퍼지는 웅웅거리는 소리가 그의 신경을 자극한다. 그는 경찰이었고, 늘 자신의 주변이 안전하다는 걸 확인할 때까지 경계심을 풀지 않고 신경을 곤두세우며 주변을 살핀다.

마티아스는 소매치기 두 명의 수상한 짓에 주목한다. 눈치가 빠른 소매치기들도 자신들을 매의 눈으로 살피는 그의 눈을 의식하고 미련 없이 자리를 뜬다.

플랫폼으로 들어선 열차가 멈춰 선다. 문이 열리자 한 무리의 승객들이 쏟아져 나온다. 식당에 가고, 극장에 가고, 친구들끼리 뭉쳐 주말여행을 떠나는 금요일 저녁이다.

마티아스는 열차의 두 칸 사이에서 망설인다. 그는 그 순간에 자신의 인생을 완전히 망가뜨릴 수도 있는 선택을 앞두고 있다는 걸 알지 못한다. 왼쪽 칸에는 엘리아스 압베스와 그의 친구 두 명이 타고 있다. 왼쪽 칸에 오르게 되면 생지옥으로 직행하는 여행길에 오르게 되리라는 걸 알지 못한다. 그 반면 오른쪽 칸에는 평범한 여정이 기다리고 있다.

왼쪽 칸이냐, 오른쪽 칸이냐?

별안간 플랫폼에 베네치아 노란색 재킷에 흰 셔츠를 받쳐 입은 금발 여인이 종종걸음으로 나타난다. 어깨에 플루트 케이스를 메고 있고, 가방 밖으로 악보가 삐져나와 있다. 그의 눈에 얼핏 클로드 드뷔시의 〈목신의 피리〉라는 제목이 들어온다. 두 사람은 잠시 눈길이 마주치고 서로에게 끌린다.

마티아스는 여자가 탄 왼쪽 칸을 선택한다. 그는 플루트 케이스를 멘 여자의 미소 때문에, 칙칙한 지하철 역사를 환하게 밝혀준 여자의 금발 때문에, 은은하게 풍겨오던 미스 디올 향수의 상큼한 향기 때문에, 음악 때문에, 여자의 눈에서 느껴진 반짝이던 총기 때문에, 턱에 새겨지는 보조개 때문에 왼쪽 칸을 선택하지 않을 수 없다.

출발을 알리는 기관사의 멘트가 흘러나오고 나서 문이 닫힌다.

**안젤리크**

열차가 출발한다.

그 열차의 왼쪽 칸에 오른 승객들의 운명에 대못을 박으면서.

알리스 베커

**파리**

**2009년 9월**

　알리스는 아이를 만나보겠다는 단 한 가지 생각으로 거기에 왔
다. 그녀는 로테르담에서 오전 늦게 기차를 탔고, 파리에서 루이
즈가 다니는 학교가 있는 대 모험가들의 정원 근처를 느릿느릿 걸
었다. 그녀는 학교 정문에서 조금 떨어진 곳에서 '엄마들의 시간'이
되길 기다렸다. 엄마가 맞지만 딸을 데리러 학교에 온 적은 한 번

*안젤리크*

도 없었다.

알리스가 불치의 암을 앓고 있다는 말을 들었을 때 가장 먼저 떠올린 사람은 바로 다섯 살이 된 루이즈였다. 학교가 끝날 때마다 매일 루이즈를 데리러 오는 사람은 아이 '아빠' 로랑 콜랑주였다. 두 사람은 간식을 먹기 위해 뤽상부르 공원으로 갔고, 알리스는 들키지 않으려고 조심하며 적당한 거리를 두고 뒤따라갔다.

작은 돛단배들을 보관해두는 오두막, 팔각형의 대형 연못, 아이들의 웃음소리, 아련한 물빛으로 칠한 철제의자, 비둘기 떼의 비상을 볼 수 있는 뤽상부르 공원의 매력은 여전했다. 뭐니 뭐니 해도 알리스를 가장 매혹시키는 존재는 어린 딸아이였다. 주변을 환히 밝히는 빛과 같은 존재. 지금 생각하면 도저히 믿을 수 없지만 그 아이를 아홉 달 동안 배 속에 넣어 다니다가 세상으로 나가게 해준 사람은 바로 알리스였다. 머리가 이상해진 나머지 아이를 돌볼 수 없게 되기 전까지 알리스는 아이를 하늘만큼 사랑했다.

이 세상에는 완벽한 모습이 존재한다. 그 완벽한 모습은 마로니에 나뭇가지 사이를 파고드는 햇살 아래에서 깨금발로 깡충깡충 뛰어다니는 아이의 형태로 나타난다.

알리스의 눈에 금발의 긴 곱슬머리, 타원형 안경, 스텐 칼라 원피스가 박힌다. 금발은 알리스가 물려주었다. 알리스의 금발도 한때 무척이나 예뻤다. 이제는 비록 뼈만 앙상하게 남은 곰에 묻힌을 잔뜩 새긴 늙다리 펑크족이 되어 광채라고는 찾아볼 수 없게 되었지만……

로랑 콜랑주는 몰라보게 변한 모습이었지만 여자가 누군지 알아보았다. 알리스는 한 때 인생의 동반자였던 로랑에게 단 한 번도 루이즈가 그의 생물학적 딸이 아니라고 말하지 않았다. 로랑은 분명 의혹을 품었을 테지만 단 한 번도 자신이 생물학적인 아빠가 맞는지 물은 적이 없었고, 언제나 행복한 마음으로 아빠 역할을 해냈다.

알리스는 그의 얼굴에서 혹시라도 보물을 빼앗길지도 모른다는 불안감과 두려움을 읽었다. 그녀는 그저 마지막으로 아이를 한번 보고 싶어서, 아이의 환한 얼굴을 머릿속에 아로새겨 두고 싶어서, 아이가 홀로 암흑 속을 걸어가야 하는 순간이 왔을 때 조금이라도 마음을 안정시켜주기를 바라는 마음에서 찾아왔을 뿐인데.

*안젤리크*

# 레바논의 봄

베이루트

아크라피에 구역

2022년 4월

마티아스는 전날 파리에서 미들 이스트 에어라인의 마지막 비행기 편으로 베이루트에 도착했다. 비행기는 예정 시간보다 세 시간이나 연착했다. 젬마이제의 작은 호텔에 방을 잡은 마티아스는 부실한 침구와 끈적끈적한 열기에도 아랑곳하지 않고 곧장 곯아떨어졌다.

마티아스는 아침이 되어서야 비로소 베이루트 거리를 돌아보았다. 그는 오래전인 1990년대 중반에, 베이루트가 '중동의 스위스'라고 불리던 시절에 이 도시를 방문한 적이 있었다. 그 당시 그는 미치도록 낭만적인 이 도시, 다른 도시와는 전혀 닮지 않은 이 도시의 독특한 개성에 매료되었다.

오늘날, 베이루트는 그때와 완전히 달라졌다. 전통적인 향나무 나라는 무수히 많은 위기를 겪었다. 2020년 여름에 발생한 두 번의 폭발 사고로 레바논은 전례 없는 대혼란에 빠졌다. 일상 자체가 십자가를 짊어진 고행길이나 다름없었다. 레바논에서는 음식을 만들어 먹고, 전기를 공급받고, 자동차에 기름을 넣고, 상처를 치료받는 일들이 전쟁이나 다름없었다.

베이루트 시민들은 혹독한 시련을 겪고 있었지만 예전처럼 상냥하고 친절했다. 마티아스는 오전 내내 카페나 상점에서 마주친 사람들과 이야기를 나누면서 시간을 보냈다.

오후 1시, 대기는 덥고 습했다. 마티아스는 마음을 단단히 먹고 성 니콜라스 계단을 오르기 시작했다. 그리스정교 구역인 서속으로 안내하는 고색창연한 125개 계단, 중동 지역에서 가장 긴 계단이었다. 베이루트에서는 폭발 사고로 수많은 주택과 건물들이 파괴되었고, 사람들은 그 당시의 상처를 제대로 봉합하지 못하고 살아가고 있었다.

마티아스는 있는 힘을 다해 정원으로 둘러싸인 성 니콜라스 교회당까지 걸어 올라가 커다란 분수대 옆 벤치에 앉았다. 그가 알아본 바에 따르면 날씨가 좋은 날에 레나가 이곳을 찾아 점심을 먹는다고 했다. 레나가 일하는 동물병원이 지척에 있는 샤를 말렉 대로에 있었다.

마티아스는 심장박동이 점점 빨라지는 걸 느꼈다. 머릿속으로 천 번도 넘게 그려본 장면인데 몸이 저절로 덜덜 떨려왔다. 루이즈 덕분에 그는 다시 일어섰고, 새로운 인생을 시작했다. 인생의 활력을 되찾았고, 삶에 대한 신뢰를 키워가며 미래를 그려보게 되었다. 루이즈는 그에게 꼭 베이루트 여행을 다녀오라고, 레나를 만나 자초지종을 말해줄 필요가 있다며 간곡히 설득했다. 그는 베이루트 행 항공기에 오르기까지 오래도록 망설였다.

마티아스는 이제 전전긍긍하지 않았다. 더는 망설여서는 안 된다는 걸 잘 알고 있었다. 인생은 예측 불가능해 평생 쌓아 올린 성을 하루아침에 날려버릴 수 있으니까.

마티아스가 벤치에 앉은 지 10분이 지났다. 분수의 물줄기 뒤로 레나의 실루엣이 보였다. 마티아스는 자리에서 일어나 자신이 가장 잘할 수 있는 방법으로 용기 있게 밀어붙여 보기로 결심했다. 위험을 무릅쓰고 불길 속으로 뛰어드는 것이야말로 그의 오래된 특기였다.

마티아스는 지금 이 순간 스텔라 페트렌코를 생각했다. 눈앞에 놓인 장애물을 뛰어넘기 위해 모든 걸 불사를 수 있다는 점, 나이 들어 상처 입고 보기 흉해졌어도 쓰러지면 다시 일어서는 용기를 가졌다는 점에서 그와 스텔라는 같은 부류였다.

마티아스는 운명을 거슬러 자신의 기회로 만들 수 있다고 믿었던 안젤리크 샤르베도 생각했다. 그는 또 루이즈도 생각했다. 아무것도 알지 못했던 과거의 소산물인 아이, 그를 지옥에서 구해준 아이, 삶이 준 뜻밖의 선물인 루이즈의 얼굴을 머릿속으로 떠올리는 순간 그는 마음이 한없이 평온해지면서 미소가 절로 지어졌다. 그는 자신의 심장이 말해주기를 기대하면서 레나에게로 다가갔다.

## 몽파르나스 묘지

**파리**

**2022년 10월 8일**

마티아스는 최근 들어 늘 그랬듯이 아침 일찍 일어났다. 집 안은 여전히 고요 속에 잠겨 있었지만 몇 분 후가 되면 굉장한 일들이 시작될 예정이었다. 아홉 살 바티스트와 일곱 살 안나가 조만간 토네이도처럼 만화책 파니니, 레고, 해리 포터 인형들로 집 안을 온통 난장판으로 만들어놓을 테니까.

마티아스는 주방에서 분주히 움직였다. 버터, 꿀, 잼, 토스트기에 넣을 식빵, 커다란 손으로 직접 압착해 만든 오렌지 주스를 아이들에게 먹이기 위해.

학교는 오전 8시 반에 시작했다. 아침마다 두 아이를 학교에 데려다주는 임무가 그에게 부과되었다. 아침에 집에서 에드가 키네 대로까지 약 25분 정도 걸어갔다가 오후에는 반대로 걸어오는 여정이었다.

마티아스는 비로소 자신이 있을 자리를 찾았다. 레나와 아이들과 함께하는 삶은 그의 인생에 새로운 의미를 부여해주었다. 그는 인생에 긍정적인 닻을 내렸다. 산산조각 난 심장을 하나씩 이어 붙여가며 이룬 결실이었다. 그의 상처는 아직 뚜렷이 남아 있지만 결코 자랑스러운 트로피나 무모한 항거의 표시가 아니라 인생을 감내하고 수용한다는 긍정의 표시였다. 그의 상처는 그에게 시련을 주었지만 결국 미래에 대한 희망을 버리게 할 만큼 무너뜨리지는 못했다.

마티아스는 아이들을 학교에 데려다준 다음 자주 몽파르나스 묘지 쪽으로 우회해 집으로 돌아온다. 그는 죽은 자들과의 동행을 사랑하는 법, 그들과 이야기를 나누는 법을 배웠다. 죽은 자들과의 대화는 그에게 늘 커다란 의지가 되어주고 있다.

시몽 베르제, 그의 몸속에서 뛰고 있는 심장의 전주인은 몽파르

**안젤리크**

나스 묘지가 아니라 루아르 아틀랑틱의 묘지에 잠들어 있다. 하지만 그가 어디에 누워있든 무슨 상관이랴. 마티아스는 그런 식의 관계 설정을 원하지 않는다. 그는 시몽 베르제에게 거의 매일 아이들과 레나의 소식을 전해주고, 파리에서 새로 시작한 삶 이야기를 들려준다. 그의 자리를 빼앗은 게 아니라 경호원 노릇을 하고 있다고 너스레를 떤다. 언젠가 그의 가족에게 위험이 닥치면 그가 기꺼이 몸을 내던져 지켜낼 거라 약속한다. 그는 주먹질이든 칼부림이든 총알이든 다 막아낼 것이다. 왜냐하면 그 일을 가장 잘 할 수 있는 사람이니까.

마티아스는 신을 믿지 않는다. 그럼에도 가끔 시몽 베르제가 저 높은 곳에서 아래를 내려다보며 그에게 고마워할지도 모르겠나는 생각이 든다.

〈끝〉

# 옮긴이의 말

출판사로부터 기욤 뮈소의 신작 소설 원고를 보내겠다는 연락을 받았을 때 나는 당연히 지난번에 궁금증을 잔뜩 남긴 상태로 마무리하고 다음을 기약한 《센 강의 이름 모를 여인》 후속편이 드디어 나왔을 거라고 짐작하고 서둘러 읽어보았으나 웬걸, 나의 예상은 보기 좋게 빗나갔다.

기욤 뮈소가 이번에 내놓은 신작 《안젤리크》를 읽으면서 독자들은 아마도 아니 분명히 《아가씨와 밤》, 《인생은 소설이다》, 《작가들의 비밀스러운 삶》 - 2018년부터 2020년에 이르는 3년 동안 발표되었고, 작가를 주인공으로 내세워 현실과 픽션 사이의 팽팽한 긴장 관계를 집중 조명한 세 편의 소설을 일컬어 기욤 뮈소 자신은 '작가 3부작'이라고 부른다. 프랑스에서는 실제로 이 세 편의 소설을 따로 묶어 출판하기도 했다 - 그리고 바로 직전 출간한 《센 강의 이름 모를 여인》까지 네 편의 작품을 거치는 동안 잠시 잊고 있던 예전의 기욤 뮈소, 오랜 친구처럼 독자들에게 친숙한 모습의 그, 반전과 서스펜스를 능수능란하게 구사하는 이야기꾼으로서의 그를 되찾은 감회에 젖어 들게 될 것이다.

《안젤리크》에서는 어느 누구 못지않게 치열하게 살았지만 세상은 자신에게 정당한 대우를 해주지 않기에 전혀 발전하거나 변화하지 않고 늘 같은 자리를 맴돌 수밖에 없다는 불만을 품고 살아가는 안젤리크, 일과를 마치고 집으로 돌아가는 지하철에서 그냥 못 본 척하고 넘어갔어도 아무도 비난할 사람이 없었을 텐데 정의감에 불타는 강력반 반장인지라 불량배들의 범죄 행위를 온몸으로 막으려 안타깝게도 민완 형사로서의 경력에 종지부를 찍어야 했던 마티아스 타유페르, 갓 태어나자마자 생모에게 버림받고 새엄마를 유일한 엄마로 알고 자랐지만 그 엄마마저 석연치 않은 죽음을 맞게 되자 직접 진실 규명에 뛰어드는 루이즈 콜랑주, 각고의 노력 끝에 영광스러운 파리 오페라 발레단의 에투알 무용수 자리에 올랐으나 화려한 스포트라이트를 받으며 명성을 누리는 시간은 잠시뿐 다시 무대 뒤로 쓸쓸히 사라져야 하는 아픔을 삭이지 못하는 비운의 주인공 스텔라 페트렌코의 이야기가 펼쳐진다.

《안젤리크》에 등장하는 인물들은 이렇듯 어느 누구 하나 예외 없이, 실제 현실 속에서 우리들이 각자 비밀 하나쯤은 감추고 사는 것과 마찬가지로 저마다 치유하기 쉽지 않은 깊은 상처를 안고 살아간다. 그 상처를 누군가는 제대로 봉합하고, 덧나지 않게 약을 바르고, 말끔히 아물게 해 성장의 밑거름이 되게 만들기도 하지만, 또 다른 누군가에게는 건강하고 순탄한 성장을 방해하는 장애 요소로 작용하기도 한다. 가령 안젤리크의 경우는 후자에 해당된다고 볼 수 있다. 나는 열심히 살았으므로 세상에서 합당한 자리가 주어져야 마땅하고, 그 자리를 타인이 차지하고 있을 경우 수단과 방법을 가리지 않고 빼앗을 수 있다는 식의 비뚤어진 가치관은 계속 무리수를 두게 만들어 결국 안젤리크를 파국으로 몰아가기 때문이다.

소설의 등장인물을 권선징악의 프레임 속에 집어넣고 지나치게 단선적이고 평면적으로 파악하려다 보면 너무 많은 걸 잃는 경우가 있다. 세상은 결코 칼로 무를 썰듯이 선과 악으로 확연하게 구분 지을 수 없는 곳일 뿐더러, 세상을 이해하는 데에는 선과 악이라는 기준 말고도 무수히 많은 기준들이 존재하기 때문이다.

기욤 뮈소는 《안젤리크》라는 작품 속에 다양한 인물들을 등장시키지만 어떤 특정한 잣대로 평가하고 규정하려고 들지 않는다. 그저 그들이 뚜벅뚜벅 길을 걸어갈 때 슬며시 뒤따라가 보고 — 이 과정에서 예전에 등장했던 인물들을 다시 만나는 우연, 아니 우연 아닌 우연이 발생하기도 한다. 주의 깊은 독자들이라면 이미 이전 작품들을 통해서 만나보았던 반가운 인물들과 재회의 기쁨을 만끽하게 될 것이다! — 그 결과를 기록으로 남겨두는 목격자 역할에 머물러 있으려고 한다. 이 사람 저 사람 여러 사람을 관찰하면서 그들이 성장하면서 겪었을 상처를 그려보고, 공감하고, 그 상처들이 다른 상처들을 만났을 때 어떤 물리적 혹은 화학적 반응이 일어나는지 지켜볼 뿐 적극적으로 나서서 이렇게 또는 저렇게 하는 게 좋겠다는 식의 훈수를 두지는 않는다. 어찌 보면 기욤 뮈소는 우리가 사는 세상의 이곳저곳에 돋보기를 들이대 가면서 부분적이나마 한 시대의 자화상을 그리고자 애쓰고 있는지도 모른다. 하나의 점으로 시작해서 화면을 온통 점으로 채워가는 점묘 화가처럼 언젠가 그 부분들이 모여 하나의 커다란 그림이 완성되리라 상상해 본다.

양영란